快乐读中外文学故事

KUAILEDUZHONGWAIWENXUEGUSHI

越神权——人性解放录

中古世纪和文艺复兴文学故事

范中华◎编著

Yueshenquanrenxingjietanglu

湖南人民出版社

图书在版编目（CIP）数据

跨越神权：人性解放录：西方中古世纪和文艺复兴文学故事 / 范中华编
著 . 一长沙：湖南人民出版社，2013.1（2024.09 重印）

（快乐读中外文学故事）

ISBN 978-7-5438-8649-0

I . ①跨… Ⅱ . ①范… Ⅲ . ①故事—作品集—中国—当代 Ⅳ . ① I247.8

中国版本图书馆 CIP 数据核字（2012）第 186766 号

快乐读中外文学故事：跨越神权——人性解放录（西方中古世纪和文艺复兴文学故事）

编 著 者　范中华

责任编辑　骆荣顺

装帧设计　君和设计

出版发行　湖南人民出版社 [http://www.hnppp.com]

地　　址　长沙市营盘东路3号

邮　　编　410005

经　　销　湖南省新华书店

印　　刷　永清县晔盛亚胶印有限公司

版　　次　2013 年 1 月第 1 版
　　　　　2024 年 9 月第 4 次印刷

开　　本　710×1000　1/16

印　　张　15

字　　数　250千字

书　　号　ISBN 978-7-5438-8649-0

定　　价　25.00元

营销电话：0731-82683348　　（如发现印装质量问题请与出版社调换）

目 录

1. 英国文学开山之作：《贝奥武甫》

yīng guó wén xué kāi shān zhī zuò：bèi ào wǔ fǔ

　　史诗《贝奥武甫》是以古英语写下的欧洲中古最早的民间史诗，也是早期英国文学的开山之作。史诗大约完成于公元 7 至 8 世纪，最早见诸文字是在 10 世纪的一部手抄本中。史诗所叙述的事件，发生在 5 世纪末至 6 世纪初的北欧日耳曼诸部族中。史诗中的主人公贝奥武甫虽不见其他典籍记载，但诗中涉及的一些人物、事件和地点却已得到证实。

　　史诗的核心内容，是叙述勇士艾奇瑟与高特人的公主所生的斯堪尼亚（今瑞士南部）王子贝奥武甫在青年和老年时的两次历险活动。

　　丹麦国王赫洛斯伽建造了一座大厅，取名"鹿厅"。在那里他和手下的武士们商量国家大事，举行宴会，论功行赏，说唱作乐。他们的欢笑激怒了一名叫葛伦得的怪物。夜晚，葛伦得来到鹿厅，杀死并劫走了三十名武士，给赫洛斯伽带来了很大损失和灾难。此后，葛伦得不时地袭击，破坏鹿厅，伤人害命，祸患无穷。这种情况持续了十二年之久。大海北方（今瑞典南部），高特王赫依拉有个外甥魁伟无比，一双铁掌不下三十个人的力气，人称贝奥武甫，意即

斯诺里·斯图路森

"蜂狼"（熊）。他组织起一支援军前往丹麦，来到赫洛斯伽宝座前请求徒手与葛伦得交锋。然而，酒宴上翁弗思起了妒忌心，要给贝奥武甫下马威，却反受了一通奚落。天黑了，贝奥武甫和他手下的勇士守在鹿厅，葛伦得破门而入，抓走了一名武士，贝奥武甫空手与之搏斗，撕下怪物的整条手臂，挂在鹿厅门上，怪物逃回了阴暗的洞穴。第二天，庆功宴上，行吟诗人歌唱弗里西安人国王芬思由于背信弃义引起血亲报仇，因而造成多人死亡的悲惨故事。当夜，葛伦得的母亲来到鹿厅为儿子报仇，劫走一名丹麦武士和儿子的断臂，贝奥武甫尾随至深潭边，纵身而入，在水怪的洞穴中与之搏斗，后来用洞穴壁上的一柄古刀杀死水怪，并割下葛伦得的头。为丹麦人除害的贝奥武甫，受到赫洛斯伽的奖赏和称赞，也为高特人争得荣誉，回国后获得国王赫依拉的奖赏。

《贝奥武甫》插图

赫依拉父子战死后，贝奥武甫成为高特王，统治他的国土五十年。当地有一条看守财宝的火龙，因有人窃其财宝而火烧村庄。贝奥武甫虽年过八旬，仍不顾年老体衰，决心杀死恶龙。他带着十一名武士去和恶龙交锋，恶龙口喷烈火，十一名武士中除了威依拉夫一个，其余人都逃到树林中。贝奥武甫脖子被恶龙咬住，幸亏威依拉夫用剑猛刺恶龙肚子，恶龙肚

中喷出的火焰愈来愈弱，贝奥武甫趁机用另一把剑将恶龙斩为两截。老王为民除害，将财宝分给人民，却自知受致命伤将死，立威依拉夫为继承人，命人将其尸体火化后埋在鲸鱼岬的土山上，修一个坟冢，像灯塔一样为航海人指明方向。

史诗的结构比较简单，史诗的主要故事情节也显得相当淳朴。史诗的作者用英雄时代日耳曼民族的历史和民间传说，主要是斯堪的纳维亚的历史故事，构成作品的素材。他把一些历史事件和传说故事用预言或回顾的方式，穿插和镶嵌在主要情节里面。这样一来，贝奥武甫的事迹就成了英雄时代整个日耳曼世界的一个组成部分，贝奥武甫的降妖除怪行为就具有了推动人类社会发展的历史意义。因此，史诗《贝奥武甫》所表现的是公元 5 世纪和 6 世纪日耳曼部族的英雄生活，史诗中的主要人物也来自斯堪的纳维亚半岛，因为那是日耳曼各民族的发祥地，英国人的遥远祖先也来自那里。从这个意义上说，史诗《贝奥武甫》既是英国人的民族史诗，又是日耳曼民族大家庭的共同史诗。

2. 史诗中的明珠《罗兰之歌》

shǐ shī zhōng de míng zhū luó lán zhīgē

中世纪文学的突出成就是英雄史诗。早在法兰克人的时代，就出现了专事歌唱部落首领武功的歌者，这种在民间广泛流传的口头诵唱文学被称为"短歌"。英雄史诗正是在这种原始的文学形式的基础上发展起来的。1837 年发现的《罗兰之歌》是英雄史诗中的代表作品。从诗中描写的风俗、使用的武器和语言等来看，《罗兰之歌》应属于 11 世纪末的作品，一般认为时间约在第一次十字军远征之前和收复英国人占领的诺曼底之后。

《罗兰之歌》和其他史诗一样，在创作和流传的过程中反映了当时的社会现实和人们对社会的要求与愿望。9 至 11 世纪的法国，名义上是一个统一的王国，实际上由很多个各自独立的封建领地组成。这些封建领主不受国王控制，经常展开混战，严重影响了国家安定，破坏了人民的生活。

因此，人民希望法国能进一步统一，在《罗兰之歌》中，历史上曾经一度建立起统一王国的查理大帝成了理想人物，寄托着人民要求建立强大统一的国家的愿望。但是实际上，《罗兰之歌》所歌颂的社会变革，要在几个世纪后才最终完成。从加佩王朝开始，新兴的资产阶级和市民阶级要求结束封建割据局面，实现国家的统一。12世纪中叶，随着商业的兴起和农业的发展，王室渐富，逐渐将诸侯手中的土地集中到自己手中，国王的权力也越来越大。逐渐强盛的王权最后以赏赐年金的办法控制了不断削弱的封建领主。到1260年，立法者已经明确提出了"法国的国王是他的王国的皇帝"。在这一方面，《罗兰之歌》的思想内容适应了这种历史发展的趋势。

全诗大致分三部分。第一部分写加奈隆叛变的经过。查理大帝在西班牙打了七年仗，终于征服了很多国家。但是信奉伊斯兰教的马席勒国王还未被征服。不久，马席勒遣使求和。查理大帝的妹夫加奈隆主张议和。查理大帝的侄子罗兰提出让他的继父加奈隆出使敌营。由于有生命危险，加奈隆于是怀恨在心，立意报复。他向马席勒献计：送降礼和人质给查理大帝，求其罢兵，然后在归途中袭击其后卫部队。第二部分写罗兰率领的二万骑兵全军覆没的经过。查理大帝决定班师回朝，加奈隆按计提议让罗兰统率后卫部队。马席勒率十万人在荆棘谷截击罗兰的后卫部队。罗兰的好友奥利维埃极力劝罗兰吹响号角，请查理回兵救援，但遭到罗兰的拒绝。最后剩下六十人，罗兰才吹响号角，但为时已晚。查理大帝赶到时，全军已殁。天色渐晚，在查理吁求下，上帝让太阳暂停西落。查理大帝率军追击，把马席勒的军队大部分溺死于河中。伊斯兰教大主教巴里刚率大军支援，也被查理击败。最后，马席勒在城中忧急而死。第三部分写审判加奈隆的经过。加奈隆的三十个亲族为他喊冤。在查理大帝的权威受到威胁时，有个骑士挺身而出。通过比武，加奈隆的亲信失败丧命，加奈隆被四马分尸，三十个亲族也被吊死。

虽然史诗以历史上的真人为素材，但所写的并不全是史实，其中有很多虚构的成分。这里的"历史事件"只不过是供人物活动的舞台。《罗兰之歌》真正的内容是反映了对建立统一的封建国家的憧憬和意愿。这也正是从加佩王朝开始，直至 14 世纪初法国四分五裂的封建王国逐渐向统一的等级制封建王国过渡的历史特征。

《罗兰之歌》所反映的历史事件是查理大帝在和异教徒对抗的过

查理大帝

程中与巴斯克人之间的战争。公元 777 年，在帕得邦的巴塞罗那回教总督要求基督教君王支援他对抗哥多华的回教统治者。查理率军越过比利牛斯山，包围并攻下了基督教的旁普罗纳城，并前进到撒拉哥沙。查理知道，自己孤立无援的力量不足以和哥多华一拼。又有消息传来，被征服的撒克逊人发生了疯狂的叛乱，并已向科伦进军。于是，查理率领精锐部队，以狭长的纵队，通过比利牛斯山道赶回。公元 778 年，在那瓦尔的伦西瓦列的一个山道上，一队巴斯克人突然袭击法兰克队的后卫部队，几乎杀掉全数人马。史诗中所歌颂的罗兰，正是在这场战役中牺牲的。

《罗兰之歌》之所以成为英雄史诗中的杰作，在于它塑造了一系列鲜明的艺术形象。这些形象，和历史上的实际情况可能并不相符，甚至改变很大，但作为文学形象却栩栩如生。

查理大帝是贯穿始末的人物形象。但史诗中的查理并不完全是历史上建立了庞大帝国的皇帝，而是人民心目中封建王国统一和强盛的象征，是进步的社会力量。在诗中，他已经被理想化了。当年只有三十六岁的查理，被史诗描写成一个有二百岁，胸前飘着花白的胡子，英勇善战又深谋远虑的理想君主形象。他是教会的支持对象，同时也是上帝的保护对象。

虽然如此，他的权威仍然不是至高无上的，他不能独自判决加奈隆的死刑，并且三十个贵族的反对也对他构成威胁。这些反映了当时国王的权威并不是最高的，它还受到诸侯的扼制。但是，史诗为了维护王权的胜利，让上帝出面来支持查理的骑士取得胜利。这使人们的愿望在史诗中得以表现，王权也取得了象征性的胜利。

罗兰在史诗中则是一个忠于君主的臣子形象。他对国王绝对忠诚，不惜以生命为代价来维护王权。他热爱可爱的法兰西，誓死保卫查理大帝。在他看来，宁可死也不愿屈辱地活。在战争中，他用力吹号角，结果用力过度胀裂了太阳穴而死去。在他死后，上帝派人把他的灵魂送上天堂。在这里，罗兰同查理大帝一样，也被理想化了，他的死也是因为他的豪壮，而不是战败被敌人所杀。

同样，反面人物加奈隆则成为维护诸侯割据的代表。他贪生怕死，只顾私利，并且为了一己私怨而背叛国家，报复忠臣，导致了罗兰之死和后卫部队的覆灭。最后，虽然有三十个贵族的维护，虽然他和查理大帝之间有亲戚关系，他仍没有躲过严厉的惩罚。马席勒国王是又一个反面形象。他不顾士兵的死活，只顾个人安危，在战斗中独自逃回皇宫，与查理大帝形成鲜明的对照。

从另一方面讲，《罗兰之歌》也有不足之处。在史诗的始末，都贯穿着基督教和异教之间的争斗。虽然在当时，封建王权较之诸侯割据是一种进步势力，但毕竟统治阶级用基督教为手段来排除异己，加强对人民的精神奴役。因此，在诗中充满着对基督教的赞美之辞，并且多处出现一些梦中预兆、上帝显灵和天使下凡的场面，使整部作品充满了宗教气氛。

总体来讲，《罗兰之歌》还是保留了一定的民间色彩，反映了当时的社会现实以及人民的愿望。

英雄史诗《伊戈尔远征记》

yīng xióng shǐ shī yī gē ěr yuǎn zhēng jì

1185 年，伊戈尔和他外号叫"勇猛的野牛"的兄弟符塞伏洛德，率领俄罗斯的勇士们远征。

《伊戈尔远征记》这部史诗写成于 12 世纪末，正值古代俄罗斯形成封建割据之势的时候。封建公国之间彼此对立仇视，相互争夺土地和地位，经常为了王公的一己私利而骨肉残杀，战争连绵。俄罗斯国家中心基辅的地位已经名存实亡，各公国谋求独立。波洛夫人的入侵，使王公内讧引起的危机更复杂了。波洛夫人是一支突厥游牧民族，11 世纪中叶就占领了伏尔加河与第聂伯河之间的草原和克里米亚，并深入到巴尔干半岛上来，军事力量强大。虽然在 12 世纪它屡被俄罗斯王公战胜，但仍不断骚扰俄罗斯的居民，甚至将他们掳为奴隶。1184 年，基辅大公对其大规模征讨，还俘虏了他们的汗柯比雅克。

1184 年俄罗斯王公的那次联合征伐，伊戈尔未能参加。第二年，他同自己的亲属——兄弟符塞伏洛德、儿子符拉季米尔、侄子斯维雅托斯拉夫——一起，召集了一支人数不多的军队，未同别的王公商讨就擅自向在第聂伯河和顿河流域游牧的波洛夫人进行了远征。5 月 1 日，伊戈尔的军队被日食所带来的黑暗笼罩，但就在这时，他发表了远征的号令和誓言。他希望能在波洛夫草原的边境折断自己的长矛，希望能同战士们一道抛下自己的头颅，或用头盔掬饮顿河的水。队伍顺利地进发，周五的清晨击败波洛夫的大军，取得了战斗的胜利。但是，第二天波洛夫人反扑，经过三天激战，伊戈尔军旗倒落，队伍溃败，他和符塞伏洛德都做了俘虏。悲伤和沮丧充满了俄罗斯的上空。

基辅大公维雅托斯拉夫为了洗刷远征失败、伊戈尔兄弟被俘的耻辱，保卫俄罗斯的国土，向王公们发出召唤，请他们踏上金镫，准备投入新的战斗。

　　远征的失败和伊戈尔兄弟的被俘，使伊戈尔的妻子雅罗斯拉夫娜像一只落单的杜鹃在悲啼。清早，她在普季夫尔的城堡上泣诉，怨恨风不随她的意志来吹拂，又祈求第聂伯河与太阳拯救被囚禁的伊戈尔。果然，午夜时分，伊戈尔在波洛夫人奥佛鲁尔的帮助下，骑马逃回俄罗斯。正像"脑袋离不开双肩，躯干离不开脑袋"一样，俄罗斯国家也离不开伊戈尔。

　　伊戈尔回到了祖国，整个俄罗斯都沉浸在无比的欢乐中。太阳更耀亮，少女在歌唱，"所有的村落都欢喜，所有的城镇都快乐。"人们在歌颂王公、伊戈尔和符塞伏洛德，歌颂武士们。"荣誉属于王公们和武士们！阿门。"

　　基辅大公维雅托斯拉夫，在史诗中被塑造为俄罗斯爱国者的形象。他对王公们表示，大家都是俄罗斯大家庭中的一员，要一起保卫国家的安全。爱国主义思想是《伊戈尔远征记》的主题，盼望国家稳定统一，王公间和睦相处，共同维护俄罗斯利益，是渗透在作品中的深沉感情。

　　伊戈尔的兄弟符塞伏洛德的形象，体现了英勇的俄罗斯军人最优秀的特征。像古代民歌中的勇士，伊戈尔的军队也同样有军人的美德，以战斗品质为荣耀。奥列格·斯维雅托斯拉维奇是王公叛乱的体现者和内讧的教唆者。基辅大公斯维雅托斯拉夫则是作者珍爱的形象，他是理想的王公的代表。伊戈尔的妻子雅罗斯拉夫娜，则是一个充满了诗意的形象，她的哭诉是史诗中最富有诗意的片段之一。

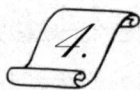

4. 德国史诗《尼伯龙根之歌》

dé guó shǐ shī ní bó lóng gēn zhī gē

　　伟大的德国诗人歌德自小就醉心于本民族的英雄史诗，而《尼伯龙根之歌》以铿锵的字句，豪迈的节奏，勾画出日耳曼人心目中英雄的形象，激动着歌德的心灵，他感叹道："《尼伯龙根》和荷马一样，是古典的，因为两者都是健全而有力的。"并且说，史诗中的男主人公就是"德国青年的代表"。

　　这部叙事诗约在1204年完成。至于它的作者，现在还没有确定。有人说是由住在巴伐利亚或奥地利的一位骑士诗人所作，也有人说它并不是出于一人之手，而是由许多歌谣凑集起来的一部集大成之作。

　　尼德兰国的王子西格弗里，曾诛毒龙，浴其血，全身刀枪不入，但因沐浴时一片菩提叶落在背部，形成一处致命处。他以勇猛获得尼伯龙根宝物，得巴尔蒙宝剑和隐身衣。在西格弗里的帮助下，勃艮第国王恭太打败了萨克森人，并娶了冰岛女王、傲慢的女勇士布伦希德。而西格弗里也娶了恭太的妹妹克琳希德公主。十年后，西格弗里携妻子去恭太那里省亲，结果两位夫人发生争执。克琳希德以腰带和戒指为证，说布伦希德是人家的姘妇。布伦希德羞怒交加，决意报复，唆使恭太王的朝臣哈根杀死西格弗里。哈根设下阴谋，骗克琳希德说出西格弗里背部的秘密，害死了他。克琳希德将尼伯龙根宝物运到瓦姆斯来，却被哈根将宝物沉入莱茵河中。

　　十三年后，匈奴王艾柴尔的王后死了；他派了使臣向克琳希德求婚。她起初不肯，后来为了报仇，才同意婚事。又过了十三年，她怂恿匈奴王邀恭太王弟兄们和哈根前来赴宴，结果双方展开残酷的屠杀，勃艮第方面只余下恭太和哈根。克琳希德对哈根说，若交出尼伯龙根宝物就放他回国，但哈根说只要有一位君主活着，决不交出。克琳希德随即杀了恭太，哈根说，君主都已不在，那些宝物永不会让这个妖妇找到。克琳希德于是亲自斩下哈根的首级。这时，希尔代布郎见一个英雄死在女子的手里，不忍默视，立即上前将克琳希德杀死。

　　《尼伯龙根之歌》的主人公西格弗里，本是四五世纪时的英雄，在这里按照中世纪的习俗，被改头换面为一个骑士。骑士要求出身于贵族，从小经过严格的训练，并且要举行盛大的授称号仪式。他正是在父王的宫廷中度过了少年时代，又给他举行极豪华的宴会和骑士授爵典礼。骑士要骁勇善战，对人热忱，忠于道义。他正是有四方之志，干了许多惊人的事业，做事光明磊落，大公无私，帮恭太王出战，不偏袒自己的妻子，而且他还善于谋略，是智勇双全的杰出人才。

　　和西格弗里形成强烈对比的是哈根，阴险、毒辣、残酷、凶暴，一开

始就对西格弗里存着嫉妒之心，不怀好意。他曾说过："尼伯龙根的宝物都到了他的手里，哎！但愿有一天把这些财宝运到勃艮第！"可见他谋财害命的险诈伎俩。后来趁克琳希德与布伦希德不和，他就利用机会，布置阴谋，伪造消息，骗取秘密，以不光彩的手段杀死了英雄。他是中世纪臣仆的典型，是封建君主的忠实走狗。恭太继承了父亲的王位，虽为骑士却懦弱无能，假仁假义，正是封建社会里具有代表意义的封建主形象。

这部德国中世纪的宝贵文学遗产，永远是一颗璀璨的明珠，滋养着历代优秀的人物。马克思非常喜爱它，并将其奉为经典，常与荷马史诗、《堂·吉诃德》、莎士比亚的戏剧、《一千零一夜》列在一起念给他的孩子听，可见其不朽的地位。

5. 长篇纪功诗：《熙德之歌》
cháng piān jì gōng shī：xī dé zhī gē

西班牙人民长期和入侵的异族作斗争，尤其是和摩尔人的斗争持久而激烈。因此，在十世纪前后，就涌现出不少歌颂和异族斗争的英雄人物的史诗，但真正流传下来的并不多。

《熙德之歌》是流传至今的保存最完整的长篇纪功诗。作者不详，一般认为写作年代是在 1140 年至 1157 年之间，全诗共三千余行。这部不朽的诗作，主要是根据历史事实写成的。历史上的熙德是一位卡斯蒂利亚的骑士，全名罗德里戈·鲁伊·迪亚斯·德比瓦尔。他于 1043 年出生于距布尔戈斯市九公里的比瓦尔村。他的父亲是比瓦尔的贵族，母亲是阿斯图里亚斯的伯爵的女儿。他作战十分勇敢，很有谋略，赢得对手摩尔人的尊敬，被称为"熙德康佩阿多尔"，即英勇善战的"熙德"——古阿拉伯语，"熙德"是对男人的尊称，是"主人"的意思。熙德在和摩尔人的战争中立下了不少汗马功劳，最初的几年里也十分受卡斯蒂利亚国王阿方索六世的器重，作过王室的行政长官和禁卫军的首领，并于 1074 年同阿方索六世的堂妹希梅娜结婚。

　　大约在 1081 年，熙德有一次擅自袭击托莱伊斯兰王国得罪了国王，国王认定他这样做有损皇帝的威严，于是受到了放逐的处分。1087 年重新得到阿方索国王的宠信。1089 年，国王有一次大型出游，当时作为国王随从的熙德由于迟到，引起国王的误会，因此再次被放逐。在上述两次被放逐的过程中，熙德曾经在萨拉戈萨摩尔国王的军中服役，作过萨拉戈萨国王的保护人。

　　熙德两次俘获巴塞罗那的伯爵，但两次都慷慨地释放了他。由于他骁勇豪爽，打了不少胜仗，并且宽宏优厚地对待部下，使愈来愈多的卡斯蒂利亚骑士慕名而来，投到他的麾下。1094 年他攻克了巴伦西亚，事实上成为当地的统治者，还占领了不少邻近的土地，不断地和摩尔人作战，几乎战无不胜。

　　1099 年，熙德在巴伦西亚去世。他的妻子希梅娜又坚持同摩尔人作战达三年之久。最后在战斗失利的情况下，向其堂兄阿方索国王求救。1102 年阿方索国王出兵救了希梅娜，并把熙德的遗体带回卡斯蒂利亚。希梅娜于 1140 年去世，夫妻双双被葬在卡德尼亚修道院，1842 年他们的遗体又被迁至布尔戈斯市内。

　　至今，在西班牙布尔戈斯省省会布尔戈斯市中还屹立着熙德的高大铜像：一位威猛的中古骑士，全副武装，手持长剑，他胸前须髯飘动，举目远眺，斗篷似肩生双翼，坐下骏马腾跃。

　　《熙德之歌》虽然是根据上述史实创作的，但两者又不尽相同。全诗分为三部分。诗的开头部分，就叙述了熙德被放逐的事情。熙德受阿方索国王的派遣，向安达卢西摩尔人收取贡赋，那贡赋本来是摩尔人应该向卡斯蒂利亚交纳的。在收贡赋的过程中，卡斯蒂利亚的加尔西亚·奥多涅斯伯爵与熙德发生争执，打起仗来，结果被熙德俘获，囚禁在卡拉布城堡。熙德返回卡斯蒂利亚后，嫉妒他的朝臣们便开始谋划陷害他，向皇帝诬告他私自独吞了大量贵重的贡品。国王听信奸佞小人之言，下令放逐熙德，命令他必须在九天之内离开卡斯蒂利亚，否则就要把他处死。熙德万般无奈，率领几个骑士向卡尔德尼亚进发，他的妻子和两个儿女就在那里的一

个修道院避难。他到了卡尔德尼亚，会见了妻子儿女。但九天的期限很快到了，他不得不忍痛和亲人告别。告别时，熙德向上帝祈祷，将来能让他亲自安排女儿的婚事以享天伦之乐。在他到达摩尔人的国境前，他梦见了天使加勃利埃耳，这位天使应允将保佑他终生无往而不利。摆在熙德面前的另一个迫切的问题是：在放逐期间如何维持自己以及他的部下的生活。为了生存，他们只能通过战争来获得生活必需品。熙德开始同摩尔人打仗时，由于力量薄弱，遇到的困难很多，要付出惨重的代价才能获取战利品。最初的几个战役，他们夺取了摩尔人占据的埃纳雷斯河沿岸的市镇卡斯特洪和哈隆河沿岸的市镇阿尔科塞尔等地。熙德把获得的战利品卖给当地的摩尔人，以换取必需的军费。接着，他们又深入转战在摩尔人统治的地方，使从特鲁埃尔到萨拉戈萨的整个地区都向他纳贡。同时，他派心腹部将阿尔瓦尔·法涅斯向阿方索国王赠送三十匹良马。然后，熙德向莫雷利亚山区及其邻近的地方前进。但这些地方受到巴塞罗那的拉蒙·贝伦格尔伯爵的保护。于是他们之间发生了战争，伯爵被俘，但是三天后就被熙德慷慨地释放了。

《熙德之歌》接着叙述了熙德的女儿们的婚礼。熙德从莫雷利亚山区又向地中海沿岸进攻。在卡斯特利翁和穆尔维埃德罗之间，攻占了一些城镇，最后占领了巴伦西亚城。塞维利亚的摩尔国王企图重新夺回这一重要的城市，结果失败了。熙德从战利品中选出百匹骏马，派阿尔瓦尔再次向阿方索国王献礼，以便请求国王准许他的妻女来巴伦西亚相会。阿尔瓦尔·法涅斯顺利地完成了使命，将熙德妻女带回巴伦西亚，熙德全家重新团聚。为了巩固在巴伦西亚的统治，在宗教方面，熙德任命文武双全的教士堂赫罗尼莫为主教。后来，摩洛哥国王尤赛弗来攻打巴伦西亚，也被熙德击败了。熙德又从战利品中选出两百匹骏马，派阿尔瓦尔·法涅斯向国王送上，这是第三次献礼。

熙德屡战屡胜，获得了大量的战利品，威名远扬。卡斯蒂利亚的朝臣们大都仰慕这位英雄，但曾被熙德打败的加尔西亚·奥多涅斯伯爵对他的妒忌也日益加深，他的亲戚卡里翁两公子则垂涎熙德的财物。主要出于图

谋财富，卡里翁两公子费尔南多和迭戈央求国王作媒，向熙德的两个女儿求婚。他们约熙德在塔霍河畔会晤。国王宽恕并赞扬了熙德，两公子随同熙德去巴伦西亚举行婚礼。熙德本身并不赞成这桩婚事，只是碍于国王的情面才勉强答应了，因而他不愿主持婚礼。婚礼由国王亲自指定的代表阿尔瓦尔·法涅斯主持。

《熙德之歌》的最后一部分讲述了两个女婿的卑劣行径。那两公子既贪财又怯懦，熙德左右的人都把他们当做讥笑的对象，但熙德并不具体了解他们的丑行。两公子怀恨在心，策划以凌辱熙德女儿的暴行进行报复。他们伪称要携其妻子回卡里翁，熙德答应了，并送给他们一双宝剑，很多钱财和大批珍宝。虽然熙德不知是计，但在分别时一种不祥的预兆触动了他。他放不下心，就命其侄费利克斯·穆尼奥斯护送两个女儿。

两公子对熙德的两女儿下毒手完全是预谋的。行至科尔佩斯橡树林中，他们叫穆尼奥斯及所有随从先行。然后，就剥去她们的外衣，直把她们打得半死才遗弃在林中，企图让猛兽恶禽吞食。幸亏穆尼奥斯早已怀疑两公子不怀好意，半路折回探视，及时救了他的堂姐妹。熙德得知此事后，就向国王控诉，国王在当时的首都托勒多召集所有贵族，亲自开庭审理此案。熙德当众宣布两公子的罪状时，那代拉和阿拉贡两个王子前来向熙德的两个女儿求婚，国王下诏准许再嫁。

决斗在卡里翁举行。熙德的三位骑士同两公子和他们的哥哥阿苏尔决斗。结果两公子及其哥哥都被击败并被宣布为背信弃义的人。熙德的骑士们凯旋归回巴伦西亚。全诗就在熙德女儿们的盛大婚礼中结束。

《熙德之歌》鲜明地反映了人民群众的感情和愿望。熙德从一个封建骑士成为一个独霸一方的统治者，并不是毫无瑕疵的人物，但史诗却把他描写成一个理想化的艺术形象。这实际上是代表了当时人民反抗侵略和忠君思想的倾向。而且，史诗所描叙的人物和事迹都纯粹是西班牙的，它忠实地反映了当时西班牙的日常生活、风俗习惯和精神面貌。这部史诗是西班牙第一部用民间口头语写成的。在西班牙的文学史上具有不朽的地位。

6. 市民文学名著：《列那狐传奇》
shì mín wén xué míng zhù : liè nà hú chuán qí

在 10 至 11 世纪的时候，欧洲各国出现了以手工业和商业为中心的城市。随着城市的发展，产生了城市文化，出现了非教会的学校和反教会的"异端"活动。于是，非教会的世俗文化如雨后春笋般日渐繁荣，城市文学便在这样的大背景下应运而生。

列那作恶多端，遭到其他动物的控告和狮王的传唤，可是列那给传令官——狗熊勃仑来了个下马威，只用一段"请吃蜂蜜"的谎言，就把勃仑送进了圈套，害得勃仑被树干夹住，险些丧命。

关于列那狐的故事诗是中世纪城市文学的最重要成就之一。《列那狐传奇》写的是动物世界的故事，都以狐狸列那为故事主要角色，却上演着人类社会的活剧。故事中的飞禽走兽，不仅会操人的语言，而且被赋予封建社会中人的基本属性。在故事所描绘的禽兽王国中，狮王诺勃勒是最高封建统治者；雄

狼伊桑格兰和狗熊勃仑等是国家重臣，即封建统治的中坚力量；而鸡、猫、乌鸦、麻雀、白鹤等弱小动物则是兽国中的下层阶级。狐狸列那是个小贵族，它的形象十分复杂。尽管故事里说它是男爵，但他在与狼、熊、狮子和神父的斗争中是一个反封建的人物。他捉弄国王、杀害大臣、嘲笑教会，几乎无法无天。他的胜利，标志着市民智慧战胜了封建暴力。另一方面，列那狐又肆意欺凌和虐杀很多没有防卫能力的弱小动物，许多鸡、兔、鸟类都成了他的腹中之食。从这个角度看，他又是城市上层分子的形象。

列那狐和伊桑格兰狼的斗争是贯穿始终的主线。伊桑格兰狼粗暴、贪婪、愚蠢，总是上列那狐的当而大吃苦头，而相对弱小的列那狐总能战胜强有力的狼伊桑格兰。它以剃发入戒可以吃到美味的烤鱼为借口，引诱狼把头伸进门洞，用开水将之烫得焦头烂额。它授意伊桑格兰狼把吊桶拴在

列那狐要去朝圣。考尔巴哈为《列那狐》作的插图揭露了列那假虔诚骗取美名的伎俩。

尾巴上，然后垂入冰窟窿中以钓到鲜美的鳗鱼，结果河水结冰，使狼无法脱身，被人痛打一顿，切断了尾巴。它还以替狮王治病为理由，建议狮王把狼皮扒下来披在身上，以致狼于死地，等等。伊桑格兰狼虽有暴力可恃，终究不是狡猾的列那狐的对手。

列那狐不仅敢于同伊桑格兰狼、勃仑熊和白里士梅鹿之流斗争，而且还敢于蔑视狮王诺勃勒的最高权威，对之屡加嘲弄。它趁狮王酣睡之际，把它捆在树上。它还谎称某地藏有大量珍宝，骗狮王徒步跋涉。

列那狐虽然要对付强者狮王和狼，但在弱肉强食的社会里，它对那些更为弱小的动物也犯下累累罪行：它甜言蜜语骗去乌鸦铁斯兰口中的奶酪，还想吃掉乌鸦，结果乌鸦差一点就丧掉了性命；它装死躺下，引诱小鸟爱尔蒙特，然后乘之不备捕而食之；它假装给麻雀特鲁思的子女治病把它们吞进肚里，还厚颜无耻地宣称解除了它们的痛苦。然而，当这样一个嗜血成性的列那狐丧命时，国王却下令给它隆重安葬，教会司祭长贝尔纳驴在祷告中说："我的双眼从没有见过，哪位王公有如此美德。"真是莫大的讽刺。在许多故事中，列那狐也常常表现为一个伪君子，它相当巧妙地用宗教的假面具把自己伪装起来，一会儿装出一副悔过的样子，要进修道院，一会儿又要去罗马朝拜，但是还没有走到罗马就又回来了，仍然继续它的恶作剧。

《列那狐传奇》在中世纪法国家喻户晓，"列那"这一专有名词甚至代替普通名词，具有了"狐狸"的含义。后来，不仅在法国续作纷起，欧洲其他国家也有不少译本和仿作，出现了《列那狐加冕》、《新列那狐》、《冒充的列那狐》等作品。在这几部故事诗中，列那狐的形象有了新的发展。

《列那狐加冕》产生于十三世纪中叶。诗中列那狐的行动已经具有了政治上的目的，而不再仅仅是为获取食物和图报私仇。它处心积虑谋取王位，假扮成修道院的主持，敦促病危的狮王指定继承人。狮王想要菲拉培尔豹继位，它申辩道一国之王应是善谋略之人，而不是徒有大勇之人，并且不指名地赞美列那。国王听信假主持之言，最后把王位传给了列那狐。如愿以偿的列那狐登基后，首先革去了刺猬和绵羊的职务——两个曾经最拥戴它的人，以显示自己的大公无私。列那狐表面上拒绝收受贡品，背地里却让他的妻子照单全收。从此在他的统治之下，富人得利，穷人遭殃。它到处游历传经，连罗马教皇也请它去传授成功的秘诀。

《新列那狐》作于十三世纪末。故事叙述列那狐杀死伊桑格兰狼之子，狼起诉，狮王兴兵围攻列那狐的城堡，相持不下。后来狮王无钱开支军饷，士兵困乏。可是列那狐仗着自己的实力与狮王重修旧好。它又因拐骗狮王和豹、狼的妻子出逃，与狮王重新开战。这是一场在海上展开的激烈战争。列那狐的战舰"邪恶作底，背叛是舷，钉满卑劣，涂满耻辱，桅杆叫舞弊"，各种教派的僧侣教士当水手，教皇掌舵，整个教会在"狡诈"的大旗下前进。国王的战舰则由各种美德构成。国王虽然获胜，但他的战舰神秘地失踪了，所有人都登上了列那狐的邪恶之船。最后，罗马教皇立列那狐为"世界之王"。

《冒充的列那狐》产生于十四世纪上半叶，长达五万余行，但艺术上比较粗糙，故事显得松散。作者以传统的动物寓言为依托，揭示现实社会的矛盾。猫儿梯拜被一帮贵绅追赶到树上，它就以大树为讲坛，发表反贵族的檄文，预言他们死后下地狱，而农夫们则升天堂。母狮患病须吃一个善良人才能痊愈，可是到处找不到一个不傲慢的贵族，不勒索的领主或是灵魂纯洁的僧侣。列那狐更是现存封建制度的彻底叛逆者。它激烈攻击贵族和教会，对他们加于人民的什一税、人头税、徭役等表示异议。它毫不后悔地偷盗贵绅和僧侣财物，甚至想弄死他们，因为它们以人民的血汗自肥。它对教会财产的神圣性和封建所有权的合理性提出了根本的怀疑。

《列那狐传奇》展示的是中世纪法国封建社会各种力量对立和斗争的错综复杂的状况。《列那狐加冕》和《新列那狐》都把攻击的火力集中于罗马教皇为首的整个教会。《冒充的列那狐》在揭示阶级矛盾、抨击现存制度、表达政治观点方面要比以往的列那狐故事直接、有力得多。比如列那劝一个为生计所迫的农夫不要寻死，向他说明不应以"农夫"这个名字为耻，因为它不是由"卑贱"，而是由"领地"一词派生来的。为了劝说农夫起而反抗封建剥削和压迫，列那狐讲了一个悲惨的传说：一个贫穷女子死去，入葬时身裹十五尺麻布。领主得知后，声称人不应死得如此"体面"，扒开坟墓，把尸体抛到荒野，用那十五尺布披盖领主的马匹。这是现实生活中阶级压迫的真实反映。

列那狐故事诗是中世纪市民文学的最突出的成就。它的思想内容与中世纪的法国社会生活紧密相连。它描绘的宏大场景和包含的丰富寓意，大大开拓了动物故事的深度和广度。它最鲜明地体现了法国中世纪市民文学普遍具有的喜剧性和讽刺性。这将使列那狐故事诗具有永恒的、瑰丽的色彩。

7. 误入政治"歧途"的但丁
wù rù zhèng zhì qí tú de dàn dīng

在世界文学史上，诗人从政的例子并不鲜见。诗人多是理想主义者，政治则是冷冰冰的现实，理想和现实之间总是有一定的距离，所以参与政治的诗人往往会多一些坎坷，多一些失意。然而，从另一角度看，诗人从政往往又会使他们对人生和社会有更深刻的认识，并把这种认识写进自己的作品里，于是由政坛上的失意者转变成了文学史上的不朽者。但丁就是这类诗人中比较典型的一个。

据马里奥·托比诺的《但丁传》记载，但丁在很年轻的时候就翻过冰雪覆盖的亚平宁山脉，来到当时欧洲最早的大学博洛尼亚大学，在那里不仅学习了修辞、法律、演说术等知识，更重要的是在那段并不长久的日子里，他结识了许多志同道合者，当时一位具有自由思想的贵族诗人，也是佛罗伦萨的一个党派——吉伯林党的一个领袖圭多·卡瓦林提就是其中最重要的一个，但丁称

但丁

之为他的"文学之父"。就是这个在佛罗伦萨政坛上活跃而激进的卡瓦林提，把年轻的但丁拉进了佛罗伦萨政治界，并介绍他加入了吉伯林党的阵营中。大约在1295年，吉伯林党打败了另外一个主要政党圭尔夫党，掌握了佛罗伦萨政权。1295年11月至1296年4月，但丁成了当时的人民首领特别会议的议员。1295年12月，他参加了该党的智囊团会议，讨论如何选举执政官的问题。1296年5月至9月，他是百人会议的成员。1300年8月，他曾代表佛罗伦萨吉伯林党，参加托斯卡纳圭尔夫党联席会议。刚刚控制并稳定了政局，吉伯林党内部分裂成了黑党和白党两个派系，但丁必须做出自己的选择，也许是受卡瓦林提的影响，他加入了白党。但是，他原本与黑党的领袖柯索·多纳第的兄弟福里斯是好朋友，同时他的妻子又出身多纳第家族，所以这是一次不由自主的选择，也许可以称之为误入"歧途"。

　　白党是一个中产阶级的政党，代表上层市民的利益。黑党则代表贵族阶级的利益。1300年5月1日，黑白两派之间发生了第一次流血冲突，教皇篷尼法斯八世为把自己的势力扩展到佛罗伦萨，派红衣主教马泰为特使前来调解。名为调解者，马泰实则支持黑党。同年6月23日，但丁当选佛罗伦萨六名执政官之一。不过几日，黑、白两党又发生了第二次流血冲突，但丁虽然深受白党支持，但他还是秉公处理了两派冲突。在他的建议下，佛罗伦萨政府各打五十大板，将白党首领放逐到萨尔查耶，将黑党首领放逐到托波。被放逐的白党领袖中，就有但丁的好朋友卡瓦林提。

　　1301年，新任执政官将流放的白党首领召回佛罗伦萨，引起黑党的极大不满。本来就依靠教皇的黑党，请求篷尼法斯八世直接干预两派纠纷。但丁坚决反对教皇干涉佛罗伦萨内政，他虽然已经不是执政官，但仍与篷尼法斯八世进行了不懈的斗争。在3月召开的共和国智囊团会议上，他反对向与教皇勾结的那不勒斯国王查理二世提供重新征服西西里的经费。在6月19日召开的百人会议上，他反对派兵支援教皇的扩张势力。由于黑党赞成教皇干涉佛罗伦萨内政，企图借助教皇的力量打倒白党，因此，反对教皇的但丁不得不向白党靠拢。

1301 年 10 月，在教皇篷尼法斯八世的唆使下，法兰西国王菲力浦四世兄弟查理·瓦卢瓦亲王打着教廷护卫将军的旗号，以教廷调解者的名义，率军南下意大利，逼近佛罗伦萨。为了挽救危局，但丁和两名白党代表前往罗马，与篷尼法斯八世谈判。阴险的教皇用花言巧语将其他两名代表劝回佛罗伦萨，把但丁留在罗马，同时命令法军进驻佛罗伦萨城，11 月 1 日，在查理的威慑下，黑党取得政权，开始对白党进行残酷的报复。

1302 年 1 月 27 日，但丁在从罗马返回佛罗伦萨的途中，得知被缺席判刑的消息。他与其他四位白党首领，以贪官污吏罪、反对教皇及教廷调解者罪和破坏共和国安宁罪，被判处两年流放，罚款五百块小弗罗林金币，并永远不得担任公职。但丁拒不认罪，也没有回佛罗伦萨交付罚款，同年 3 月 10 日，又被判处终身流放，没收全部家产。佛罗伦萨政府声明，如果但丁返回故乡，必将处以火刑。1302 年至 1304 年，被流放的白党组织了三次返回家园行动，但丁参加了前两次，企图与伙伴们一起打回佛罗伦萨。但由于组织不力，都未成功。但丁拒绝参加第三次行动，决心离开"邪恶、愚蠢的伙伴"，走自己的路。从此，他开始了漫长的流浪生活。

几年间，但丁"作为行旅，几乎乞讨着，差不多走遍了所有说这种语言（指意大利语）的地方"，他像"一只无帆无舵的小舟，随着吹干肌体、带来贫苦的风，飘泊到各个港湾、河口与海岸"（《飨宴》）。在动荡不安的生活中，天性倔强的但丁饱尝了寄人篱下之苦。对家乡的怀念和对子女的担忧，更使他痛苦万分。1303 年，佛罗伦萨政府颁布法令规定，但丁的子女满 14 岁时，也要像他一样被流放。但丁曾一度想含辱认罪，取得佛罗伦萨政府的谅解。他写信给佛罗伦萨执政者，请求宽恕，希望能获准返回故乡。然而，他更想用自己丰富的文化知识和卓越的创作天才，挽回由于贫困和流放而受到损害的声誉，最后达到重返故土，使"疲倦的灵魂得到休息"。因而，他于 1304 年至 1307 年间专心撰写了《论俗语》和《飨宴》两部学术著作，试图证明自己具有坚实的理论基础、崇高的道德修养、丰富的文化知识和高超的艺术造诣。

流放生活开阔了但丁的眼界，他的视野从佛罗伦萨的派别斗争转向整

个天主教世界。他认为，意大利境内发生混乱，是因为没有一个能够制止个人贪欲、引导人们走向一条文明、道德、正义之路的首领。皇帝疏于职守，忘记了执掌世俗事务的责任。教皇野心勃勃，越过神权范围，干涉世俗事务。他们之间的争权夺利，导致了意大利的无政府状态。所以，肆无忌惮的人们无休止地追求物质财富，贪欲、野心越来越大，邪恶占了上风。

公元 1310 年，新当选的皇帝亨利七世企图恢复在意大利的权力，率兵南下。亨利七世的到来，重新燃起了但丁返回故乡的愿望。他希望教皇与皇帝和解，恢复意大利及整个天主世界的安宁。为此，但丁写了《告意大利诸侯和人民书》，号召他们爱戴、欢迎亨利七世，把他视为恢复正义的救世主。亨利七世的军事行动受到托斯卡纳圭尔夫党的顽强抵抗，但丁非常气愤，写信谴责"穷凶极恶"的佛罗伦萨人，"你们晓不晓得上帝已经注定人类为了保护公理、和平和文明，必须在一个皇帝的统治下，而意大利每逢帝国消灭时便为内战的牺牲品，他们违犯了人神的戒律，你们这些由于贪婪的可怕的不满足而导致犯罪的人——难道第二次死亡的恐怖不会使你们苦恼，而你们已经激怒了罗马君主地上的统治者，以及上帝的特使的荣耀……最愚蠢、最无理性的人们！你们必将被迫屈从于帝国的鹰旗之下！"但丁称他们为"新巴比伦人"。同时，但丁还致书亨利七世，请求他火速进军佛罗伦萨，镇压那些"腥臭的狐狸"、"反抗母亲的毒蛇"及"传播瘟疫的害群之马"。

1313 年，正当亨利七世准备进攻佛罗伦萨时，不幸染病身亡。皇帝的死，使但丁的一切幻想都破灭了。亨利七世南下意大利时，教皇克雷门特五世害怕皇帝在意大利的势力增强，危及自己的利益，因而煽动意大利诸侯联合抗击他的军事行动。支持皇帝的但丁奋笔疾书，写下了论述政权与神权应该分离的政治论著《帝制论》，进一步阐明了"两个太阳"的独到理论。

《帝制论》是一部拉丁文的政治理论著作，是但丁最优秀的、也是唯一完整的理论著作。《帝制论》向读者阐述了《神曲》所要表达的一个重

要的政治思想，即帝国的存在是必要的，它应该与教廷保持正确的关系。帝国的政权是独立的，它不应从属教廷的神权。

1313年，佛罗伦萨政府对流放者实行大赦，因为但丁支持亨利七世，所以不在其列。1315年，佛罗伦萨政府再次实行大赦，宣布只要但丁交付罚款，真心表示忏悔，便可以返回家园。但丁把此事视为莫大的侮辱，断然拒绝了这些要求。他在《致佛罗伦萨一友人》的信中说"这不是还乡之路……难道我在别的地方无法领受到太阳和星辰的光辉吗？"他决心要满身荣耀地返回故乡，否则，永远在外，死不回头。这一决心是推动但丁后半生努力奋斗，完成文学巨著——《神曲》的强大动力。被激怒的佛罗伦萨政府再次缺席判处但丁及其子女死刑。

但丁继续到处流浪，最后在拉文纳定居下来。他把子女召到拉文纳一起生活，精神得到了一定的安慰。1314年，但丁完成了《神曲》的前两篇《地狱篇》、《炼狱篇》的创作，并取得了辉煌的成就。博洛尼亚邀请他去接受桂冠，他婉言谢绝了。他希望能在将他放逐的佛罗伦萨接受桂冠，以此回击他的敌人。晚年，但丁专心从事《天国篇》的写作，决心使已经取得辉煌成就的《神曲》更加光辉灿烂。

1321年，受拉文纳城主圭多·诺韦洛的委托，但丁前往威尼斯进行外交谈判，归途中不幸染上疟疾。同年9月13日夜里，但丁客死于拉文纳城，葬在该城的圣·彼得大教堂。当时他刚刚完成《神曲·天国篇》的创作。

8. 犯罪作恶的归宿：《地狱篇》
fàn zuì zuò ě de guī sù: dì yù piān

在欧美文学史上，《神曲》是继荷马史诗后的又一部里程碑式的作品，它为但丁赢得了不朽声誉。

《神曲》是一部"俗语"长诗，全篇均用通俗的意大利语三行诗体写成。根据诗人幻游三"冥界"的描写，分为《地狱篇》、《炼狱篇》、《天

堂篇》三部分，象征着神圣的"三位一体"。每部分由三十三个篇章组成，与基督在尘世生活的年岁恰好相等。在第一部分《地狱篇》前又加上一个序曲，正好凑成一百篇，象征完美。

《地狱篇》的序曲写道，1300 年的春天，三十五岁的但丁发现："在我生命旅途中，我发现自己正处于黑暗的森林之中，正确的道路业已模糊，消失"。这里，

保罗与弗兰契斯卡在地狱。诗人虽将这对情侣置于地狱中，却对他们的遭遇寄予了深切同情。

"森林"是整个人类迷途的隐喻。在这样的黑暗中，他踽踽独行，黎明时分，前方的一个出口处出现了三只野兽，即象征淫欲的豹，象征野心或傲慢的狮子和象征贪婪的狼，而象征贪婪的狼正是由嫉妒把它放出来的。这就是说，淫欲、傲慢、贪婪和嫉妒这四种丑恶的情欲阻挡了人类走向光明的道路。

正当诗人进退维谷，不知所措的时候，古罗马诗人维吉尔出现了，他是人类的智慧与理性的象征，是受但丁青年时代的恋人贝雅特里齐的委托前来解救但丁，引导他走出迷途的。维吉尔告诉他，唯一的安全出口就是经过地狱和炼狱，并许诺如果但丁愿意，他可以带着但丁游历地狱、炼狱直至天堂之门。在那里，有位比他更适宜的人会将他带入天堂，瞻仰上

"一个罪人用三根木桩或十字形钉钉在地上"。——《神曲·地狱篇·第二十三歌》

帝、天使、众圣人以及天国里光彩夺目的景象。

地狱是一个地下的通道，直达地球的中心。但丁用一种有力的，差不多是虐待狂的想象力来构想它。那是一个形似大漏斗的万丈深渊，底部在地球的中心点上。

地狱前庭是一片广阔昏暗的平原，生前无能力选择善与恶的懦夫扛着一杆大旗，在牛虻、蚊蝇的驱赶下，不停地奔跑。他们的脸被蜇得鲜血淋漓，脚被毒虫咬得疼痛难忍。他们既无法得到上帝恩赐的幸福，也无法进入地狱接受惩罚，因为连魔鬼也鄙视无为之辈。

第一层为"候判所"，那里居住着没有受过基督教洗礼的灵魂，他们或者是未来得及受洗礼就死去的婴儿，或者是生活在耶稣诞生之前的人们。尽管这些灵魂生前没有什么罪孽，甚

地狱之王琉西斐

至还有为人类立下过不朽功劳的贤哲，如诗人荷马，哲学家苏格拉底等，但是，他们仍无法获救，必须承受永远见不到上帝的痛苦。

第二层里，耽于色欲的灵魂被暴风雪与冰雹卷动着，不断飞舞，永无休止，如同他们生前被性欲的风暴卷动，不得安宁一样。这里，但丁见到了帕里斯与海伦、狄多、特里斯坦等等，最典型的是因通奸而被杀害的弗兰契斯卡和保罗。保罗是贾西奥托漂亮的兄弟，曾代贾西奥托向弗兰契斯卡求婚。弗兰契斯卡嫁给贾西奥托之后，与保罗发生了恋情。就在他们偷情的时候，贾西奥托捉住他们，并加以杀害。在地狱里，弗兰契斯卡像一个无肉的鬼魂，在风中飘摇，她靠在她那爱人的鬼魂旁边。

但丁听完这个故事，不禁深受感动，晕厥在地。等醒过来时，发觉自己正置身于地狱的第三层。在这里，饕餮者匍匐于烂泥之中，忍受着腥臭雨水、冰雹和寒雪的不断袭击。三头恶狗刻耳柏洛斯不停地嚎叫，并用爪子将灵魂们的皮肉抓破、剥掉、撕成碎块。

第四层里，是财富之神驻守的地方，贪婪和挥霍无度者分为两队，用尽"吃奶力气"各自推动一个极其沉重的大球，两队相遇后，互相辱骂，然后再往回推，直至在长廊的另一端再次相遇，再次辱骂，永无休止。这一惩罚，象征贪婪和挥霍无度者生前为世间财富盲目地奔忙，死后一无所得，只能忍受无穷的劳苦。

诗人随阴暗滚热的冥河往下走到第五层。在这里，因愤怒而犯罪的人被脏物所覆盖，且自己撕裂并击打自己。而那些犯怠惰罪的人，被浸在静止的湖水中，泥浆的表面因他们的喘气而冒出泡泡。漫游者被渡送过湖，而到达第六层的恶魔城。

在第六层，异教徒按照他们生前所属的异端教派，分别在烈火燃烧的坟墓中忍受无穷的痛苦。这一层里，居住着皇帝腓特烈二世以及许多教皇和红衣主教。

第七层又分为三圈。外圈是一条血河，河里浸泡着暴君、凶杀者、绿林大盗，他们是毁坏人与物的强暴者。中圈是一片环形树林，树木奇形怪状，长满毒刺，没有一片绿叶，树叶上栖息着许多丑恶污秽的妖鸟。干枯的树枝发出悲惨的哭泣声，与妖鸟的可怕叫声混在一起，令人毛骨悚然。树林中有无数恐惧的魂影奔逃，后面是成群的恶狗紧追不舍。枯木是自杀者的灵魂变化而成，由于自杀者是对自己肉体的强暴者，所以，即使在上帝"最后审判"的那一天，他们的灵魂和躯壳也无法合为一体。被恶狗追赶的魂影是在赌博和其他恶习中耗尽自己财产者的灵魂，他们是对自己财富的强暴者，因而要被恶狗撕成碎块。内圈是一望无际的、炙热的沙漠，上空缓缓地飘落着火片。沙漠上，否认神灵、辱骂天神的罪恶灵魂仰卧着，同性恋者不停地奔跑着，放高利贷者蜷坐着，他们都赤身裸体，不住地扑打飘落在身上的火片。这些灵魂犯有对上帝及其女儿（自然）和孙女

（人类的工作）施行暴力的罪行，他们必须在此接受火雨、热沙的煎熬。

第八层是十条环形的恶沟，一种永无休止的痛苦落在勾引妇女者、谄媚者、买卖圣职者的身上。后者的头被向下固定在洞里，只有脚和小腿露在外面，火焰像抚摸似的烧着他们的脚。在买卖圣职者中，已故的教皇尼古拉三世因生前大肆搜刮钱财而受到痛苦难熬的惩罚，同时，但丁借尼古拉三世之口，预言干涉佛罗伦萨内政的教皇蓬尼法斯八世也将被发落到此处受罚。伪君子们不断地绕着第六个深渊走，身上穿着镀金的铅外衣。在第七个深渊，盗贼被蛇毒折磨。但丁在这里认出几个佛罗伦萨人。在第八个深渊的一个拱门中，他看到火焰反复地烧着妖人——罪恶的顾问。在第九个深渊里，散播恶意中伤之言的人和分裂宗教的人被肢解。

地狱的最底层是科奇托冰湖，冰湖分为四个区：第一区叫卡依纳，背信变节者除头部以外，全身冻在冰湖里，他们的脸上痛苦的眼泪凝结成一种"水晶的面具"。第二区叫安特诺拉，里面冰冻着背叛祖国者的灵魂，他们露在外面的头低垂着。第三区叫托罗梅亚，背叛主人者仰卧着，被冰冻在湖面上。第四区叫犹大区，背叛恩人者被冻在冰下。冰湖的中心也是地球的中心，那里站立着巨大的地狱王撒旦。他的三张大嘴各衔着一个最高权力的背叛者，他们是犹大（出卖耶稣的叛徒）、布鲁托和卡西奥（杀害恺撒大帝的叛徒）。

正如但丁在《致斯加拉大亲王书》中所指出的，《神曲》虽然描写的是"亡灵的境遇"，但是，"如果从寓言的意义看，则其主题是人，人们在运用自由选择的意志时，由于他们的善行或恶行，将得到善报或恶报"。因此，《神曲》是以宗教劝世的形式写成的，通过幻游地狱、炼狱和天堂的寓意描写，借以表达诗人对现实人生的思考探索。尽管它的总体构思建立在基督教关于"来世报应"的基础上，但却处处流露了但丁对祖国命运的关切，对现实人生的忧虑。而《地狱篇》中对诸多罪恶的揭露，尤其是对贪官污吏和反动教皇的愤怒鞭挞，则是这部史诗性作品中最具有政治倾向的部分。虽然但丁是一个正统的天主教徒，但这里对教会腐败的批判，却成为后来宗教改革运动的先声。

9. 由恶向善的通途：《炼狱篇》
yóu ě xiàng shàn de tōng tú： liàn yù piān

《神曲》的第二部分《炼狱篇》虽然远不如《地狱篇》那样生动，但它的气氛也不再那样阴森可怖，使人压抑。它开始变得温和、平静，让读者看到了广阔的蓝天，也看到了未来的希望。尽管各种处罚惩戒依然很苛刻，但经过这痛苦的净化过程，借助努力与痛苦，希望与幻想，洗涤自己的罪行和自私，人类可以走向完善，进而获得永久的爱、平安和幸福。

维吉尔和但丁经过地球的中心，改变了头脚的方向，用两天的时间走过地球的直径。在复活节的早晨，他们来到了南半球，欣赏到了白昼的光辉，站到了净界的脚下。这也是炼狱的九层中的第一层，炼狱中的第二层至第八层是一个山形圆锥体，山顶的"伊甸园"是第九层。在这里，生前犯过错但临终前忏悔了自己的罪过，可以得到宽恕的灵魂，按照人类七大罪过倾向即傲慢、嫉妒、愤怒、怠惰、贪财、贪食、贪色，分别在各层里改造，然后升入山顶的"伊甸园"。再在莱特河和崖屋诺爱河中洗涤净身后，升入光明的天国。炼狱的每一层中，都针对本层灵魂的罪过，提供正反两面的例子，使人们能够学习好的，摒除坏的，弃恶从善。

在炼狱的门前，维吉尔用可以涂抹的露水，将但丁脸上那些由地狱里带来的汗珠和污秽洗去。炼狱的看门人命令但丁在腰间系上一根象征谦卑的灯芯草。这里有三重台阶，第一级用洁净的大理石制成，明亮得如同镜子，象征人们内心的悔悟；第二级用粗糙的、有很多裂纹的石头制成，象征忏悔罪过；第三级用带斑点的、像血一样红的石头制成，象征用行动赎罪。三级台阶上面是金刚石门槛，门槛上坐着一位身穿灰色外衣、手握宝剑的天使，他象征掌管忏悔权的教士。但丁跪下，请求守门的天使放他进去。天使在但丁的额头上画了七个"P"字（象征七大罪过），然后又用两把钥匙打开炼狱大门。金钥匙象征神学，银钥匙象征打开忏悔者心灵、超度罪恶者灵魂的教会忏悔权。

在炼狱第一层里，傲慢者的灵魂身负重物，在陡峭的山路上艰难地行走。傲慢的面孔在重物下被迫垂向地面，平时习惯于显示自己尊严与高傲的身躯，被压得扭曲蜷缩在一起，呈现出一副可怜相。山壁上刻画着谦卑者的榜样，地面上是被人践踏的傲慢者的形象。

第二层里，嫉妒者的灵魂倚坐在山石旁，上下眼皮被铁丝穿在一起，他们相互搀扶，就像坐在教堂门前乞讨的瞎子一样。无形的精灵赞颂着博爱的榜样。

第三层里，愤怒者的灵魂在浓黑的烟雾中摸索着前进，象征生前愤怒的感情使他们看不清事物。黑暗中，但丁紧紧抓住维吉尔，像盲人一样行走。他看不到幽灵，只能听见他们的声音。

第四层里，怠惰者的灵魂拼命地奔跑，他们呼唤、赞颂着勤勉的榜样，痛斥受惩戒的怠惰，正以极大的热情弥补生前的罪过。

第五层里，贪财的吝啬鬼和挥霍无度的败家子们，手脚被捆绑着趴卧在地上，不断地咒骂被惩戒的吝啬和贪婪。但丁通过与灵魂们的交谈，指出贪婪是世界堕落的首要原因：它造成了社会秩序的混乱，使出身低贱的"新人"爬上政治舞台，篡夺了权力，又使伤风败俗遍及整个天主教世界。在这里，教皇哈德良五世就因为生前一度贪恋财富而心平气和地接受惩罚。同时，诗人也遇到了罗马诗人斯塔提乌斯，他以一种诗人彼此相遇时少有的愉快心情，向维吉尔和但丁致意。

第六层里，长着两棵奇怪的大树。第一棵树呈下宽上窄的圆锥形，一股清澈的泉水从石缝中流出，洒在茂盛的枝叶上，树枝中发出赞美节制的声音。受惩戒的贪食者贪婪地望着树上的硕果和浇灌果树的清泉，他们万分饥渴，骨瘦如柴，两眼深深地陷入眼窝，几乎成了瞎子，皮肤干裂成鱼鳞状。第二棵树与第一棵相仿，树旁围绕着像孩童一样的灵魂。一个成年人将树上的果子拿给他们看，然后又收回，一次又一次地使他们失望。树上的枝叶发出惩戒贪食的呼喊。

炼狱的第七层是一片火海，烈火从岩壁的石缝中熊熊喷出。这里惩戒着好色者，他们低声哼着一首礼拜仪式曲，高声赞美贞洁的榜样。但丁对

犯肉体罪的人有着一种诗人的同情，他把自己的好朋友圭多放在这一层，并且对他说："只要我们的语言存在一天，我们就将珍视你们写的每一行甜美的诗歌。"

"伊甸园"是一片绿树成荫、鲜花盛开的地方。那里有两条小河，一条叫莱特河，一条叫崖屋诺爱河。莱特河水能够冲洗掉人们对邪恶的记忆，崖屋诺爱河水能够使人们牢记人世间的善与美。

在维吉尔辞别之后，但丁漫步于地上天堂的森林和田野，并沿着小河徐行，呼吸着清新空气中的芳香，聆听树上"带羽毛的唱诗者"歌颂春天的美妙歌声。一个采花姑娘停止了唱歌，向他解释这美丽的地方被舍弃的原因：它过去曾是伊甸园，然而因人的不服从，使人类从此失去了乐园。这时候，贝雅特里齐自天堂降临这被弃置的乐园，身着令人目眩的灿烂衣裳，使但丁只能感觉她在场，却目不能见。

他转身对他的诗人导游说话，然而维吉尔已经回地狱去了。但丁啜泣着，但贝雅特里齐却叫他为肉欲的罪而哀伤，因为在她死后，他在灵魂中玷污了她的影像。的确，在他有生之年的中点，他曾发现自己迷失了，因为正确的道路变得模糊。但丁羞愧地跌倒在地，并承认自己的罪。天上的童女们来向贝雅特里齐求情，请求她将灵魂之美显露给他看。

她动了怜悯之情，而将她的灵魂之美显露给他看。但童女们警告但丁，不能直接凝视她，只能注视她的双足。贝雅特里齐引导他和斯塔提乌斯来到一处喷泉，从喷泉里流出两条小河——忘川及优诺河。但丁饮了优诺的河水而涤清了罪。于是，他现在重获新生了，并"被导致宜于上升于群星"。

有人说，《神曲》唯一有趣的部分是地狱，这是不正确的。虽然在净界中有许多枯燥无味、教诲式的章节，而且始终有一种强烈的神学意味，但在这些短歌诗里，由于没有诅咒的恐怖，逐步攀登美和温柔的境地，以一种复得的愉快来鼓舞上升者，何况，正是从这里出发，但丁在贝雅特里齐的引导下，去游历天堂……

10. 不可言说的幻境：《天堂篇》
bù kě yán shuō de huàn jìng： tiān táng piān

在《神曲》的《炼狱篇》之后，但丁为我们描绘了至善至美的天堂——人在经历了艰难曲折的自我改造之后，才能够达到的那个理想的彼岸。但丁努力调动声、光、色等各种手段，试图描绘出某种人们向往已久的那种境界，而结果却似乎令人失望，诗人有力的笔在写到天堂时变得苍白无力了。也许天堂之美，真的是只可意会不可言传的吧！

但丁关于天堂的描写，是以大胆的想象力和严谨的细节精心构建而成的。依据托勒密的天文学理论，但丁认为天堂是由围绕地球旋转的九个水晶球组成的。这些球是"天父之家"的"许多大厦"。在每个球里，安置着一个行星和许多星星，像是王冠上的珠宝。当它们运转时，这些天体便都放射出程度不同的神圣的智力，并歌唱他们的幸福，使整个天堂沐浴于音乐之中。众星乃是天堂的圣者，得救者的灵魂，且根据他们在世时所建树的功勋，以不同的高度停留在地球之上，它们的幸福如此无穷，如此接近高于一切星球的天庭，支撑上帝的宝座。

像是被贝雅特里齐放射出来的光所吸引，但丁从地上乐园上升到第一重的天堂。那是月亮的世界，它像一块被太阳照透的金刚石，又像"明亮、浓厚、坚硬、洁净的云雾"。住在这里的，是那些本身并未犯过罪，却被迫亵渎宗教誓言的人。其中之一的皮卡尔达·多那提向但丁解释说，虽然他们在天堂的最低一层，却借着神圣的智慧之神而得到解放。因为幸福的基础是乐意接受神的旨意："他的旨意即我们的平安。"

但丁同贝雅特里齐一起上升到天堂的第二重，这是受水星统治的星球。住在这里的，是那些在世时全神贯注于善良目的并付诸于实际活动的人，但是他们侍奉上帝的心，却远不如追求尘世的荣誉那么热烈。他们的功劳失掉了部分光彩，只好享受较少的天国幸福。罗马帝国的皇帝查士丁尼出现了，他以威严的诗句说出罗马皇帝与罗马法律的历史作用。通过他

的表白，但丁又为在一种法律及一个国王统治下的世界做鼓吹。

贝雅特里齐带领诗人到达第三重天堂，这是金星的世界。在和谐的光彩里，生前沉浸在爱情之中的灵魂，像快活的火花，随着抑扬的乐曲轻歌曼舞。在这里，普洛旺斯的游吟诗人福尔盖预言了教皇篷尼法斯八世的悲剧。

第四重天堂是太阳运行的轨道。智慧者的灵魂围成圈子欢快地歌舞，他们之中有许多著名的神学家和哲学家。但丁发现了基督教哲学家们——波伊提乌、塞尔维亚的伊西多尔、托马斯·阿奎那。在一次亲切的互相问候中，多米尼克教徒托马斯对但丁述说圣弗朗西斯的生活，而圣方济会教徒波拿文都拉则告诉他以圣·多米尼克的故事。托马斯始终是一个心胸开阔的男子汉，由于阐发神学的精微而阻碍了他的叙述。但丁如此急切想成为哲学家，因此几乎放弃了作为诗人的身份。

贝雅特里齐领着他来到天堂的第五重，那是火星的世界。在这里住的，是为真正信仰作战而死的战士的灵魂——率领以色列人用武力攻占巴勒斯坦的约书亚、马加比、最勇敢的骑士罗兰、查理大帝，他们被安排为成千的星星，以一种令人昏眩的十字架及钉死在十字架的图形出现。而每一颗星在光辉的象征下，合成一种天体的和谐。他们不知疲倦地跳着，使人心醉神迷的乐曲伴随着他们，构成一幅令人难忘的动人画面。

在第六重天堂，公正贤明的君主们身披光彩，像刚刚饮足水的鸟，从小溪边快活地飞起，在空中排成各式各样的队形。接着，又歌唱着飞来飞去，组成各种字形。当一个字母组成后，略停一会儿，使人们能够将字形记在脑中，然后，又开始飞舞歌唱，组成下一个字母。最后组成《圣经·智慧篇》中的第一句话："噢，你们被唤来统治人间的人们，要热爱和追求正义！"过了一会儿，灵魂们又组成一只代表正义的雄鹰。那是木星的世界，但丁发现那是在尘世时公平执行正义的人：有大卫、君士坦丁、图拉真——另一个异教徒闯入天堂。这些活的星星被排列成巨鹰的形式。他们异口同声和但丁谈论神学，同时举行赞美公正国王的仪式。

攀登上"永恒皇宫的楼梯"，长梯高得使人的肉眼无法看到顶，它直通天府。这里不同于其他重天，没有任何歌声。节欲的静观上帝者（指隐修的僧侣）默默地在长梯上行走。假如他们也歌唱，响亮的声音定会震坏人的听觉。诗人及其引导者到达了天堂的第七重，行星土星及其卫星的世界。每上升一次，贝雅特里齐的美便更加灿烂，似乎被每一个更高的星球上升的光彩所增美。她不敢在她的爱人面前微笑，深恐但丁会在她的光辉照射下烧毁。这是教士们所居住的地方，他们的生活很虔诚，并忠于自己的誓约。

诗人上升到第八重天堂，恒星的地带。从双子星座往下看，他看到了极微小的地球，"如此可怜的外貌，我的微笑戛然而止了"。贝雅特里齐的一瞥告诉他，这是光与爱的天堂，而非犯罪与争吵的地方，这乃是他自己的家。

突然间，天堂里闪烁着惊人的光辉。"看！"贝雅特里齐说，"基督胜利的军队！"——天堂里新收的灵魂。但丁往上看，只见一道使他目眩的强烈光芒，而不知道是什么东西经过。"为什么你如此迷恋我的容貌？"她问，并请他转而注视耶稣、玛丽亚和使徒们。他试着去分辨它们，却只看到"一大片的光芒，他们都是借助于上面更热烈、不可逼视的闪电而来"。此时，他的耳际响起了天堂的星辰所唱的音乐。

基督和玛丽亚上升后，使徒们留在后面，于是贝雅特里齐请求他们跟但丁说话。彼得问及他的信仰，对他的回答至感愉快，因而同意他，只要篷尼法斯是教皇，罗马教皇的职权便是虚的或者是被亵渎的。

使徒们冉冉上升，渐渐消失，但丁最后随同"这位曾使我灵魂得享至福的人"进入第九层，即最高的天堂。在这里，没有星星，只有纯洁的光，以及所有灵魂、肉体、原因、动作、光及生命——上帝的、精神的、非物质的、非起因的、静止的来源。诗人现在努力想到达幸福的美景，然而他所看到的却只是一小点光，在它的周围有九个纯洁的神的圆圈——六翼天使、第二级天使、宝座、主权、德行、权力、君权、天使长和天使。虽然但丁不能看到上帝，但他看到所有天堂的星辰将做成一朵光辉的玫瑰，一种奇异的发光物，以及各种不同颜色的叶子逐渐扩大而成一朵庞大

的花。

贝雅特里齐现在离开了她的爱人，站在她所应站的位置。但丁眼见她坐在宝座上，请求她仍然帮助他。她对他微笑，然后将视线凝聚在一切光线的中心，但她仍派遣圣·贝尔纳前来帮助并安慰他。贝尔纳引导但丁的眼睛望向天堂的皇后。诗人一看，却只目睹一片火红色的光彩，被几千个披着光辉的天使围绕着。贝尔纳告诉他，如果他想获得观察天堂更清楚的力量，他也必须同他一起向圣母祈祷。

贝尔纳向她请求恩典，让但丁的眼睛能见到圣皇。贝雅特里齐及许多圣者双手合十，躬身向玛丽亚祈求。玛丽亚慈祥地注视了但丁一会儿，然后将双眼投注于"永恒之光"上面。现在，诗人说，"我的眼力逐渐专一，透入那高处之光逐渐深刻，此光本身即为真理"。他所看到的其余事物，他说，绝非一切人类语言及奇妙的设计所能表达于万一。但"在那灿烂的深渊中，清晰而高尚，似乎是，据我看，是三种颜色的三个球体合而为一。"这庄严的史诗，以但丁的眼光全然贯注在那光辉上作结。

11. 遁世者奏起的《凯歌》
dùn shì zhě zòu qǐ de kǎi gē

彼特拉克原本鄙视"俗语"，他晚年把自己所写的那些"俗语"诗歌称为"无聊的废话"，看成是"青年时代犯下的罪过"。因此，他为这些作品感到耻辱，甚至想将它们付之一炬。他如此嫌弃这些"俗语"作品，主要有两个原因：一方面，作为一个人文主义者，他不喜欢民众的语言，一心追求古典作品和拉丁语的高雅，以为只有拉丁语作品才能给他带来荣誉；另一方面，他具有天主教信徒所特有的那种内心的忧虑和恐惧，尤其到了晚年，这些忧虑和恐惧更加使他不得安宁，急切地试图将心中的世俗感情清洗干净。而他的"俗语"诗歌恰恰最集中地表现了他对现世生活的热情。

然而，在朋友的劝阻下，彼特拉克不仅没有烧毁这些"俗语"诗歌，

反而不断修改、润色，并将那些零散的诗篇收集整理，结集出版。事实上，正是通过这些"俗语"诗歌的创作，彼特拉克建立起了自己独特、高雅、优美的艺术风格，当年被他所鄙视的"俗语"诗歌反倒被后人视为他艺术价值最高的代表作。

彼特拉克的"俗语"作品很多，除了抒情诗集《歌集》之外，还有隐喻叙事诗《凯歌》。这部作品的写作始于1352年，在诗人生前曾反复修改，但直到他去世仍未定稿。全部作品分为六个部分，分别抒写了爱情、贞洁、死亡、荣誉、时间和永恒等六大主题，从而揭示了诗人丰富而又矛盾的内心世界。

第一部分《爱的凯歌》，以一种梦境的方式展开。万物复苏的春天，诗人在沃克吕兹的草地上入睡。在奇异的梦中，他看见爱神驾驭着一辆华丽的凯旋车从远方奔驰而来。爱神站在车上耀武扬威，周围簇拥着被他所征服的人们。在被征服者中，有历史名人、古代英雄与诗人，也有《圣经》与神话传说中的人物。正当彼特拉克看得出神的时候，一位少女（劳拉）的形象出现在他的眼前，于是诗人也被爱神所征服，爱情的烈火焚烧着他的灵魂。他讲述了自己的爱情故事，加入了"爱"的队伍。

在第二部分《贞洁的凯歌》中，爱神企图征服劳拉，竭尽全力要使劳拉成为"爱"的俘虏。但是，具有各种美德的劳拉坚决抗拒，终于战胜了爱神，将其绑在一根大柱上。在斯齐皮奥城堡里，劳拉和许多享有贞洁盛名的女子一起庆祝胜利，然后把爱神押解到罗马，把他关在"贞洁寺"中。在那些贞洁女子中，有《埃涅阿斯纪》中描写的迦太基女王狄多，但彼特拉克完全篡改了维吉尔作品的内容，狄多不是为埃涅阿斯而是为忠于前夫而自杀。

第三部分《死亡的凯歌》，描写的是劳拉战胜爱神凯旋归来时，遇到了死神。死神看到劳拉具有坚强的意志和崇高的精神，决定让她毫无痛苦地离开人世。死神只轻轻地扯断劳拉的一根金发，劳拉便安详地进入长眠，在她俊秀的脸上，死亡也显得异常美丽。第二天夜里，劳拉出现在彼特拉克的梦中，向他倾诉衷肠。她告诉诗人，死亡到来的时候并不痛苦，

而当她活在人世时，她一直爱着诗人。

第四部分是《荣誉的凯歌》。当死神带着美丽的战利品（劳拉）离去时，诗人看到荣誉之神向他走来。荣誉之神神通广大，他能使死去的人从坟墓中走出来，继续活在人们的心中。他身后跟随着一队古今名人，其中包括著名的国王、统兵将领、历史学家、诗人、演说家、哲学家等等，而位于众人之首的则是柏拉图。在这里，诗人的世俗感情又上升到重要的地位。

第五部分名为《时间的凯歌》，描写的是太阳非常嫉妒荣誉之神，怨恨他不该使人的荣誉放射出比太阳更加夺目的光彩。于是，太阳加快了步伐，使世间的一切都变得短暂，就连诗人认为永恒不变的荣誉也如同白雪遇见了烈日，很快就融化了。随着时间的推移，诗人又重新堕入神秘主义，这一曲时间的凯歌便是诗人世俗感情的挽歌。

最后一部分是《永恒的凯歌》。由于明白了世上的一切都将结束，诗人把思想转向了上帝。他看到一个美丽的、不受时间与空间限制的新世界，那里有瞻仰上帝的永恒幸福。也正是在那里，诗人希望能重新见到他所深深爱恋的劳拉。

由于《凯歌》是彼特拉克晚期的作品，因而它更多地反映了诗人的遁世主义和神秘主义思想。此时的彼特拉克沉湎于往事的回忆中，看到的更多是痛苦虚无的世界，他对生活感到厌倦，一心企图寻求永恒的安宁。虽然世俗的感情（"爱"与"荣誉"）也曾征服过诗人和许多古今豪杰，但最终取得胜利的是贞洁、死亡、时间和上帝。显然，在诗中占据主导地位的思想是：世上的一切都是过眼烟云，注定将要灭亡；因此，人们应该皈依上帝，努力争取获得上帝所恩赐的永恒幸福。

可以看出，彼特拉克对《凯歌》抱有比《歌集》更大的希望。他企图在《凯歌》中，以古典作家的渊博知识和完美形式，写出自己灵魂深处的思想感情。然而，事与愿违，《凯歌》的人物描写流于平淡，结构也过于复杂。这说明彼特拉克只善于抒情，并不具备但丁那种对长篇叙事诗的组织能力，也缺乏刻画人物性格的才能，更不善于把不同性格的人物置于丰

富多变的故事情节中。彼特拉克在《凯歌》中大量引用了神话中的人物和故事，也努力使自己的语言接近拉丁语，甚至尽可能多地使用古典人物形象来解释深奥的哲理，但这些生硬的模仿并未取得如期的效果。总之，《凯歌》中虽有一些优美的抒情诗句，但从整体上说，它的艺术价值远不如《歌集》，在意大利文学史上的影响也远不及《歌集》深远。

《凯歌》在一定程度上受到了但丁的影响，因此，将彼特拉克与但丁作一比较是饶有趣味的。但丁逝世于 1321 年，当时彼特拉克已是一个青年。但是，在这两位伟大诗人之间却存在着巨大的差别，他们分别代表着不同的历史阶段。但丁头脑中占主导地位的仍然是宗教信仰，他有拯救天主教世界的"远大抱负"，并随时准备投身到捍卫自己理想的战斗中去，为实现自己的政治主张而英勇献身。彼特拉克则几乎摆脱了一切政治义务，他把自己关闭在内心的反省之中，也没有投身政治斗争的愿望。然而，彼特拉克内心的痛苦和思索，却表明一个更有生命力的思想正在孕育之中：人们开始认识到人的创造力和精神的独立性，而且相信能够通过世俗的努力，获得人间的幸福。从这个意义上说，彼特拉克已经超越了中世纪的传统观念，而具有了更多的新时代的特征。

这在彼特拉克的生活实践中也得到了鲜明的体现。他酷爱古典文学，对古希腊罗马文化进行过深入的研究，开创了研究古代人文科学的风气。他到处旅行，孜孜不倦地搜集古代作家的作品，并通过对其语言、文体和写作风格的研究，辨别作品的真伪。他对一些古代作品作了准确、如实的注释，从而恢复了这些作品的本来面貌。因此，对于那场以研究古典文化为核心的人文主义运动来说，彼特拉克的影响和功绩无疑是难以估量的。文学史家也普遍认为，无论在拉丁语还是在"俗语"作品中，彼特拉克纯洁、高雅的语言都在但丁之上。这也是"彼特拉克主义"很快流行于欧洲的一个重要原因。

12 《十日谈》与宗教及人的智慧
shí rì tán yǔ zōng jiào jí rén de zhì huì

　　在宗教信仰问题上，薄伽丘的态度比较微妙。在《十日谈》第一天的第二个故事中，他把批判的锋芒直接指向了腐败的罗马教廷。故事讲述巴黎商人杨诺有个朋友叫亚伯拉罕，是一个正直善良的犹太人。杨诺规劝他放弃犹太教，改信基督教。于是，亚伯拉罕亲自来到罗马，对罗马教廷的情况作了一番考察。他发现罗马教廷从上到下没有一个不是寡廉鲜耻，犯着贪色的罪恶，而且个个都是酒囊饭袋，爱钱如命。回到巴黎之后，亚伯拉罕对杨诺说，那班人只知奸淫、贪欲、吃喝，无恶不作，罗马已经成了容纳一切罪恶的大洪炉。可是，基督教不仅没有被推翻，反而日益发扬光大，可见果真有圣灵在做支柱。因此，亚伯拉罕决定改信基督教，请杨诺按照基督教的仪式给他行洗礼。这是一个绝妙的讽刺，使基督教的最高权威威信扫地。

　　不难发现，在《十日谈》里，描写教士、修女偷情的故事特别多，它们从一个侧面表现了薄伽丘对宗教的基本态度。第三天的第十个故事，说的是十四岁的天真女孩阿丽白为了侍奉上帝，独自来到人迹罕至的荒漠，遇见了教士鲁斯谛科。鲁斯谛科发现阿丽白童贞未泯，于是想占便宜，引诱她性交。他编了个理由，说这叫把魔鬼送进地狱里去，而且这最能讨得上帝的喜欢。阿丽白信以为真，并从中尝到了感官的乐趣，于是反过来催促鲁斯谛科："神父，我到这里来是为了信奉天主，而不是来闲混的呀！我们怎么好坐着贪懒呢？快让我们把魔鬼关到地狱里去吧！"久而久之，弄得以野菜清水果腹的鲁斯谛科精力不支，淘空了身子，无力奉陪阿丽白一起侍奉上帝了。

　　这则小小的荤故事看起来荒诞不经，但薄伽丘却在故事的结尾作了郑重其事的总结："年轻的小姐啊，所以你们如果希望获得上帝天主的恩宠，那么快学会怎样把魔鬼送进地狱去吧！因为这回事不但挺叫天主喜欢，而

且让双方受用，好处可多着呢！"在这里，薄伽丘要把基督教变成什么样子，不是很清楚了吗？他不能容忍的，并不是宗教统治本身，而是当时宗教界道貌岸然的虚伪。教士、修女本身也是人，也有七情六欲。他们的罪恶不在于贪恋男欢女爱，而在于表面一套，背后一套，甚至欺世盗名，愚弄百姓。

《十日谈》中还有一些故事，专门描写修道院的淫乱生活，对禁欲主义进行了辛辣的讽刺。第三天的第一个故事写的是在一个女修道院里，修女们要雇佣一位勤劳能干而又不多嘴多舌的人来管理修道院的花草和蔬菜。于是，狡猾的青年农民马塞托装成哑巴，混入修道院当了园丁。平时没有机会同异性接触的修女们主动挑逗马塞托，并开始与他通奸。尝到男女欢乐之情的修女，再也无法遵守禁欲的戒律，奸情迅速蔓延。最后，修道院的所有修女都成为马塞托的情妇，连院长嬷嬷也不例外。后来，修女们发现马塞托不是哑巴，为了避免丑事外扬，决定不放他出去。她们欺骗人们说，哑巴之所以开口说话，是上帝显灵和她们修行所带来的奇迹。教区的信徒对此深信不疑，所以，这座修道院不仅没有坏了名声，反而竟以圣洁而著称。

薄伽丘曾经明确地指出，真实的"女人要比画上的天使美丽得多"，这就是说，实际生活要比抽象的"信仰"美好得多。在上天重于人间、来世重于今生、灵魂重于肉体的中世纪，能够说出这些为人类争取地位的话，是人类思想史上的一个巨大飞跃。从这个意义上说，《十日谈》在宗教问题上的思考是大胆的，也是深刻的。

意大利文艺复兴时期文化的一个重要特征，就是对人的发现，对人的聪明才智的赞美。薄伽丘作为这个时代的杰出代表，当然更把人的智慧视为一种美德。他认为，人有了智慧，就能够变得更加精明能干，能够将不利因素变为有利因素，最后达到自己的目的。这对于千百年来教会所宣扬的宗教蒙昧主义，无疑是一个有力的还击。

且让我们从《十日谈》中第一天的第一个故事说起。它虽然讲的是一个骗子的故事，但却表明人一旦有了这种近乎狡猾的智慧，就连一个骗子

都会改变自己的一生，被尊崇为"圣人"。切佩莱洛是一个谎话连篇、挑拨离间、谋害人命、亵渎神明的大坏蛋。他每天在下流酒店和其他龌龊的地方鬼混，从不去教堂。有一次，他受法国大商人穆夏托先生的委托，前往博尔戈尼亚去讨债，不幸在那里身染重病，命在旦夕。博尔戈尼亚没有人了解他的过去，因而他在病榻上忏悔时，编造了一系列谎言。由于他的态度是如此诚恳，言语是如此真切，竟然使神父为之感动，深信不疑。神父认为，切佩莱洛的一生是最虔诚的教徒的一生，他的行为是圣人的行为。所以，切佩莱洛死后，神父将他的"事迹"向主任司铎和其他神父作了汇报。神父们和全城百姓为切佩莱洛举行了隆重的葬礼。后来，切佩莱洛的"事迹"广为流传，人们尊他为"圣人"，每天前往博尔戈尼亚朝圣的人络绎不绝。

当然，在薄伽丘的笔下，神父未必都是愚蠢的受骗的角色。只要有足够的聪明和智慧，神父也可以欺骗别人，甚至由于他们的特殊身份而具有更大的欺骗性。在第六天的第十个故事中，薄伽丘就描写了一个用欺骗手段摆脱困境的神父：能说会道的奇波拉神父自称到过耶稣的故乡，并得到大天使加百列在宣布耶稣即将降生时遗落的一根羽毛。他许诺要让切塔尔多的农民亲眼目睹这一"圣物"。听了奇波拉的话以后，两个聪明、顽皮的青年决定戏弄一下神父。他们趁他不在的时候，偷走了羽毛，又在装羽毛的盒子里放了几块木炭。吃饱睡足的神父派人取来行囊，并敲响教堂的大钟，召集全镇居民。当他发现盒子里的羽毛不翼而飞时，并没有惊惶失措，而是先赞美了一番万能的上帝，接着，又继续进行他那天花乱坠的演说。他说，他在东方得到了许多圣物，后来用其中的一件，在佛罗伦萨换到了几块烧死圣·罗兰佐的木炭。他把天使的羽毛和木炭分别放在两个精美的盒子里，由于两个盒子非常相似，以至于经常弄错。说完，奇波拉又唱起一段圣·罗兰佐的赞美词，然后把装有木炭的盒子郑重其事地拿给在场的人们观看。他就以这种巧妙的手段，从愚昧的农民那里获得了比平时更多的捐献。

在《十日谈》中，许多人物开始往往以憨直的形象出现，然而，随着

故事情节的发展，他们逐渐在社会生活中汲取了经验教训，变得越来越聪明了。第二天的第五个故事便是其中一例：安德烈乌乔原本是一个毫无处世经验的小伙子，他带着一口袋金币到那不勒斯去买马。一位年轻的女子发现了他的钱袋，便设下陷阱，冒充他的同父异母的妹妹，将他骗到家中。安德烈乌乔不仅失去了所有的金币，还险些丧命。他好不容易逃出那女子的家门，又遇到两个盗墓贼。他们对他威胁加欺骗，强迫他钻入大主教的石棺，盗取石棺中的随葬品。安德烈乌乔吸取了上一次受骗的教训，他知道如果将珍贵的随葬品抛给盗墓贼，他们就会盖上棺盖，扬长而去，自己不但一无所获，甚至连性命都难保。所以，他只把不值钱的东西扔出石棺，而把价值连城的红宝石戒指戴在自己的手上。两个盗墓贼得不到珍宝，便将沉重的棺盖盖上，把安德烈乌乔关在石棺里面。这时，一位神父带着另一伙盗贼前来盗墓，撬开了棺盖。当神父把腿伸进石棺时，安德烈乌乔假装大主教的鬼魂，用手使劲拉住神父的小腿。神父拼命地抽出腿来，与同伙惊慌逃窜。安德烈乌乔迅速爬出来，高高兴兴地戴着红宝石戒指返回了故乡。

千百年来，基督教教会一直宣扬上帝是万物的主宰，人应当虔诚地信奉上帝，盲目地服从上帝。这种宗教蒙昧主义严重地束缚了人们的思想，压制了人们聪明智慧的发挥。因此，当文艺复兴的曙光在西方冉冉升起的时候，赞美人的智慧，颂扬人的才干，无疑具有重要的社会意义，表达了当时人们反对愚昧迷信、争取个性解放的进步要求。在《十日谈》中薄伽丘对人的智慧的赞扬，仍然具有巨大的积极意义。他把批判的矛头直指中世纪的宗教蒙昧主义，强调人只有凭借自己的智慧，才能在一定程度上掌握自己的命运，从而使人成为世界的主人。

13 意大利"荷马"阿里奥斯托
yì dà lì hé mǎ ā lǐ ào sī tuō

在意大利的费拉拉小城，至今仍有一条以一位著名诗人的名字命名的

街道。在这条街道的旁边，有一栋古老而美丽的房屋，因为曾经是这位诗人的故居而受到国家的重点保护。正是这位诗人在文学上的卓越成就，才使得费拉拉在 16 世纪成为意大利文艺复兴运动的中心，其名声堪与罗马、佛罗伦萨和威尼斯相提并论。这位不朽的诗人就是被人誉为意大利"荷马"的阿里奥斯托。

卢多维科·阿里奥斯托（1474 — 1533）出生在埃米利亚的一个领主家庭。十岁那年，他随父亲迁居到费拉拉。年轻的阿里奥斯托一度按照父亲的意愿攻读法律，但他却把主要精力投入在他所热爱的诗歌创作上。1500 年，父亲去世，家中人口众多，可是留下的财产却只够维持一个人的生活。作为长子，阿里奥斯托为了担负起养家糊口的重任，不得不中断学业和自己的诗歌创作，开始与窘境搏斗。

1503 年，阿里奥斯托到红衣主教埃斯特的手下供职。尽管年轻的诗人才华横溢，但是埃斯特却对诗歌没有多大兴趣，所以他经常被派遣外出办理公务和其他一些无足轻重的琐事。为了改变每年只有二百四十里拉薪俸的穷困待遇，阿里奥斯托不得不违心地写了几首诗，颂扬这位红衣主教的勇敢和清高。1513 年，佛罗伦萨的乔万尼·刺尼契当选为罗马教皇，即利奥十世。与当时的许多人文主义者一样，阿里奥斯托对他的文艺政策寄予了莫大的希望。他怀着满腔热情和殷切期望，专程前往罗马觅求功名，可惜未能如愿，失望地回到了费拉拉。不久之后，由于他拒绝与红衣主教一起出使匈牙利，被免除了公职，生活变得愈加贫穷。好在那不勒斯国王阿方索给予了他及时的帮助，才使他勉强度日。

1521 年，阿里奥斯托结束了他的独身生活，与一个寡妇结为伉俪。从 1522 年到 1525 年，阿里奥斯托一度曾在一个山区担当公职，但他毕竟不擅长行政管理，以致山区土匪横行，他不得不辞去职务，重返费拉拉。1528 年，他买下了上面提到的那栋房屋，从此开始在此过上了安静的生活。在这栋房子的前门上，阿里奥斯托刻上了贺拉斯的诗句："它虽嫌略小了些，但对我却十分适宜；它并不华丽，但却是用自己的资财得到的一个家。"他每天在这里勤奋地写作，以实现早年心中的梦想。从 1530 年起，阿里奥斯托患上了严重的肺病，从此健康状况愈来愈差。直到 1533 年，他在这里与世长辞，享年五十九岁。

在阿里奥斯托的早期作品中，大部分是仿效拉丁诗人和彼特拉克的风格写成的抒情诗，内容上则多少带有自传的性质。1522 年至 1525 年，他模仿罗马诗人贺拉斯的笔调，创作了七首讽刺诗。这些诗作，以诙谐、幽默的笔调记载了他本人在现实生活中的感受，也流露了诗人对当时社会黑暗的不满情绪。诗人尤其对教士和贵族的罪恶作了辛辣的讽刺，表现了进步的人文主义思想。另外，阿里奥斯托还创作了五部喜剧，如《列娜》、《金柜》、《巫术师》等等。这些剧作虽然成就不高，但却拉开了意大利文艺复兴时期戏剧的序幕，阿里奥斯托因此也成了意大利风俗喜剧的奠基人。

阿里奥斯托最杰出的代表作是长诗《疯狂的罗兰》。显然，它是前一代诗人博亚尔多的《热恋的罗兰》的续篇。《热恋的罗兰》描写的是在查理大帝举行的赛马盛会上，来自东方的美丽公主安杰丽嘉在其兄长的陪同下也来观看，她出于一时激动当众宣布，谁能制服他的兄长，她就嫁给谁。一言既出，骑士们纷纷上前与她的兄长展开厮杀。安杰丽嘉后悔之下想一走了之，骑士们也紧追其后，这其中就有查理大帝的贴身护卫罗兰和拉那多。拉那多在森林里饮水中邪，从前对安杰丽嘉的一片痴情顷刻间化作云烟消失。而安杰丽嘉却由于巫术，反而疯狂地爱上了拉那多。为了保护安杰丽嘉，罗兰形影相随。此时，法兰西腹背受敌，罗兰和拉那多决心回去参战。不料在森林中安杰丽嘉和拉那多再次中邪，安杰丽嘉对拉那多恨之入骨。拉那多以为是罗兰在背后挑唆，两人决斗之际，查理大帝及时赶到制止了厮杀。

《疯狂的罗兰》是接续上述情节的结尾而展开的：查理大帝及其骑士与回教徒之间的大战结束后，罗兰为了获得安杰丽嘉的爱情，开始追寻出奔的安杰丽嘉。为此，他走遍了天涯海角，历尽了千难万险。可是，当他最后找到安杰丽嘉的时候，得知安杰丽嘉已经同回教徒勇士梅多罗结为夫妻，并且踏上了重返故乡之路。罗兰百感交集，嫉恨难消，终于因为痛苦

和绝望而发了疯。

阿里奥斯托写作这部长诗的目的，部分是为了对红衣主教埃斯特家族表示文学上的敬意，因为据说这个家族就起源于长诗中另一对情侣鲁杰罗和布拉达曼泰的结合。从 1505 年起，阿里奥斯托就开始从事这部作品的创作，后半生又花费了大部分精力进行修改、加工和提高，直到 1532 年才最后定稿。

我们还应该看到，阿里奥斯托继承了博亚尔多的主题，即"世上最傲慢的英雄也会被爱情所征服"，把爱情作为作品的主要内容，而且大肆渲染这一神奇的力量。显而易见，爱情是推动整个故事发展的动力，爱情也控制着作品中的每一个人物的灵魂。《疯狂的罗兰》对爱情的描写非常具体，既有对女性娇美容貌的赞美，也有对各种爱情体验的细腻刻画。同时，阿里奥斯托所描写的爱情也冲破了宗教观念的束缚，罗兰和许多基督教骑士追求的是一位东方异教女子，而英勇的基督教女战士布拉达曼泰爱恋的也是身经百战、所向无敌的异教英雄鲁杰罗。从这个意义上说，长诗有力地批判了中世纪的宗教偏见和禁欲主义。

长诗一经问世，就在意大利的广大读者中激起了巨大反响，阿里奥斯托因此也被人们誉为意大利的"荷马"。当时的著名画家拉斐尔在梵蒂冈的"诗人山"壁画上，将他与荷马、维吉尔、奥维德、贺拉斯、但丁和彼特拉克等人画在一起。这说明，在阿里奥斯托在世的时候，他就被人们列入了不朽诗人的行列。

14. 马基雅维利的文学生涯
mǎ jī yǎ wéi lì de wén xué shēng yá

把尼科洛·马基雅维利（1469 — 1527）当作一个剧作家和诗人来看待，这差不多已经成为文学史家的一种共识。尽管他在政治学、历史学和外交策略方面都卓有建树，但这些成就都遮蔽不住他作为一个杰出文学家的光辉。他被认为是意大利文艺复兴时期最有锋芒的思想家，也被认为是

16世纪意大利最卓越的戏剧家。不过，要介绍马基雅维利的文学成就，还得从他的政治生涯说起。

马基雅维利出生在佛罗伦萨一个没落的贵族家庭。他的父亲是一位律师，使他从小就受到良好的人文主义教育，获得广博的学识修养。年轻的马基雅维利对政治和历史具有浓厚的兴趣，最热衷的就是从事政治活动。1498年，当萨沃纳罗拉政权解体时，他开始在佛罗伦萨共和国担任书记官等职务，并多次出使意大利各城邦和其他欧洲国家。这使他有机会从内部透视欧洲的政治格局，用他丰富的历史知识来预测未来的政治风云。1512年，美第奇家族在佛罗伦萨复辟，马基雅维利被免去公职。尽管他竭力谄媚新的美第奇政权，但还是因为一桩谋反案而受到牵连，锒铛入狱。

出狱之后，马基雅维利携妻带子回到祖先留给他的乡间别墅，在那里从事写作，度过了他生命的最后十五年。这是一段贫穷、失意的日子，也是一段思考和创造的岁月。正是在隐居乡村的这些时光里，马基雅维利完成了许多政治学和历史学著作，包括《君主论》（1513）、《战争论》（1520）和《佛罗伦萨史》（1520—1525）。当然，他割舍不了对文学创作的偏爱，创作了喜剧《曼陀罗花》（1518）和《克丽齐娅》（1525）。其中的《曼陀罗花》更是堪称意大利文艺复兴时期喜剧艺术的杰作，奠定了马基雅维利在文学史上的重要地位。

在文学创作上，马基雅维利最著名的代表作是喜剧《曼陀罗花》。在该剧的开场白中，作者这样宣称："哪一个人敢用恶言诋毁作者，我警告你，他也懂得反唇相讥，而且我保证在这方面，他要比你强得多；虽然他对那些衣着入时的人毕恭毕敬，但老实说，整个意大利没有一个他看得起。"这真是一个别开生面的开场白，给那些指手画脚的批评家先来个下马威。或许，马基雅维利早就意识到，这部无情揭露意大利道德状况的喜剧很可能会触犯那些"正人君子"，与其等着他们来说三道四，不如事先给他们打好招呼。

《曼陀罗花》的故事地点发生在佛罗伦萨。凯里马克听说纳森亚斯的妻子露克瑞吉亚非常美丽，便决心要引诱她，只要能够跟她睡上一晚，他

就心满意足了。可是，事情并不那么简单，因为他听说露克瑞吉亚的贞操观念很强，不是轻而易举就能引诱到手的。但有一件事倒让他觉得还有希望，那就是露克瑞吉亚多年不孕，她的丈夫对此一直深感烦恼。于是，凯里马克就贿赂了他的朋友，要他介绍他与纳森亚斯认识，并假称自己是一位医生。凯里马克自称他有一种用曼陀罗花制成的药，可以使任何不孕的女人怀孕；但遗憾的是当她服过药后，第一个与她共床的人就会死掉，不过他表示自己甘愿冒这个风险。就像传统戏剧里塑造的那类忠厚的丈夫一样，纳森亚斯毫不犹豫地接受了凯里马克的好意。尽管坚守贞操的露克瑞吉亚竭力反对，但结局还是皆大欢喜。露克瑞吉亚的母亲因为渴望抱上孙子，便贿赂一个修道士劝她的女儿实施这一计划。露克瑞吉亚不得不答应，服下药后与凯里马克睡了一觉。凯里马克终于如愿以偿，露克瑞吉亚也终于怀了孕，纳森亚斯也将当上"父亲"。

这部喜剧不仅布局好，对白好，而且也创造了富于性格特征的喜剧人物。且不说凯里马克的诡计多端，纳森亚斯的愚昧糊涂，就是那位修道士也荒唐、贪婪也到了令人不可思议的程度，竟然为了贪图二十五个金币，而去成全人家通奸的"好事"。由此可见，马基雅维利继承了古罗马喜剧的传统，从人文主义的观点出发抨击了社会恶习，展示了当时意大利的社会生活。出乎意料的是，喜剧《曼陀罗花》于 1520 年在罗马教皇利奥十世面前上演的时候，不仅没有遭到批评，反而大受欢迎。

15. 疯人院里的"桂冠诗人"塔索
fēng rén yuàn lǐ de guì guàn shī rén tǎ suǒ

托夸多·塔索（1544 — 1595）是意大利文艺复兴时期璀璨的文艺星空中划过的最后一颗耀眼的流星，也是意大利最有影响的诗人之一。

塔索出生在索伦托城一个富有文化教养的家庭，父亲贝尔纳多·塔索是一位诗人。年轻时代的塔索先后在帕多瓦大学和博洛尼亚大学学习法律，并研究哲学和古典文化。十八岁时，塔索就创作了一部充满浪漫情调的叙事长诗《里纳尔多》（1562），描写查理大帝手下的骑士里纳尔多与加斯科尼国王的妹妹克拉丽琪之间的爱情故事。虽然诗艺尚不够娴熟，但却明显地可以看出阿里奥斯托对他的影响，也预示了诗人未来的创作倾向。

由于最初的诗名，从 1565 年起，塔索便开始在费拉拉城邦担任埃斯泰家族的宫廷诗人，进入了人生的一个最辉煌的阶段，文学创作上也进入了一个最丰产的时期。在此期间，他先后完成了田园剧《阿明达》（1573）和叙事长诗《被解放的耶路撒冷》（1575）。

塔索

《阿明达》是塔索为宫廷演出而创作的一部田园剧。在这部剧作中，诗人描写了一个年轻的牧人阿明达对山林女神西尔维娅的真挚、热烈的爱情。尽管高傲的女神一开始对他的求爱不屑一顾，但阿明达却始终痴心不改。在他执著的追求下，女神终于被他的一片真情所打动，答应与之长相厮守。《阿明达》的艺术成就已经远远超越了《里纳尔多》，语言典雅，情节凝练，而诗剧对牧人高尚品德的赞美，对爱情力量的歌颂，也表达了一个人文主义诗人对生活的理想。不过，诗剧中所描写的爱情已不再尽是歌声和欢笑，由爱而生的迷惘、困惑、焦躁和痛苦也夹杂其中。也许，这是因为此时的塔索正在走向成熟的缘故，因而对人生的理解也多了一分淡淡的忧愁。

叙事长诗《被解放的耶路撒冷》是塔索最杰出的代表作。长诗以 11 世纪基督教十字军第一次东征为题材，穿插着战争与爱情的两大主题。戈特弗里德·布留尼统帅的十字军在东征途中屡经苦战，进逼被回教徒占领的圣城耶路撒冷。在耶路撒冷城下，他们不仅遭到了以萨拉丁诺为首的回

《被解放的耶路撒冷》插图

教徒的奋勇抵抗，而且由于回教徒借助了魔法，使他们遇到了种种意外的波折，一时陷入了困境。最后，在神明的庇护下，布留尼终于破除魔法，经过血战，解放了耶路撒冷。

塔索赞颂十字军东征及其对回教徒的胜利，在当时具有积极的现实意义。当日的意大利正面临着外来强敌侵犯、与东方的交往被土耳其切断、工商业日渐衰退等种种危难的局面。塔索创作《被解放的耶路撒冷》，目的在于唤起意大利人民的爱国主义和英雄主义精神，恢复民族的光荣传统，反对土耳其的扩展，其用意不言而喻。当然，从另一个角度看，诗中赞美布留尼统帅的十字军的功绩，歌颂基督教信仰的力量，也在客观上反映了当时教会反对宗教改革运动和镇压异端的要求。

更令人感兴趣的是，长诗《被解放的耶路撒冷》还生动地描写了十字军骑士对回教徒女战士的恋爱，歌颂了爱情对基督教信仰的胜利。这是全诗中最富有生活气息和最具有艺术感染力的地方，闪耀着人文主义的思想光辉。唐克雷蒂是一位骁勇善战的十字军骑士，但在耶路撒冷城下第一次遇见回教徒女战士克罗琳达之后，便情不自禁地深深爱上了她。后来，克

罗琳达在夜间潜入十字军的营地，纵火烧毁了他们用以攻打城池的云梯。唐克雷蒂及时赶到，两人在城墙下夜战。激烈的厮杀一直持续到黎明，唐克雷蒂给了克罗琳达致命的一击。直到这时候，唐克雷蒂方才发现被他置于死地的敌人就是他朝思暮想的恋人。他悲痛欲绝，向克罗琳达倾诉着自己的炽烈爱情。克罗琳达宽恕了他，也向他吐露了自己的一腔柔情。

长诗描写的另一对恋人是基督教骑士里纳尔多和回教徒魔女阿尔米达。阿尔米达美貌绝伦，擅长魔法，原本立志要以自己的美色和魔法战胜敌人。可是，她却对年少英俊、勇猛过人的里纳尔多一见钟情，于是施展魔法，把昏然入睡的里纳尔多安置在她的"幸福乐园"，与他共同沐浴在爱河之中。布留尼派人到阿尔米达的"幸福乐园"去寻找里纳尔多，因为唯有里纳尔多才能制服森林里的群魔。直到这时候，里纳尔多才如梦初醒，在荣誉和责任的激励之下，他不顾阿尔米达的苦苦挽留，毅然重返战场。攻下耶路撒冷后，阿尔米达正要拔剑自刎，里纳尔多及时赶到，夺下了她手中的利剑。里纳尔多向她宣誓，愿意终身成为她的奴仆和骑士，为爱情而服役。

所有这些爱情的生动描写，显然深受阿里奥斯托的《疯狂的罗兰》的影响。然而，《被解放的耶路撒冷》也反映了塔索在思想和创作上的深刻矛盾，反映了文艺复兴晚期尖锐的社会矛盾和人文主义的危机。当时的教会正开始对大批书籍进行"清洗"，这使得塔索困惑不解，加上他对自己这首长诗的文辞不很满意，因此在写作过程中，他甚至专程前往罗马向一些学者和诗人请教。为了避免遭到查禁，他很不情愿地将其中描写情爱的一些章节删掉了。在《被解放的耶路撒冷》脱稿之后，塔索委托友人希皮奥尼、贡扎加审阅全诗，贡扎加又约请四位文人学者参加审阅。他们从亚里士多德的诗学观点和天主教反宗教改革的立场出发，对塔索的作品提出了尖锐的批评。塔索虽然为自己作了辩护，但是对自己的宗教观点的疑虑却越来越深，唯恐作品被列入"禁书目录"。

愈来愈严酷的现实使塔索陷入了巨大的痛苦之中，他的情绪日渐消沉，内心的压抑也越来越沉重。尽管塔索开始采取了一种近乎谄媚的姿

态，在 1577 年主动向费拉拉教会的异端裁判所诉说了内心的疑惑和痛苦，也获得了教会的宽恕，但他还是不明白究竟是谁错了。长久的精神抑郁，加上他对费拉拉宫廷的日益不满，使塔索得了一种癫狂症。在他发病的时候，他甚至向他的仆人抛出了手里的小刀。最后，他由于精神失常而被关进了修道院。等他从修道院中逃回家时，他的亲人都认不出他来了，塔索所蒙受的巨大痛苦由此可见一斑。

1578 年，在费拉拉的公爵举行第三次婚礼的日子里，塔索由于没有受到邀请而大发雷霆，精神再一次失常。为此，他被送进一所疯人院——圣安娜医院，从此被严格地看管起来。当然，费拉拉的公爵把塔索关进疯人院，除了表面上的理由即诗人的疯癫之外，还有另外的不可告人的原因。说穿了，这位公爵不希望由于塔索这样的持怀疑态度的诗人，加剧他与罗马教廷本来就很紧张的关系。于是，诗人就成了政治的牺牲品。

塔索被囚禁在疯人院里长达七年之久。在此期间，他撰写了《论英雄史诗》和二十六篇《对话》。在这些论著中，他阐明了诗歌的神圣使命，强调艺术作品要把写实与想象、逼真与惊奇结合起来。他认为，诗人不应该单纯地按照事物原有的模样去描写，而应按照事物应当有的样子去表现，揭示事物蕴含的普遍价值，令读者感到惊奇和激动。所有这些非同寻常的诗歌见解，是对意大利文艺复兴时期文学理论的总结和发展。1594年，塔索回到罗马，教皇克雷门特八世授予他年金，并打算举行隆重的仪式，授予他以"桂冠诗人"的称号。然而，长期的疯人院生活已经严重摧残了塔索的身心健康，教皇的这一计划尚未实施，他就于 1595 年 4 月 25 日离开了人世。

16. "瓦尔瓦的明珠"玛格丽特
wǎ ěr wǎ de míng zhū mǎ gé lì tè

传说玛格丽特的父亲被人称为"瓦尔瓦及奥尔良的查理"，而她的母亲在生她之前，曾经吞下过一颗明珠。因此，那个时代的人们给玛格丽特

加上了一个美丽的称号："瓦尔瓦的明珠"。的确，她无愧于法国文艺复兴时期的一颗耀眼的明珠。论学识修养，她从小聪慧过人，学过西班牙语、意大利语、拉丁语、古希腊语和希伯来语。在她的周围，汇集了当时最知名的学者、诗人和神学家。她不算美丽，但风度优雅动人，凡是与她接近的人，无不为她高超的智慧和美好的品行所倾倒。她的仁慈、慷慨、随和、亲切，她的富于幽默感和同情心，都为世人所称道。当然，更重要的，她是当时最杰出的一位女作家，而她的宫廷则是当时法国文学活动的中心。

尽管玛格丽特有一位风流的国王弟弟，但她却似乎从母亲那里承袭了对爱情的责任感。这当然并不意味着她在感情方面的经历平静如水，事实上，她的婚姻道路却颇为坎坷。她的初恋对象是路易十二的侄子，两情相悦却没有尘缘，那个人后来死在了战场上。十七岁时，为了弟弟基业的政治需要，她与亚伦逊公爵结成了无爱的伴侣。此间，一直有一个贵族在苦苦追求她，她虽然芳心寂寞，但却始终不为所动。后来，那个贵族与她的丈夫一起奔赴战场，在帕维亚英勇牺牲，而她的丈夫却临阵逃脱，为法国人所不齿，玛格丽特也把他视为"懦夫"。然而，在她丈夫患了肋膜炎后，她不仅原谅了他，还一直精心照料，直到他在 1525 年离开人世。

在守寡两年之后，三十五岁的玛格丽特又被一位年仅二十四岁的青年爱上了。这个人就是被称为"那瓦拉之王"的亨利·德·纳瓦尔。在他穷追不舍之下，玛格丽特为了弟弟的政治需要，便与这个时有风流韵事的亨利结了婚。尽管亨利作为丈夫不太称职，但在市政管理、安抚百姓方面，却与玛格丽特配合默契。在他们夫妇的共同策划下，那瓦拉的公共设施在全国都成了典范。他们还为穷人办了许多学校，这些学校也培养出了不少知名的学者，比如著名翻译家阿米欧尼就是其中之一。

在那瓦拉，玛格丽特对前来投奔她的诗人和学者更是厚爱有加，她的宫廷成了受迫害的人文主义者和加尔文教徒的庇护所。诸如马罗、拉伯雷、德佩里埃、勒非乎、加尔文等等，都曾经受到过她的保护。在这些人中间，甚至还流传过这样的比喻："我们像一群小鸡，她则像一只母鸡，

遇到刮风下雨，她便张开翅膀叫我们到她下面躲着。"

多才多艺的玛格丽特自己也写诗作文。她的诗常常以人神之恋为主要内容，读来别有情趣。她一生中出版过几种诗集和剧本，比如《公主的珍奇珠宝》等。不过，她最脍炙人口的作品还是短篇小说集《七日谈》(1559)。出版这部作品绝非玛格丽特的本意，事实上这本书公之于世时，她已辞世十年之久。她原本打算创作一部像《十日谈》那样的作品，因而从内容到形式都模仿了薄伽丘的那本书。作品是这样连接起来的：五对贵族男女因洪水泛滥被阻隔在一处，相互约定每人每天讲一个故事，于是整个作品就由这些小故事构成。但小说未能完成，故事讲到第七天（即七十二篇故事）就中断了，所以后来的编者只好把它取名为《七日谈》。

曾经有人指责《七日谈》这本书淫秽不堪，因为它所描写的多半是儿女私情。不过，如果想从中获取黄色刺激，那是注定要失望的。《七日谈》虽然讲述了各种各样的爱情故事，但对性行为的描写却十分含蓄。有趣的倒是书中俯拾即是的机智和幽默。例如，在第五个故事中有这样一段话："很不幸的是，小姐们均不知应当何时确保其贞操。贞操关乎个人名节，但过分坚持贞操，名节往往更会受损。"小说一方面表达了反对封建婚姻束缚，争取个性解放的人文主义思想；另一方面，像薄伽丘的《十日谈》一样，作者也对道貌岸然的僧侣禁欲主义作了辛辣的讽刺。小说借人物之口指出："这些神父一面在叫我们守贞操，一面却在打我们太太的主意。"另一个怒不可遏的丈夫说："他们说不要钱，但却要女人的大腿。那不是更危险吗？"

作为法国人文主义思潮的代表，玛格丽特关心人的生活，赞美人为自身幸福所进行的斗争。她谴责中世纪社会的野蛮与残酷，对封建贵族的残忍本性也有所揭露。例如，在第四十八个故事中，一个意大利公爵得知自己的儿子爱上了一个非名门出身的姑娘，出于冷酷的封建等级观念，他巧施诡计，将那位姑娘骗进府内，然后下令将她吊死。在第三十一个故事中，她讲述了某僧侣为了霸占他看上的女人，犯下了令人发指的罪行。而在另一个故事里，一个贵族为了惩罚偷情的妻子，竟把她的情人杀死，让她长年累月地用她情人的头盖骨做成的碗来进食。

与此同时，玛格丽特也将那些纯洁、温柔的模范男女与狡诈凶狠的无耻之徒作了对比，试图以此来改善社会的道德状况。比如，在第三十七个故事中，她叙述一位法国的名门闺秀以温文尔雅的态度，终于使其放荡的丈夫改过自新。然而，与薄伽丘的《十日谈》相比，玛格丽特的《七日谈》既缺乏那种犀利泼辣的讽刺精神，也缺乏那种艺术上的分寸感。此外，值得一提的是，玛格丽特认为，在一般性爱之外，女性无妨再奉行一种柏拉图式的精神恋爱。在她看来，对表示爱慕的男性抱以一种友好的关切，或保持一种无害的亲近关系，对男女双方都是有益的。换句话说，女性如能实行精神恋爱，即可使男性养成自律的美德，培养优良的风度，从粗野进入文明。当然，在这一切之上的是"上帝之爱"。

玛格丽特为了她弟弟弗朗索瓦一世的事业，奉献了作为姐姐所能付出的一切。在她的晚年，眼见丈夫花天酒地，女儿放荡不羁，内心的痛苦和忧虑不断加深。可是，除了向上帝求助之外，她又能如何呢？于是，她热衷于参加充满神秘色彩的天主教仪式，在香烟缭绕的教堂里，聆听着迷人的圣乐，仿佛可以使她忘却人世的烦恼，升入一个静谧的精神世界。1549年，她超然地离去了。

但是，玛格丽特的影响却是深远的。在当时人们的心目中，她变成了自由的象征，理念的灯塔。拉伯雷为她献上了《巨人传》，七星诗社的代表龙沙和杜贝莱也深受她的影响，而马罗对圣诗的翻译则处处洋溢着她的加尔文新教的精神。19世纪的新教徒作家米歇尔特在其长篇史诗《法国春秋》中，曾以无比崇敬的心情这样写道："永远令人怀念的那瓦拉之后，你以无比的慈爱，庇护着苦难的子民。从监狱里逃出来的归向你，从刑场上逃出来的归向你。你给他们保障，你给他们安慰，你给他们荣誉。万人敬爱的文艺复兴之母，你的家是圣人的住宅，你的心是自由的天堂。"

17. 为"巨人"作歌的拉伯雷
wèi gē chàng jù rén zuò gē de lā bó léi

1532 年冬，在法国中部重要的城市里昂，一部具有民间故事性质的奇书在街头巷尾引起了轰动。小说中夸张的人物形象，荒诞的故事情节，诙谐粗俗的语言，都形成了独特的艺术特色。这部奇书就是长篇讽刺小说《巨人传》的第一部。当时这部小说的作者署名也很古怪：阿尔戈弗里巴斯·纳奇埃。其实，这样的署名一见便知不是真实的。为了避免文字之祸，这位法国的人文主义作家弗郎索瓦·拉伯雷（1495 — 1553）把自己姓名中的所有字母打乱重新组合，构成了这个发音特别的名字。

拉伯雷

在《巨人传》中，拉伯雷笔下的巨人有着异乎寻常的身材，异乎寻常的力量，甚至有着异乎寻常的思想和才华。拉伯雷通过创造这样一个"巨人"形象，使他自己也成为世界文学史上一个异乎寻常的文化巨人。这位巨人虽然没有过人的力量，没有高大的身材，从外表看去只是一个很普通的法国人，却有着不同寻常的智慧和学识。他精通希腊文、拉丁文、希伯来文等多种文字，通晓医学、天文、地理、数学、哲学、神学、音乐、法律、教育、建筑、植物学等多种学科，是一位博学多才的精神上的"巨人"。恩格斯把拉伯雷所生活的文艺复兴时代称为"一个需要巨人而且产生了巨人——在思维能力、热情和性格方面、在多才多艺和

学识渊博方面的巨人的时代"。拉伯雷正是这类巨人中的一位优秀代表。

1494 年 2 月 4 日，拉伯雷出生在法国中部图尔省希农市一个中等家庭里。他的父亲安东尼·拉伯雷是当地颇有名气的一位首席律师，代理过地方上的司法总管等职。

拉伯雷是家中的幼子，在郊外德尼维尼埃的庄园里度过了愉快的童年。秀丽的故乡风光和淳朴的农村生活，给他留下了美好的记忆。不久，拉伯雷像当时的许多富家子弟一样，被送入一座修道院学习。在这里，他系统地学习了拉丁文和经院哲学。

此时的法国，在文化史上已经进入了文艺复兴的第二阶段。一方面，由于前一个时期的资产阶级力量的发展和被人文主义者誉为"文艺之父"的弗朗索瓦一世登基，标志着君主政体的确立，其开明的政策促进了文艺复兴运动的发展；另一方面，先进思想的影响也引起了封建势力，特别是教会势力的恐惧和极端仇恨，他们竭力反对希腊文化的学习和研究，加紧宗教迫害，甚至迫使弗朗索瓦一世也不得不削弱了对人文主义者的支持。

正是在这样矛盾的背景下，1522 年，拉伯雷进入圣劳济修道院成为修士。但是那封闭、明暗、保守的修道院怎能禁锢住这个年轻人的心呢？在社会思潮的影响下，拉伯雷悄悄地冲破了教会的清规戒律，探索着自己发展的道路。

在修道院里，拉伯雷结识了对希腊文化颇有造诣的彼埃尔·阿密，与其一道偷偷攻读希腊文。在当时，教会把希腊文视为魔鬼的语言，把希腊文的复苏看作是对神学统治的挑战。由于教会反动势力的压制，要学习希腊文不仅找不到一位老师，就连弄到希腊文的书籍都十分困难。在这种情况下，拉伯雷花费了昂贵的代价，偷偷地从文艺复兴的发源地——意大利弄来几本希腊文的书籍，躲在修士小间里刻苦地进行自学。凭借极高的语言资质和勤奋用功，拉伯雷的希腊文进步很快。在此期间，他不仅阅读了柏拉图、阿里斯托芬、卢奇安等希腊大作家的作品，而且还用希腊文写出了优美的诗歌。在阿密的鼓励下，拉伯雷还与法国第一流的人文主义学者吉约姆·比代（1468 — 1540）建立了通信联系，并结交了当地的一些进

步思想家。

拉伯雷广博的学识和跟一些知名人士的密切交往，招致那些不学无术、愚昧龌龊的修士们的嫉妒。他和阿密轻视神学经典，醉心"异端邪说"的行为，更引起了修道院院长的注意。不久，这位修道院院长便采取了果断的措施，没收了拉伯雷和阿密的全部希腊文书籍，并对他俩实行惩治性的禁闭。

这种触犯人的尊严，扼制个人自由的粗暴行为激起了拉伯雷对教会的怨恨和愤慨。这件事情使拉伯雷更加认清了教会的本质，他不堪忍受这种压抑人性的生活，在现实的困顿与精神的痛苦中，他变得更加成熟。他认识到要在这暗无天日的社会中求得立身之地，就得寻求强有力的保护。拉伯雷通过比代，结识了旺岱省梅尔扎斯地区的主教兼本笃会圣彼得修道院院长若·弗鲁瓦，并通过若·弗鲁瓦的斡旋而获得教皇克雷芒七世的钦准，转到由若·弗鲁瓦主管的修道院。若·弗鲁瓦是个爱好古典文化的开明主教，十分看中拉伯雷的过人才学。他曾带着拉伯雷，到著瓦图去参观那些富饶的土地田庄和他属下的各个修道院。这使得拉伯雷走出修道院的四壁高墙，摆脱了单调乏味的经课，不仅呼吸到了大自然令人心旷神怡的新鲜气息，而且感受到了思想交往的自由空气。

在这段时间，他不仅与文人学士和开明教士有来往，而且广泛接触了法官、检察官、律师、公证人、法院书记、农场主、农夫等各种各样的人物，了解到了封建制度的黑暗内幕和经院教育对人性的摧残，从而使他的人文主义思想日趋成熟。1527年至1530年，拉伯雷突然脱下僧衣，披上在俗教士的道袍，远走他乡。他先后游历过拉洛舍尔、波尔多、图卢兹、蒙彼利埃、翁热、布尔日、奥尔良、巴黎等城市。从这条路线来看，他的足迹已遍及半个法国，这次只身漫游，使他开阔了自己的地理视野和理智视野。他不仅看到了"黑暗的力量"，而且意识到"摆脱哥特式的黑夜，我们的眼睛迎着太阳的明亮火炬张开了"。这对于他日后创作《巨人传》，无疑是一次思想的酝酿和创作素材的准备。

1930年9月17日，风尘仆仆的拉伯雷又突然出现在蒙彼利埃大学医学院里。令人惊讶的是，他在这所欧洲有名的高等学府仅待了六个星期，便领到了毕业文凭。这大概应该得益于他熟练地掌握希腊文，熟悉希腊大医学家希波克拉特等人的医学经典，又有深厚的自然科学的基础。从此，拉伯雷踏上了从医的道路，并取得了杰出的成就。在他的后半生，拉伯雷曾先后翻译过希波克拉特的《格言录》和意大利名医玛纳尔蒂的《拉丁通讯集》等医学著作，获得医学硕士、博士的头衔。

1532 年，拉伯雷来到法国人文主义中心里昂任医生，同时也开始产生了对文学的浓厚兴趣。在这座文化繁荣的城市里，拉伯雷读到一部名为《伟大而高大的巨人高康大的伟大而珍贵的大事记》的民间故事。正是这一滑稽的民间故事引发了拉伯雷的奇思妙想，一股创作欲望在他身上渐渐萌发。在此基础上，他运用神奇的想象，汇集自然科学和社会科学方面的多种知识，更凝聚了他对时代问题的深入思考，写出妙趣横生的《庞大固埃传》（《巨人传》第二部）一书。拉伯雷运用传说的形式，以嬉笑怒骂、指桑骂槐的手法，对黑暗社会现实进行无情的揭露和批判。作品于 1532 年 11 月 1 日正式出版，深受广大读者的欢迎。这极大地鼓励了作者的创作热情。他再接再厉，花费两年时间，又完成了《巨人传》第一部——《庞大固埃的父亲：巨人高康大骇人听闻的传记》。

《巨人传》的前两部，集中表达了拉伯雷的人文主义正面主张，是一部充满乐观主义的作品，也是一部充满理想主义色彩的作品。

卡冈都亚是第一代巨人，是法国民间传说的英雄好汉。拉伯雷用自己的如椽巨笔，把这个人们熟知的形象塑造成了一个全知全能、大智大勇的巨人国王，在他身上寄托了人文主义对"人"的理想——即在身心两方面都获得彻底解放，在体力和智力都达到高度发展水平，充满活力和创造精神。卡冈都亚一出生，并没有像一般的婴儿那样呱呱坠地，而是高喊着"喝呀、喝呀、喝呀！"来到这个世界。嗓门之大，把他的父亲"大肚量"吓了一跳，于是给他取名为"卡冈都亚"，是"好大的嗓门"的意思。接着，拉伯雷用夸张的手法，绘声绘色地描述了强大的生命力和惊人的物质需要。卡冈都亚还是婴儿的时候，要喝掉一万七千九百零一十三头奶牛的

奶。这种吃法，在现实生活中当然不存在，但这无疑是与教会鼓吹的节食禁欲主义主张相反。前者无疑是为了满足自己的欲求，而后者分明是压抑、钳制人的正当欲求。卡冈都亚对食欲或者说是物质欲望的执著追求，正是代表着人文主义思潮中的对"人"的解放的重要的基础。生存永远是第一位的，必须活下去方能有以后的发展，才能去创造未来。人文主义者把人的物质愿望看做天经地义的愿望，认为宗教中"彼岸的幸福"是无论如何不能代替"此岸世界"的。是啊，来生模糊而遥远，现实就在自己的手中。与其奢求来世，不如享受现实。拉伯雷对卡冈都亚的巨大食欲的描写，正是对长期压抑人们的禁欲主义和原罪说的挑战和批判。

而庞大固埃，则是一个理想化了的英雄，是一个充满了新的生命意义和生活态度的巨人。

作家用一种夸张和渲染的方式让这位巨人出场。庞大固埃的出生以六十八个牵骡人牵着六十八头骡子，九匹单峰驼，七匹双峰驼和二十五辆菜车为先导，而且每头骡子背上还驮着海，说明他的来历。这种离奇的出生方式，以及他与生俱来的硕大，都象征性地表明了人的力量的无穷无尽，实堪与神的力量相匹敌。在庞大固埃还躺在摇篮里的时候，曾迫不及待地撕开一头奶牛，拿起牛腿连皮带肉不吐骨吃进肚里；他还挣扎着背负起摇篮（当时人们把他捆在摇篮里）立起身来，走到宴会上讨吃讨喝。看来，为了满足自己的食欲，这巨大的婴儿真是付出了不少的努力啊！而当庞大固埃长大以后，每顿饭能喝下四千六百头奶牛的奶。无论是庞大固埃理直气壮地讨吃讨喝，还是长大后毫不节制地满足自己肚子的需要，都是对人类物质欲望的夸大，正是这种夸大，给教会的禁欲主义以沉重的打击和讽刺。从这个被捆在摇篮里的婴儿身上，我们似乎还能发现他独特的地方。同样是婴儿，卡冈都亚出生后也是胃口奇大，也是不节食欲，但是为什么他没有被捆在摇篮里呢？看来，庞大固埃确有"不安分"的因素，要不怎么会被捆在摇篮里呢？捆也就捆了，可被捆的庞大固埃依旧"不安分"，甚至挣扎着背负着摇篮去宴会上讨吃喝。在庞大固埃身上表现出来的生命意识和活力是卡冈都亚所不及的。这种生命意识的扩大表现，不正是新兴的资产阶级显示出来的生命力吗？从蒙彼利埃到翁热，直线距离有六百多公里，但庞大固埃轻松的"三步一跳"便达到了。他单枪匹马就能"战胜三百名身穿石甲的巨人"，这种在常人根本无法做到的事情，在庞大固埃眼里也只是小菜一碟。这大概不能单单归结到他是一个强壮，健康、巨大的英雄。身材的优势为他做到这些提供了生理基础或物质条件，而真正使庞大固埃不畏困难，勇敢斗争的动力应该是他内在的精神世界，即他的自我肯定意识和大无畏的乐观精神。这种生命的力量是新兴的资产阶级所渴望的，也是他们实实在在所拥有的。

《巨人传》的问世，使拉伯雷如同他作品中的巨人一般屹立于文坛，成为文学史上博学而又深刻的文化巨人。

18. 《巨人传》的幻想世界
jù rén chuán de huàn xiǎng shì jiè

费尔巴哈在《反对身体和灵魂、肉体和精神的三元论》中指出："假如我们的肉体，不能从牢狱般窄的空间中逃出去，那么，我们便在精神中，在幻想中寻求广度。"是的，现实对于已觉醒的灵魂来说，永远是一种桎梏。在文艺复兴时期的法兰西大地上，无论是压抑人性的宗教精神，还是虚伪冷酷的道德观念，对于新兴的资产阶级来说，无疑是一种现实的禁锢。人文主义思潮虽然已经风起云涌，但在缺少政权保护的情况下，也只能通过幻想将自己的思想以扭曲的形式表现出来。在拉伯雷的《巨人传》中，就充满了许多寓意深刻的幻想。然而拉伯雷并没有沉溺于幻想之中而消沉下去，在他瑰丽的想象空间中，充溢着一种强大的力量，放射着理想主义的光辉。

从卡冈都亚的出生开始，拉伯雷就展示了他的奇妙幻想。这个小巨人，没有像正常的婴儿那样出生，而是迫不及待进入母亲的上腔静脉，经过她的横膈膜的颈部向上爬，最后竟从母亲的左耳朵中爬出来。他一生下来就喊，声音大得两个县都听到了——"喝！喝！喝！"一万七千多桶牛

奶被放在一旁以供滋养，但卡冈都亚却挑选了他偏爱的酒。拉伯雷以这样荒唐的幻想，曲折地表现了对个性解放的肯定与对教会的禁欲主义的否定。在《巨人传》中，这种想象奇特的地方还有很多。例如卡冈都亚戴的项链重五千公斤，给他做了一身紧衣，用去的绸子足以开一家绸缎店，他的一双鞋底，竟用去一千一百张牛皮。卡冈都亚长大后，身躯硕大无比，他伸出舌头，可以为整个军队挡风避雨。他在巴黎闹着玩，一脚跨上巴黎圣母院，骑在顶上撒了一泡尿，一下子就淹死了二十多万人。他又摘下圣母院两口重达二万公斤的大钟，挂在他的马脖子上当铃铛。拉伯雷无疑是一个夸张大师，在自己的幻想世界中塑造了一个理想中的"人"的形象。尽管这种幻想在现实面前显得那样脆弱，但是他对"人"的解放的追求和向往却是不容忽视的。

在整篇《巨人传》中，具有鲜明的理想主义色彩的，无疑是那所"德廉美修道院"。这所修道院是卡冈都亚为酬谢杀敌有功的约翰修士而建立的一座渗透了人文主义精神的修道院。这所修道院的规矩几乎和其他所有的院规相反。第一，没有围墙，居住者可随意离开。第二，不排斥女人，但只准"美貌、面目姣好、具有温和性情"，且年纪在十到十五岁之间的女人进入。第三，只收十二到十八岁之间的男人，他们均须英俊、出身好、有教养。酒鬼、失信者、乞丐、律师、法官、抄写家、高利贷者或"假装悲伤的伪君子"均不得申请。第四，不须发誓守贞洁、贫穷或服从，会员可结婚，享受财富，而且一切都自由。这个修道院预定命名为Theleme，其意思是"任你所愿"，而这所修道院的唯一规则就是"任所欲为"。卡冈都亚为这个贵族式的无政府制度提供基金，并在拉伯雷所提供的详细说明之下绘了图，这个修道院就根据这个说明去兴建。他提供了一座图书馆、戏院、游泳池、网球场、足球场、小礼拜堂、花园、打猎公园、果园、畜舍和九千多个房间。这哪里是中世纪的修道院，分明是用于度假的旅馆。但应该注意的是，拉伯雷没有给修道院提供厨房，换言之，拉伯雷没有解释应该由谁在此乐园里做仆人的工作。显然，拉伯雷并不是遗忘了这一点，而是暗示要靠修道院里的每一个人的劳动来维持修道院。

与现实的修道院制度森严，男女修士一旦出家便终身关闭在院里相比，德廉美修道院无疑是凝结了人文主义理想的天堂，这是个"个性解放的乐园"。

在文艺复兴时期，人文主义者对生活自由的渴望，必然会和个性解放的要求联系在一起。其具体的内容就是从"神"的统治下摆脱出来，从忏悔祈祷、期待来世的消极状态下解放出来，赋予人以积极生活的权利，让"人"充分享有意志的自由、行动的自由。这一条"自由"的信条，在德廉美修道院得到了鲜明的体现。拉伯雷赋予德廉美修道院充分的自由空间来发展人性，他深信人的天性善良，总是追求光明美好的事物，只要顺应人的自然本性，必能道德高尚、才智卓越。反之，若定出种种清规戒律，压抑人的天性，使人失去追求品德的高贵精神和热情，便会恶念丛生。德廉美修道院由于一切顺应人的本性，因而无论男女都是多才多艺，品格高尚。男的都是勇武知礼，马术武艺一般矫健，女的也都是心灵手巧，针织女工样样精通。拉伯雷无法在现实中建立一座德廉美修道院，面临宗教的压迫和腐朽的统治，拉伯雷无法逃离现实的重压，他只有在幻想的天地里，把理想寄托在巨人的身上。

谁能否认这座德廉美修道院是一种虚幻？谁又能否认在这种幻想中闪烁着作家的理想主义光芒呢？这座德廉美教堂与其说是卡冈都亚给约翰修士的奖励，不如说是拉伯雷厌恶了黑暗的社会而在幻想中营造的理想王国，是一种纯粹的乌托邦。尽管这种幻想于现实的改造没有什么直接的效果，但它毕竟为社会的发展描绘了一幅蓝图，吸引人们为之奋斗。

毫不夸张地说，没有人的解放，就没有现代生产力的解放；没有人的觉醒，就没有1789年的法国大革命。《巨人传》里的幻想世界，如同一面巨大的旗帜，在当时的历史条件下，放射着人文主义理想之光，拉伯雷以他不朽的艺术为那个时代的进步事业作出了巨大的贡献。

19. 群星璀璨的西班牙文坛
qún xīng cuǐ càn de xī bān yá wén tán

在维加时代以前，宗教剧还是占据着剧坛主流，但一些有识之士已经开始着手使戏剧向世俗方向发展，已经开始探索民族戏剧的出路。

前辈先驱中功劳最大的要数费尔南·德·罗哈斯（1465—1541）。他曾写过一部非常著名的朗诵体剧本《赛莱斯蒂娜》。剧本采用的是群众喜好的爱情题材，描写贵族子弟卡里斯托，放猎鹰偶入一家庄园，遇到一位美丽异常的姑娘梅莉培亚，不由自主地爱上了她。于是，卡里斯托就向梅莉培亚表达了爱意，可事情发生得太过突然，对方拒绝了他，使卡里斯托陷入了深深的相思之苦中。后来，一个名叫赛莱斯蒂娜的老太婆给他帮了大忙。赛莱斯蒂娜去找梅莉培亚，假称只有她的腰带才能治好卡里斯托的病，然后，一步步巧妙安排，终于使梅莉培亚对卡里斯托以身相许。可是，谁也没有料到，故事结局却是赛莱斯蒂娜被卡里斯托的两个仆人杀害，卡里斯托从高墙上摔下，一命呜呼，梅莉培亚得知噩耗也跳楼殉情。

这出剧引人注目之处并不在情节如何，而是在赛莱斯蒂娜的形象塑造上。在西班牙文学中，这个老太婆是非常著名的一员。她的一切行为准则就是为了赚钱。她名义上的身份是巫师，暗地里却当老鸨，干着皮肉生意。她还会配置春药，修补处女之身，城里破了身又被她补上的女人不下五千个。人们骂她是伤风败俗的祸根，挑人情欲的罪魁，"狡猾又精明，什么事情都干得出来"。但是，暗地里人们又不得不依赖她，偷偷求她；而她也总能满足人们的情欲，是市民社会里最亲密的朋友。情海中挣扎的卡里斯托早把家规良训丢在了脑后，而抓住了她这根救命稻草。赛莱斯蒂娜用最直接、最赤裸裸的方式向压抑身心的中世纪禁欲主义发出了挑战。她把虚伪的道德、虚幻的良知狠狠摔在地上，以翻云覆雨、颠鸾倒凤的姿态在这些假面具上肆意践踏。相比英国杰弗里·乔叟笔下的巴斯婆子，有过之而无不及。

罗哈斯对后来的戏剧发展影响很大，巴尔托洛梅·德·纳阿罗（1476—1531）的一部喜剧《伊梅耐亚》就明显受到《赛莱斯蒂娜》的影响。纳阿罗也有自己的独特贡献，那就是最早把丑角引入戏剧当中，增强了喜剧效果。而天才的维加则把罗哈斯与纳阿罗的宝贵经验综合到了一起，极富创造力的写出了特里斯坦这一人物——也擅长说媒拉纤，喜剧性则强过赛莱斯蒂娜。

洛贝·德·鲁埃达（1510—1565）也是一位重量级的人物，有着丰富的生活经历。鲁埃达出身贫苦，只因酷爱戏剧，参加了剧团，到各地演出。他一人身兼数职，既是导演，又做演员。广泛的实践使他得以亲身感受中下层人民的喜好，进而运用富于亲和力的口语入剧。正是他，戏剧题材才得以真正的从达官贵人走向贩夫走卒，从宫廷庄园走向寻常巷陌。

海纳百川，有容乃大。正是前人们的不断探索和努力，西班牙民族戏剧走向了辉煌，维加隆重登场了。他集前人之大成，集万千长处于一身，像一位巨人舵手，始终把握着民族戏剧的航向，把戏剧提高到雅俗共赏的程度。在西班牙，他不仅取得了莎士比亚在英国取得的地位，还建立了自己的流派。在这些追随者中间，卡斯特罗（1569—1631）、阿拉贡（1580—1629）和莫利纳（1580—1648）最为突出。

那一时代的西班牙戏剧界，可谓是人才济济，才子迭出，卡斯特罗便是其中一位佼佼者。在他的作品中，《熙德的少年时代》成就最高。法国古典主义戏剧大师高乃依就从这出剧中获取灵感，写下了美丽清新的《熙德》。二者情节出入不小，但同是关于"荣誉"的主题。卡斯特罗的剧作中，常常见到为了维护荣誉、名节和尊严，家族之间不得不展开仇杀，血腥事件接连发生，而这往往是与爱情相抵触的。这样的主题正是维加津津乐道的，他在论文中曾格外加以详细阐释。

阿拉贡继承了维加的现实主义原则，但又不是仅仅停留在讽刺的地步，而是加大了批判力度。他的代表作《塞维利亚的织工》是个突出例子。剧中主人公费兰多有着不堪回首的往事。他本出身贵族，很有前途。但奸人当道，事态无常，身在要职的父亲被小人诬陷通敌，被处死刑。费

兰多也被逼得四处避难。危难中,他将衣服与一具死尸调换,让人误认为他已死去。然后更改名姓,远走他乡,到塞维利亚做了一名织工。后来,仇人之子也来到那里,还要强占费兰多新结识的女友。愤怒的主人公杀死了对方的仆人,锒铛入狱。阿拉贡不愿像维加那样一厢情愿地等待贤明君主的公平决断,对羊泉村式的集体暴动似乎也毫无信心。他宁愿把希望寄托于个人报复,用决斗来发泄愤懑!这样的人物性格深受着古罗马戏剧的影响。

三人之中,只有莫利纳公开承认自己是维加的学生,并回击古典主义者的攻讦。当时他的名声也十分显赫,仅逊于他的老师。然而,随着时间的推移,他的名声渐渐被他笔下的人物盖过,那就是堂璜。在《塞维利亚的嘲弄者和石头客人》中,堂璜是个专门玩弄女性,荒淫无耻的富家公子,追寻肉欲的满足是他唯一想做的事。他无所顾忌,肆意作恶,只因父亲是朝中重臣,一句话就能决定人的生死。堂璜四处游荡,骗取了一个又一个无知少女的贞操,最后闹得臭名昭著,成了过街老鼠,可他仍不思悔改,竟引以为荣。最终,死在了神秘的石头客人手中,结束了罪恶的一生。这个形象后来在欧洲大陆广为传播,备受莫里哀、拜伦和普希金等许多作家的重视,被不断加以新的理解、变形,赋予了更多社会意义,早已不是最初的那个样子。莫利纳从西班牙民间传说中精炼出这一形象,这一点倒是真应感谢维加开启的好传统。而他的更多作品则逐渐体现出巴罗克风格,这就与后来的卡尔德隆相似了。不知不觉,群星璀璨的夜空已然过去,历史迈开了新的脚步……

20. 《小癞子》与流浪汉小说
《xiǎo lài zǐ》yǔ liú làng hàn xiǎo shuō

1554年,西班牙文学史上一部奇特的小说——《小癞子》问世了。之所以说它奇特,是在于当时骑士小说和田园小说还占据着人们的视野,人们的注意力还集中在骑士们的惩恶扬善、贵族少男少女们田园牧歌式的爱

情上。《小癞子》的主人公既不是高高在上的贵族，也不是四处游侠的骑士，而是一个呆头傻脑的穷小子。通过主人公的流浪史，作者向我们展示了社会的方方面面，具有很强的现实性。《小癞子》的出现，让人们感到耳目一新，也使欧洲叙事文学多了一种样式，那就是"流浪汉小说"。

《小癞子》的篇幅并不长，仅相当于一部中篇小说，由前言和七个章节组成。第一章，写小癞子身世和开始步入社会。他名叫拉撒路，他的父亲是托美思河边一个磨坊工人，因偷窃麦谷吃了官司，后来死在抗击摩尔人的战场上。母亲又结识了个名叫萨以德的黑人奴仆，靠他从马房里偷粮食，结果被人发现，遭了毒打。生活实在难以维持，母亲含泪把小拉撒路送给一个行走江湖的瞎子作引路童。这人虽然眼睛看不见，但肚子里的鬼点子比谁都多。他告诉小癞子把耳朵贴近石牛，能听到牛叫，小癞子就凑上去，结果被瞎子猛地一推，撞得几乎昏过去。就这样，小癞子上了最为生动的人生第一课，开始了自己的漫漫旅程。瞎子有很多弄钱的窍门，尤其擅长骗女人的钱。他会各种祈祷词，会念咒，女人生孩子，他能预知男女，也能给人治病。按小癞子的话说，"一个月赚的，比一百个瞎子一年赚的还多"。可是，他却从不让小癞子吃饱，尽管他自己有酒有肉。跟着瞎子，小癞子懂得了要想生存，就得"头尖眼快"。他把刚学来的技巧全用在偷吃瞎子的食物上，也不免挨了许多打。最后，他以其人之道还治其人之身，领瞎子过河时，选了一处石柱，骗瞎子说是最窄的地方，跳过去就能过河。瞎子用力一跃，撞了个半死。小癞子就这样逃离了他的第一个主人。

小癞子的第二个主人是个教士。在这里，他仍然没有摆脱挨饿的命运。他四天的食粮仅仅是一个葱头。偶尔吃肉，主人总是把肉吃光，把啃剩的骨头给他吃，还说："拿去，吃吧！乐吧！这世界是你的！你比教皇还过得好。"教士把面包和酒都锁在一个破箱子里，小癞子没机会偷吃。他绞尽脑汁想办法，正好一天主人不在家，外面来了个铜匠，他就扯谎让铜匠配了把钥匙，从此隔段时间就偷吃几口面包，补贴肚子。不料事情败露，小癞子遭了一阵暴打后被撵了出去。

　　之后，小癞子又被一位绅士雇做仆人。这个人穷得一无所有，还摆绅士派头。每天衣着整洁，挂着佩剑，到外面闲逛，只想博得别人的尊敬。而且死要面子，不去劳动，经常饿着肚子却自欺欺人，说什么"敞着肚子吃的是猪，上等人吃东西都有节制"，"少吃是延年益寿的无上妙法"。但饥饿确是真实的，掩盖不了，平日里装腔作势的穷绅士反倒靠小癞子沿街乞讨来养活。这家伙后来为了躲避房东逃债，逃之夭夭了。

　　小癞子的新主人是一位墨西德会的修士，也让他吃了不少苦头。后来，他又伺候一个兜售免罪符的人。有一次，这个人因赌牌和一个公差吵了起来。第二天，当主人在教堂做弥撒，贩卖免罪符之时，那个公差闯了进来，大声说兜售员是骗子。兜售员闻听此言，双掌合十，跪拜上天，祈求上帝显灵惩治恶人。话音未落，公差竟然立刻倒在台上，浑身抽搐，口吐白沫。大家都相信兜售员是受了诬陷，得到了上帝的庇护，纷纷掏钱买他的免罪符。事后，小癞子才发现这竟然是兜售员和公差设计好的骗局，他又长了不少见识。

　　后来小癞子投靠了一位神父，安稳地做了四年工。转而又当上了萨尔瓦多喊消息的报子，负责公布酒价，宣读罪状。有关这一行的事情都得由他管。大神父得知他的形迹，把家里的女仆实则是自己的情妇嫁给他，还告诉小癞子别轻信流言蜚语。从此，小癞子走了好运，过上了好日子。故事至此结束。

　　小癞子所代表的一部分人，在十五十六世纪的西班牙社会是很重要的一群。那时候，西班牙的封建势力和宗教势力都很强盛，资本主义的萌芽得不到好的发展环境，加上国外的殖民地不断扩展，黄金大量涌入，国内市场主要成为了国外产品的销售地。西班牙本土的资本主义工农业始终在欧陆各国中处于劣势。本国的农业也在封建地主和贵族的控制之下，农民们日趋贫困，很多人便到海外去淘金，另有一些人来到城市自谋生路。这使得城市中的游民数量激增，小癞子正是这类流浪汉的一个典型。他们大多出身卑贱，没有固定的收入，有的靠给别人为仆听差谋生，有的只好四处游荡，小偷小摸。小癞子正是由于家里贫穷才被迫走向社会的，他的生

活标准就是活下去，有口饭吃。所以，在第二章里，小癞子盼望每天都死人，不为别的，只为能跟教士在祷告之后能饱餐一顿。他变着法儿偷吃主子的面包也是为了生存，这是他在极端困难的情况下求生欲望自然而然的体现。不可否认，最初小癞子还是一个天真的孩子，他的父亲获罪死后，他会企盼保佑父亲上天堂。他的小伎俩都是用来对付虐待他的主子，对死要面子的穷绅士却没有一丝怨言，反而可怜对方，甘愿讨饭给他充饥，甚至自己挨饿。这都表明在小癞子的内心深处，还有着一颗善良的同情心。至于后来，他的堕落则是恶劣的环境熏染，是求生的无奈之举，学会了欺诈、狡黠甚至获取不义之财。他的发迹史也正是他的堕落史。

作者还通过小癞子的游历和见闻，描写了社会上形形色色的各类人物：欺世盗名的医生，吝啬刻薄的教士，诡计多端的骗子，道貌岸然的神父，虚伪傲慢的绅士，穷困潦倒的乞丐……尤其是对宗教的揭露，入木三分。把教会利用为死者做弥撒和兜售免罪符进行敛财的卑鄙手段讽刺、批判得体无完肤。这是作者深入体察社会，对社会的腐朽、伪善所发出的强烈控诉。

21. 时代的巨人塞万提斯
shí dài de jù rén sāi wàn tí sī

谈到文艺复兴时期的西班牙文学，稍有文学常识的人都会毫不犹疑地说出一个名字——塞万提斯。他和同时代的法国人拉伯雷共享现代小说始祖的美誉。后代的许多作家都对塞万提斯交口称赞，狄更斯、福楼拜和托尔斯泰都不约而同地把他当做自己创作的楷模。

米盖尔·德·塞万提斯·萨阿维德拉，1547年生于西班牙马德里省东部的阿尔加拉·德·恩纳勒斯镇，是该省当时的文化中心。塞万提斯的祖父做过律师，他的父亲是个郁郁不得志的乡下医生，常常在各地奔走，靠行医维持生计。家里有兄弟姊妹七个，他是老四。由于家庭经济窘迫，年幼的塞万提斯跟随父亲四处奔波，长年过着居无定所、近乎流浪的生活。这些经历，对于未来的作家来说，可谓是刻骨铭心。

塞万提斯

大约在 1568 年，塞万提斯来到了马德里一所私立中学学习。他的老师是当时很知名的一位学者，名叫胡安·洛佩斯·德·奥约斯。此人精通拉丁文，有相当深厚的文化修养。聪颖好学的小塞万提斯早早就流露出对文学的浓厚兴趣，他跟随老师学习了拉丁文，广泛阅读了大量的拉丁文历史、地理和文学著作，为日后的创作打下了坚实的基础。

1569 年，塞万提斯来到了意大利，当了红衣主教家的侍从，这使他有机会阅读主人丰富的藏书，游览罗马、佛罗伦萨、米兰和威尼斯等文化名城。在那里，塞万提斯曾亲耳聆听过托夸多·塔索的艺术讲演，还接触了当地不少的文人雅士，深受人文主义思想的熏陶。在意大利的日子里，塞万提斯感到全身心沐浴在人文主义的阳光下，优秀的古代艺术作品向他展示了一个全新的世界。在那个世界里，他不知疲倦地尽可能多地吸收一切养分，开拓自己的眼界，丰富自己的头脑。

1570 年，塞万提斯满怀报国热忱参加了西班牙海军，抵御土耳其人的进犯。他在战舰"侯爵夫人"号上服役，始终尽职尽责。1571 年 10 月 7 日，历史上著名的勒邦托战役爆发了，身染重病的塞万提斯主动请缨，坚持要到最危险的前沿去作战。在战斗中，他身负重伤，被送去战地医院。结果，左手被截去，还在胸口留下了两处伤疤。由于在部队里的出色表现，部队统帅堂胡安和西里亲王各自写了一封推荐信给国王菲利普二世，希望给塞万提斯升官。塞万提斯随身带着两封信踏上了回国的航船。谁知路上遭到土耳其海盗船的袭击，他被解往阿尔及利亚。那两封本来可助他

扶摇直上的举荐信成了罪证。土耳其人把他当做重要人物，向他索要巨额赎金。在阿尔及利亚，塞万提斯在牢狱中过了整整五年。在这五年中，塞万提斯组织参与了五次越狱行动，不幸都失败了。但是每次失败后，面对敌人的审问，他都能处乱不惊，沉着应付，机智地与敌人周旋，直至化险为夷。有一次，他不忍舍难友于不顾，放弃独自逃走的机会；还有一次，他勇敢地站出来，承认自己是行动的主谋。他的所作所为，不仅赢得了难友们的信任，就连阿尔及利亚的君王也敬重三分。正如他在《阿尔及利亚的囚牢生活》中写到的那样：

> 用笑脸来迎接悲惨的厄运，
>
> 伟大的心胸应该表现出这样的气概，
>
> 用百倍的勇气应付一切的不幸。

费尽千辛万苦，直到1580年的9月，塞万提斯才被受他父母委托前来营救的两个教士赎出，回到了阔别十年之久的祖国。可是，此时的西班牙已不是那个不可一世的庞大帝国，当年的威风已经成了陈年旧事。国内经济危机不断，统治阶级实行苛政，宗教机构的迫害日趋严厉，百姓民不聊生，加上对外战争的接连失利，更是雪上加霜。至于塞万提斯个人当年的战功早就被人们所遗忘，在国王眼中，他不过是个残疾人，根本不值得重用。于是，一贫如洗的塞万提斯为找工作四处奔波，虽说他已不是当初那个热衷军功，渴望权势的人了，但毕竟还要糊口，还要顾及家庭（1584年他和一位农家女卡塔利娜·德·萨拉萨尔·帕拉西奥斯结了婚）。没想到却四处碰壁，这令他感到深深地失望，他迫切地需要给自己寻找新的生活支撑点，寻找自己的价值，给残存的体内注入新的活力。广泛的阅历和思想认识的不断提高，以及文学积淀的渐趋深厚使他不甘心把自己的毕生才华埋没在忙碌奔走的办事员生活中，他开始专心从事创作活动，立志用手中的笔开拓出一片新天地。尽管他迫于生计，没有脱离公职，但更多的时间和精力被他一股脑儿地倾注在了文学创作中。

很快，耕耘便有了收获。1583年到1584年，塞万提斯写出了《未发

表的八出喜剧和八出幕间短剧》中的一部分。在西班牙，创作幕间短剧有着悠久的历史传统，专门用于幕与幕之间换服装和休息时演出之用，所以时间往往很短，风格也多诙谐幽默，能起到缓解气氛，放松神经的作用。通过这个戏剧集，塞万提斯的艺术才华初露峥嵘，显示出了驾驭现实主义戏剧的卓越才能。既有写民间流浪汉的《佩德罗·德·乌尔德马拉斯》，也有写妓女生活的《走运的妓院老板》，还有通过他在阿尔及利亚的见闻感受基础上完成的《阿尔及利亚的浴场》、《有胆识的西班牙人》等，所展示的社会面非常广泛。在这些篇幅不长的作品里，塞万提斯却显示出了大手笔。

此外，在这一时间里，他还完成了有生以来的第一部小说——《加拉泰雅》。小说出版于1585年，还带有田园小说的痕迹。写的是两个年轻人——西列里奥和齐姆布里奥。前者为了帮助朋友获得爱情，拿出自己的财产去博取少女尼西达的芳心，谁知在这一过程中，西列里奥也被尼西达的美貌吸引，爱上了她。但是，为了朋友，他把自己的爱意隐藏在心底，用尽心思撮合双方。其间，又穿插了齐姆布里奥与人决斗的情节。最后，几经周折，有情人终成眷属。齐姆布里奥与尼西达相结合，西列里奥也同尼西达的妹妹布兰卡走到了一起。小说热情讴歌了青年们对爱情的不懈追求和朋友之间无私的友谊。通篇的格调是乐观并积极向上的，充满着理想主义的色彩。小说出版后，并未受到足够重视，但作家本人却很珍爱这部作品，曾打算续写第二部。后来，由于种种原因，未能遂愿。

塞万提斯的一生也是不幸的一生。除去身体上的创伤和落入敌手之外，回国后，他还因各种不同原因多次入狱。1592年，他任无敌舰队粮油采购员期间，受人陷害，被控"擅自征粮"。1597年，他任税吏时，因存放公款的商店倒闭，他获罪入狱，被判赔偿。1605年，一名绅士在他家门口被人打伤，他出于好心将伤者接入家中治疗，不巧伤者死在他家里。塞万提斯反倒成了杀人嫌疑犯，再次入狱。此外，他的婚姻也十分不幸，与妻子分居很长一段时间。1603年，他举家搬迁到瓦亚多利德。一家近十口人只能挤在公寓里的几个小房间中。晚年也一直在贫困中挣扎。即使这样

塞万提斯故居

波折动荡的一生，塞万提斯也始终没有向命运屈服。在他心里，饱经风霜是生命中不可或缺的磨练意志的机会，只有笔耕不辍才是人生无憾的终极体现。1603 年，他终于写完了《堂吉河德》的第一部，取得了辉煌的成就。据他说，这部小说就是他在 1602 年入狱期间构思完成的。另外，晚年他还写了剧本《努曼西亚》、短篇小说集《训诫小说集》、长诗《巴拿索神山瞻礼记》和长篇小说《佩尔西雷斯和塞西斯蒙达》等。

《堂吉河德》原名《奇情异想的绅士堂吉河德·台·拉·曼却》。主要写了同名主人公三次游侠的经历。他本是乡下的一个绅士，名叫阿隆索·吉哈那，由于酷爱骑士小说，自称堂吉河德·台·拉·曼却骑士，还选了一个农家女作情人，给她取个贵族名叫做杜尔西内娅·台·波隆梭。然后骑上匹瘦马，穿上破烂的铠甲，去出外行侠。第一次，到了一个旅店。店主看他疯疯癫癫，就顺他意思，"封"他为骑士。堂吉河德满心欢喜，继续前行。路上遇到一队商人，他大喝一声，冲上前去，要他们承认杜尔西内娅是普天下最美的女人。商人们纷纷笑他，他挺枪就刺，没想到马失前蹄，摔倒在地，结果被商人们打了个半死。第二次，堂吉河德说服了一个叫桑丘的农民一同出发。这次途中，堂吉河德把风车看做巨人，把羊群当

做敌人的军队，干了不少蠢事，也吃了许多苦头。后来，村里的神父设计把他装入木笼，解救回村。过了一些日子，堂吉诃德又耐不住，再次同桑丘出游。一路上打败了镜子骑士，遇到过专爱作弄人的公爵夫妇。最后，堂吉诃德被白月骑士击败，回到家乡，郁郁而终。

1616 年 4 月 23 日，因水肿病，塞万提斯在马德里的家中逝世，终年六十九岁；而在遥远的英吉利，也有一位巨人也倒下了，停止了探索的脚步，他的名字叫莎士比亚。在同一天，欧洲失去了两位巨人。历史不会遗忘，也不可能遗忘，因为塞万提斯和莎士比亚一样，用手中的巨笔把名字镌刻在了时代的丰碑上……

22. 话说堂吉诃德与桑丘·潘沙
huà shuō táng jí hē dé yǔ sāng qiū · pān shā

一谈起西班牙文学，许许多多读者都会想起这样两个人物——一个疯疯癫癫的骑士高高地跨在瘦马上，头上顶着头盔，身着又厚又破的铠甲，右手挺一柄长枪，左手执一面盾牌，腰里佩着宝剑；他的身边，还有个头戴宽边大帽的胖子，骑着匹驴子。这就是塞万提斯笔下的堂吉诃德与桑丘·潘沙。即使没有读过《堂吉诃德》，许多人也知道他们的一些事迹。

在世界文学的殿堂中，堂吉诃德算得上是最有特色、最为复杂的典型人物之一，可以与哈姆雷特、于连等人物并称。

对《堂吉诃德》的理解，过去与现在之所以相差巨大，很大程度上是在于对其主人公——堂吉诃德的总体把握上，而理解上的千差万别今天还在延续。如果把堂吉诃德的经历看做是一出悲剧的话，那么这首先应进行社会层面的考察。堂吉诃德原名阿隆索·吉哈那，是个生活在乡间的绅士。在那个时代的西班牙，绅士是处于贵族与平民之间的阶层，并没有贵族的头衔。像堂吉诃德，家里的生活并不十分富裕，只能保持在温饱线上，只雇得起很少的仆人。这一阶层在经济上比普通农民要强一些，有一些土地，但还远远不能与大贵族大地主相比；在政治上，手中无权；社会地位不高不下，基本上算是有闲阶层。正是有了许多空闲时间，这位绅士才有时间大量阅读骑士小说，也有时间去外面游侠，实行他那些古怪的念头。可是到了外面的世界，人们根本没有把他这个自诩的骑士当回事，对他那些举动不是大声嘲笑，就是痛打一顿。尴尬的社会处境使堂吉诃德想要通过个人行侠仗义的方式来扭转乾坤成为了南柯一梦。

有谁知道他的狂热的幻想有多么宝贵、多么广阔

堂吉诃德的疯病直接来源于骑士小说。作者通过对堂吉诃德的荒唐经历的描述，给那些读骑士文学的人们敲了警钟。堂吉诃德的性格核心是完全生活在幻想当中，终日沉湎于胡思乱想，彻底地混淆了现实与想象。他自封为战无不胜的堂吉诃德骑士，还给自己找了个情人，起了个贵族名字叫杜尔西内娅·台·德·波隆梭，可实际上这只是个丑陋的放猪女，"胸口上还长着毛呢"。他把风车看做是身高腿长的巨人，催马提矛冲过去，结果被叶轮狠狠地掀翻在地。当桑丘告诉他那不是巨人而是风车，他也不肯相信，硬说那是魔法师使了手段，把巨人变成风车。他看到羊群，也不放过，几枪刺去，羊死遍地。他却得意洋洋的认为自己战胜了一队敌人，向桑丘吹嘘自己如何善战。他进攻抬着圣母像的人们，把他们当做抢走贵夫人的强盗。在旅店里，他深陷梦境，拿起剑来一阵挥舞，将装着葡萄酒的皮袋子刺破。醒来后，坚持认为是敌人流下的鲜血。而旁人要是胆敢说骑士的坏话，或是认为杜尔西内娅不是最美的女

堂·吉诃德大战风车

人，他就要拔出剑来拼命。如此神魂颠倒，疯疯癫癫，难道不是一个十足的疯子吗？在世界文学中也是绝无仅有。对于不明是非，荒唐可笑的堂吉诃德，塞万提斯极尽讽刺之能。从情节上看，堂吉诃德每次冒险出击都是狼狈不堪。刺死了羊，被牧羊人打掉了牙；放走苦役犯，反遭毒打；最后闹得连身上的衣服都被人抢了去。自己吃了不少苦头不说，桑丘也跟着遭殃。直到后来，堂吉诃德败在了白月骑士手上，才不情愿地回到家乡。临终之际，他终于幡然醒悟，承认自己不是堂吉诃德，而是阿隆索·吉哈那，再也不愿相信骑士道的那一套了——"那些胡扯的故事真是害了我一辈子；但愿天照应，我临死能由受害转为得益"。并且只准外甥女嫁给从未读过骑士小说的人，否则就不能接受遗产。

其实，只要不谈骑士的那一套，堂吉诃德还是个相当清醒、谈吐不凡的智者，远远地超越了身边的凡夫俗子。他讲究道德，明白法律，对文学艺术也不乏真知灼见；他热爱自由，反对压迫和奴役；对割据深感忧虑，主张国家统一；他有个人的治国抱负，渴望政治清明，君主贤达。在桑丘任海岛总督时，一再嘱咐桑丘要秉公办事。对于社会中饱受欺凌的妇女，

他也不吝惜自己的同情心；而对欺压人民，鱼肉百姓的统治者，他能大声呵斥，尽力制止。对于年轻人追求真挚爱情，堂吉诃德极力赞成，甚至愿意为离家出逃的女子保驾。堂吉诃德具有见义勇为、疾恶如仇的气概，对于恶势力从不妥协，总能第一个冲过去，铲除罪恶，维护正义。牧羊的孩子被吊在树上鞭打，他就上去营救；看到有人被拘，他也上前将差人赶走；始终把锄强扶弱作为自己分内的责任。不论结果如何，动机总是出自善意。在他心目中，人人平等的民主观念是至高无上的。从这一点看来，堂吉诃德称得上是具有人文主义的思想者，他的行为处处都体现着人文主义的光辉，是作家社会道德理想的化身。

桑丘·潘沙是小说中的另外一个主人公。他是与堂吉诃德相互映衬，并且不断发展的形象。桑丘家里很穷，他和老婆常常饿肚子，孩子也没钱上学。跟随堂吉诃德的最初目的就是为得到主人许诺的工钱。到海岛做总督，挣大钱也对他具有极大的吸引力。他的性格核心是讲求实际，这与堂吉诃德的耽于幻想正好截然对立。桑丘胆小怕事，目光狭隘，认识短浅，自私自利，但是忠厚、老实、乐观、头脑清醒。这个人物可以说是西班牙普通农民的典型代表。刚开始，桑丘在路上发了不少牢骚，因为他的主人让他没少跟着挨打。但偶尔他们战胜了，桑丘就迫不及待地上去抢财物。随着与堂吉诃德朝夕与共，耳濡目染，主人高尚理想的感染使他性格发生了转变，逐渐脱离了原有境界，成为了小说中真正理解、赞同堂吉诃德的人，成为了主人最好的朋友。当堂吉诃德临终之际，桑丘痛哭失声，为失去灵魂上的导师悲痛欲绝。在任海岛总督期间，桑丘秉公执法，严肃认真，并大胆进行改革。通过这些情节的描写，塞万提斯反映了劳动人民渴望摆脱贫困命运，争取自由民主和贤君良主的共同心声。

23. "西班牙戏剧之父"：维加
xī bān yá xì jù zhī fù：wéi jiā

1562 年 11 月 25 日的深夜，在西班牙首都马德里的一个绣金工匠家

里，一个男孩儿呱呱落地。他就是文艺复兴时期西班牙民族戏剧天才——维加（1562—1635）。维加的家世并不显赫，拥有的贵族头衔还是花钱买来的。然而，父亲非常关心儿子的前程，很早就把他送到蒂内教派的学校里读书。后来，维加来到了阿尔卡拉·德·埃内雷斯大学和皇家学院深造，在那里学习数学和天文学，还受到了很好的文学、音乐、舞蹈和击剑等方面的训练。

天赐的力量有时真的令人难以想象。自幼，维加就享有"神童"之美誉。五岁时他就开始阅读拉丁文的诗歌和神话传奇；十岁时把罗马作家克劳狄乌斯的一首诗篇译成西班牙文；十四岁完成了第一部剧作《真正的情人》；二十岁便已在剧坛崭露头角。良好的教育，罕见的天赋和持之以恒的努力，使得这位西班牙文学史上的巨人迅速成长起来。

维加的性格开朗热情，浑身洋溢着旺盛的精力。可是，有时这也会给他带来不必要的麻烦。1583 年，他爱上了一位叫做埃伦娜·奥索里奥的女演员。埃伦娜是剧院经理的女儿，一位有夫之妇。后来，她与红衣主教的侄子不断往来，抛弃了维加。一气之下，维加写了许多尖刻的讽刺诗歌。为此，他付出了惨重的代价，被控诽谤罪，判处流放瓦伦西亚整整八年。在那里，他与一位重臣的女儿伊萨贝尔结了婚。

同许许多多的年轻人一样，维加也渴望在战场上建立自己的功勋。婚后几天，他自愿参加了国王菲利普二世组织的号称当时欧洲最强大的"无敌舰队"，远征英吉利。在船上，他满怀胜利的渴望，意气风发地写下了长诗《安赫利卡的美》，欲与意大利的阿里奥斯托的《疯狂的奥兰多》一争高下。这次远征的结果，是年轻的诗人不曾预料到的。他像荷马史诗里的奥德修斯那样，在海上辗转漂流了几个月才回到祖国。然而，奥德修斯是以胜利者的姿态荣归故里，而留给维加的却只有失败的记忆。在英吉利海峡，两国舰队激战七天，西班牙人大败而归，途中又遭遇风暴，船只几乎损失殆尽。

爱情的失意和政治幻想的破灭使维加体会到了命运的艰辛与波折，也坚定了他成就事业的决心。回国后，他定居在西班牙当时的文化戏剧中心

瓦伦西亚，潜心于戏剧创作。维加是一位极其多产的作家，一生写过两千多部剧本。现存四百二十六部，还有四十八部宗教短剧，一百七十九部残本，可谓是卷帙浩繁，蔚为大观。只此一点，在世界戏剧史上便属空前。他的创作如狂风暴雨席卷整个伊比亚半岛，引起西班牙文学界的广泛关注和一致好评。

维加创作了《羊泉村》。但是作家没有局限于历史，他把人民维护正义，争取自由与政治斗争有机地糅合到一起，把人民反抗暴力的主题置于国家统一的宏观图景下，并歌颂了人民的英勇无畏、乐观主义和集体精神。

骑士团队长费尔南是个野心家，怀有不可告人的意图。剧本一开始就写他怂恿骑士团团长希隆发动叛乱，公开反对国王堂费南多。他占领着羊泉村，横征暴敛、鱼肉乡里，不仅掠夺田产，还霸占妇女。只要被他看上的女人，都逃不出他的魔爪，成为他发泄兽欲的工具。他的两个部下奥图尼索和弗洛雷斯其实就是他的皮条客。他们仗势欺人，对胆小者威逼利诱，稍有异议则使用暴力。许多良家妇女都被费尔南及走狗们糟蹋了。村民们都恨之入骨，可迫于费尔南的武力，敢怒不敢言。而费尔南还振振有词地宣称："十字架和宝剑应该是鲜红的"。在他心中，手中没有权力和武器的普通老百姓就应任其驱使，被强暴的女人还要感激他的垂青呢。

尽管不学无术，举止粗俗，但他还动不动就卖弄一知半解的知识。当羊泉村村长埃斯特万谴责他应约束行为时，他还搬出亚里士多德的《政治学》来威吓对方。

劳伦夏是村长的女儿，费尔南一见到她，立刻被她的美貌激起了欲火；但劳伦夏坚贞不渝，使他未能得逞。一天，劳伦夏在河边洗衣服，费尔南走上前，寡廉鲜耻地向劳伦夏吹嘘别人的妻子刚刚新婚就向自己投怀送抱，随即又扑过去意欲非礼。劳伦夏誓死不从，并大声呼救。幸好，她的恋人弗隆多索及时来到，劳伦夏才幸免于难。费尔南恼羞成怒，发誓要报复。

这一期间，费尔南率领部队去攻打国王堂费南多，大败而归。后来，

费尔南指使手下抢走了村民门戈的未婚妻哈辛塔，并把门戈打了一百鞭子。劳伦夏和弗隆多索为防不测，决定早早举行婚礼。在婚礼进行时，费尔南带兵闯入，强行抓走了劳伦夏与弗隆多索，并毒打老埃斯特万。劳伦夏终于被玷污了。村民们再也忍不住了，他们冲进城堡，打死了费尔南，割下他的首级示众。费尔南的死完全是咎由自取，他的可耻下场向世人表明了多行不义必自毙！

不仅写了大量的戏剧作品，而且他还对戏剧艺术的研究非常细致、深邃，在《当代编剧的新艺术》中可以得见。他认为喜剧与其他文学样式一样，有其固定的目的，即"模仿人们的行动，描绘他们自己时代的风俗"。在剧作中，要有准确的论述、贴切的诗行和音乐般的和谐。而喜剧与悲剧不同之处在于喜剧所描写的大多是平民生活，能够反映时代风俗；悲剧则把注意力集中在了王室贵族们的身上，展示他们的正义、勇敢、荣誉等种种品行。喜剧常采用虚构的手段；悲剧则多在古代的传说、历史中寻找适合的土壤。在他的带动下，喜剧呈现出的样式远远多于悲剧，出现了像袍剑喜剧、市民笑剧、故事喜剧等许多品种。

这类情绪正是文艺复兴时代小市民的趣味所在。适应观众并不意味着流俗。在《当代编剧的新艺术》中，维加讲得很清楚：

> 大自然是多么惹人喜爱，
>
> 因为它时时显出美丑的两面。

在他的心目中，这才是生活的真实面目。故而，只有喜剧与悲剧相融合，严肃与滑稽相交织，才能更好地适应观众要求，才能更好地反映现实。为此，维加有一个重要的艺术手段就是丑角的设置与运用。在《园丁之犬》中，特里斯坦无疑充当着这样的角色。他是特奥多罗假身份的真正策划者，也是展示狄安娜心理活动的镜子，还是联系剧中其他人物的枢纽，起着穿针引线的作用。正是他的鬼点子，使看似不可能的主仆之恋成为可能。在表演时，扮演特里斯坦的演员的语言、动作、表情要滑稽可笑，要十分到位，这正是戏中的噱头。在剧尾，狄安娜想出了个狠毒的主

意，要趁特里斯坦酣睡之际，把他扔到井里灭口。而在舞台上藏匿多时的特里斯坦走出来，以极夸张的口气说："我理直气壮，控诉女人忘恩负义：我自愿给你安排了幸福，您却要把我扔到井里！"狄安娜马上改口道："回来，我要给你奖赏，你在世界上找不到比我更可靠的朋友；但是……你必须保密……"三言两语，一场可怕的阴谋就消逝了。这类调节、平衡观众情绪的手段，在当时是极受欢迎的，也取得了很好的艺术效果。

《塞维利亚之星》是维加的代表作品之一，在他的全部著作中地位仅次于《羊泉村》，题材依旧是古代西班牙的历史。1284年，桑乔四世继承了皇位，当上了卡斯提尔国王。那时的西班牙，中央政府的权力被地方架空，政权实际掌握在地方贵族与宗教势力手中。国王则想与当地贵族确立同盟关系，巩固自己的政权，同时还怀有远征直布罗陀的野心。维加巧妙地利用这段历史，把桑乔四世的塞维利亚之行改编成了猎艳之旅，借古讽今。这是维加惯用的手段，以往的创作证明了这种方法行之有效。

剧情并不复杂。剧本一开始，国王已经来到了塞维利亚。在夹道欢迎的市民人群中，他意外发现了一个美貌姑娘艾斯特雷利雅，人称"塞维利亚之星"。为了得到此女，国王绞尽脑汁，未能得手。于是恼羞成怒，迁怒其兄布斯托，下密令让人杀死布斯托。最后，国王在迫不得已情况下，承认自己是罪魁祸首。

24. "英国诗歌之父"杰弗里·乔叟

yīng guó shī gē zhī fù jié fú lǐ · qiáo sǒu

杰弗里·乔叟是个幸运儿，大约1340年出生于伦敦一个中产阶级家庭。父亲约翰精明强干，除了在生意场上长袖善舞外，还拥有着超越小商人意识的体察人生的智慧。为了使儿子光大门楣，老约翰使尽浑身解数，终于在1357年使杰弗里迈入宫廷之门，成为英王爱德华三世的儿媳阿尔斯特伯爵夫人身边的少年侍从。乔叟机智而多福，不仅躲过两次大瘟疫，而且在1359年英法交战中不但没有伤亡，被俘后还能得到国王资助被赎回。

尔后多年可算一帆风顺，只是因政局动荡和为官清廉，晚境较为凄凉。当然，乔叟之所以为后人所称道，决不因他曾是位意满志得的小官吏，而是由于他的文学成就，所以当 1400 年 10 月 25 日，这位处于创作黄金时代的作家不幸病逝时，埋葬他的威斯敏斯特教堂便多了一个"诗人之角"，从那时起，那里便成了埋葬英国著名作家的墓地。

乔叟的成功取决于多方面的因素，人们在为作家乔叟啧啧赞叹之时，也不忘记官吏乔叟的作用。因为 14 世纪的欧洲派遣文人出国担任外交使命，利用文人的诗艺与辩才是一种时尚。乔叟博览群书，知识丰富，才思敏捷，当然是这种外交文人的首选；所以他受皇室重用，还好几次秘密出使他国出色地完成了任务。这些特殊经历在乔叟的精神世界里留下深刻的烙印，尤其是法国和意大利在多方面对他产生了深远的影响。更重要的是乔叟作为市民进入宫廷，这种特殊身份对于作家的心理也产生巨大作用。

杰弗里·乔叟

乔叟生活在从中世纪封建社会向新的社会历史时期过渡的时代。中世纪禁锢人性的教会文化虽然已不能完全控制人们的思想，但想驱散长久积沉的阴霾也要有开路先锋。当文艺复兴的曙光照向英吉利海峡的时候，一批能够推动历史发展的英雄便应运而生了，这其中在文学领域堪称典范的当属乔叟。乔叟整日混迹于王公大臣们中间，非常熟悉贵族的生活，但出生于商人之家，他终究不能改变血统，也无法完全脱离平民世界，在贫病

困扰的时候更体验到属于他本来那个阶层的苦与乐。这种复杂经历使得乔叟既没有贵族的骄矜又无普通市民的愚钝，丰富的阅历反而使他从生活中参透人生的意义，在生活的洪炉里淬取思想的精华。生活善待勤于思考的人，乔叟终于在体验生活和博采众长的基础上形成了人文主义思想，成为了英国文艺复兴运动的先行者。

乔叟一生的文学创作活动大体分为三个时期，即所谓"法国时期"、"意大利时期"和"英国时期"。

第一个时期为"法国时期"（1355 — 1372），在此期间乔叟的诗歌创作深受法国文学影响。中世纪欧洲文学以法国文学最为兴盛，其内容和形式被多个国家的文人争相效仿。乔叟在勤奋研习法国文学的同时大胆尝试，创造性地运用了中古英语中部方言即伦敦方言进行翻译和创作。这一时期乔叟翻译了法国十三世纪伟大诗篇《玫瑰传奇》。该长诗是骑士和市民爱情观点互相融合的产物，它批判了禁欲主义和蒙昧主义。从译作题材的选择上看，译者的人文主义思想倾向已初露端倪。1369 年，乔叟的又一位恩主三太子约翰·贡特的妻子因病去世，为了纪念这位可敬的夫人，乔叟创作了他"法国时期"最为重要的一部作品《悼公爵夫人》，正是这首诗展露了诗人的才华。从《玫瑰传奇》的翻译到《悼公爵夫人》的创作，一方面，乔叟毫不掩饰地参照了法国诗歌，创造了以重音为基础的八音节双韵诗体；另一方面，乔叟特立独行地从译作之初就用本民族语言，这在以崇尚法国为荣，通晓法文写作为风尚的当时，他就表现得卓尔不凡。更可贵的是乔叟把伦敦方言的表情表意表境之功能淋漓尽致地发挥出来，让人们猛然看到本土语言的威力与希望，所以乔叟对于真正的英国文学的繁荣发展起到了举足轻重的作用。

第二个时期为"意大利时期"（1732 — 1386）。1372 年，乔叟因政治需要得以到意大利访问，五年之后又再度出行意国。前后两次的游历使乔叟深为文艺复兴的发祥地所痴迷，他把一个新兴强国繁荣发达的局面同本国危机四伏急需改革的形势联系起来，深刻地意识到旧制度必定毁灭，文明民主才是必由之路，因而形成了彻底的人文主义世界观。1381 年，英国

掀起农民起义狂潮，乔叟置身世外，埋首书斋，借写作来表达他当时的情感与思想，所以80年代开始他的作品日益增多。从作品的思想内容和写作技巧方面看，都与意大利文学有着千丝万缕的联系，因此文学史才习惯称这阶段为他的"意大利时期"。这一时期乔叟的代表作有《百鸟会议》（1377）、《声誉之官》（1379—1384）、《特罗勒斯与克丽西德》（1385）、《善良女子殉情记》（1386）等。在这些作品中，乔叟采用了"君王诗体"，即采用七行诗段形式，每一行为十个音节，韵脚为ababbcc。乔叟是第一个使用这种诗体的英国人，该诗体后来演变成为"英雄双韵体"，在新古典主义时期竟垄断了英国的诗坛。

第三个时期为"英国时期"（1372—1400），这是乔叟文学创作成熟时期。这一时期乔叟已形成了自己的文学风格，并创作出了确立自己为英国文学奠基人的标志性作品《坎特伯雷故事集》（1387—1400）。之所以称此期为"英国时期"，是因为乔叟穷其精力创作的《坎特伯雷故事集》，无论是描写的人物、环境，表达的思想感情和所运用的语言都是完全英国式的。在作品中乔叟完成了从"君王诗体"到"英雄双韵体"的演化，并用新诗体承载了14世纪英国各阶层的生活内容，表现出鲜明的人文主义思想。《坎特伯雷故事集》在结构上与薄伽丘的《十日谈》十分相似，都是借偶然聚到一起的各色人之口讲述与当时生活相对照的故事。但乔叟比薄伽丘高明的地方，是他笔下的人物似乎血肉更为丰满、情感更为真实。当人们读到集子中《医生的故事》、《律师的故事》、《骑士的故事》、《自由农奴的故事》等诗，便会情不自禁地随着芸芸众生的喜怒哀乐、悲欢离合而哭泣欢笑，真正地从14世纪英国的"人间喜剧"中思索人生的真谛。在第三个时期，乔叟还写了不少短诗。精短的诗句是诗人思想精灵的跃动，像《怨诗——致怜悯》、《幸运辩》、《真理》、《高贵的品质》等诗都是作家充满哲思乐章上完美的音符。

乔叟的作品是他贡献给世人的宝贵财富。虽然有些作品过于冗长、拖沓，但从他明快、诙谐的文字中表现的人文主义思想和他采用的现实主义创作方法，以及对本土语言高超的驾驭能力对后世影响极大，包括莎士比

亚和狄更斯在内的英国文学大师也都深受其益，因此乔叟应当之无愧地获得"英国文学奠基者"的光荣称号。

25. 从《悼公爵夫人》到《声誉之宫》
cóng dào gōng jué fū rén dào shēng yù zhī gōng

杰弗里·乔叟（约 1340 — 1400）是英国中世纪最伟大的诗人，也是英国文艺复兴运动的先驱。他又以自己卓越的文学成就，被人们誉为"英国诗歌之父"。

乔叟在起步的时候，正像一切初学者都容易受到他人的影响一样，受法国、意大利文学的影响很大。但在模仿之中却成就了他非凡的创作业绩，这大概是得益于他本人对诗的独特感悟能力。当我们读到他法国时期和意大利时期的作品，如《悼公爵夫人》、《百鸟会议》、《声誉之宫》、《特罗勒斯和克丽西德》、《善良女子殉情记》等时，一个在模仿中慢慢形成独特风格的伟大身影便出现在我们的面前。

《悼公爵夫人》（1369）是一首饱含感情的挽歌。全诗共一千三百多行，从诗的长度可以见出乔叟对这位恩主夫人的敬爱程度，因为乔叟之妻——善于持家的菲丽巴，终其一生也没能得到一句丈夫为她而写的诗行。悼诗开篇用了很多的笔墨大段大段地描写作者的悲哀，却不急于阐述原因，而且笔锋忽转，突然讲起传奇书中其尤斯国王和阿尔古容妮王后的故事来。随着故事的发展，写到王后想念出海已久依然未归的丈夫，国王已不幸罹难，王后等不到丝毫讯息，于是王后哀叹：

我生何不幸！

我的主子

我的爱，

他死了？

我要在此向神灵发誓，

除非能听见我主子的消息，

我决不进食！

作者显然借王后之口来表明心迹。接着，诗人从王后的梦幻过渡到自己的幻境，运用了超凡的想象描绘出一个奇异的仙境，吟唱出凄惨欲绝的怨诗。诗人的梦境笼罩着哀婉的气氛，梦中见到一个忧郁的黑衣人。那黑衣人讲述了自己的不幸经历，他爱上一个品貌、身材、德操以及意态神情没有一样不突出的女子，颇费一番曲折得到了那颗芳心。正当两情相悦享受幸福时悲剧出现，那仙子般的人儿溘然长逝，独留下钟爱她的男子守候漫长的孤苦与寂寞。写到这里，所有的人便会明了，这位美貌的仙子便是公爵夫人的化身。诗歌的伤感情绪在缥缈的梦境中弥散开来，打动了每一个人。《悼公爵夫人》在叙述时引用了大量典故，华彩词句频频出现，书中的做作之气不可忽视，但全诗流露的深沉哀痛的真情弥补了这个不足。这首乔叟早期诗歌代表作把其对法国文学的借鉴同对英国语言创作的自觉探索较好地结合起来，是诗人迈向成功的第一步。诗歌强调尘世人生的欢乐，要人们勇敢地去追求生活的乐趣，表现出诗人人文主义思想的萌芽，所以《悼公爵夫人》在乔叟一生创作中占有着特殊的地位。

《百鸟会议》（1377）据说是为英王理查二世与波希米亚公主安娜订婚而作，全诗六百九十九行，依然采取梦幻形式以第一人称叙述。这是一篇完整的讽刺寓言诗，通过描述各鸟对婚姻的不同看法，影射现实生活中不同阶层的婚恋观及人生观。诗人一开始便写自己钟爱的艺术，这天偶然得到一本西塞罗的《论西比渥之梦》，便不忍释卷。诗人援引书中关于人的生死轮回以及如何划分生活中人的阶层的论调，借此为下面众鸟的不同等级设下铺垫。然后诗人因读书思索疲倦而陷入梦境，像但丁《神曲》中出现了维吉尔一样，诗人是由《论西比渥之梦》中提及的先人阿非利堪诺斯引领下，来到一个与爱情有关的美境。诗人"我"看见了诸神，而其中有位女王高贵威严而又慈祥，她就是自然神，正巧在主持百鸟在情圣发愣泰因节日的集会。在这个良辰吉日，凡是长着羽毛的鸟类都来到自然女神这

里，享受选择佳偶的权利。

自然女神指示群鸟按尊卑次序就座，然后依循老规矩依次开始择偶。每只鸟都可以自由选择自己的伴侣，但必须符合选择对象内心所愿方为有效。选择一开始，第一个享受权利的是最英勇最具威严的一只雄鹰，他自然将目光投向女神手中的雌鹰，不等羞涩的雌鹰表态，又出现两只次一级的雄鹰与第一只雄鹰相竞争。三只雄鹰各持己见，争相向雌鹰表明自己的爱才是最坚贞的。这场激烈的争议持续到日薄西山也没有结果，雌鹰总是不能做出选择。于是众鸟开始参与，白鹅、布谷、鸭子、雉鸡等分别发表意见，此时话题已从择偶转向对爱情的态度了。雉鸡坚持对爱忠诚；鸭子以为为情而死是傻瓜；而雄鹰则固执地认为爱情是最高贵的，绝不可等闲视之；布谷鸟不耐烦地说，只要自己选了伴侣，才不管别人怎样，一副自扫门前雪的样子。最后，自然女神发话结束了这场不可能达成共识的争论。她建议以血统等级为标准，让雌鹰选择为首的雄鹰，但雌鹰虽然害羞却绝不盲从，她请求女神给她一年的时间考虑究竟选谁，现在她对爱还没有完全臣服，公正的女神当然尊重雌鹰的选择。在女神的组织下，每一只鸟都满意地结成良偶唱着欢歌离去，在歌声中"我"醒来，接着读书。

《百鸟会议》显现出乔叟的公正原则，他将英国各个阶层与文中鸟类等级划上等号——猛禽为贵族，食虫鸟为市民，水禽指商人，为数众多的食种籽鸟为广大农民。诗人以略带嘲讽的口气记录了群鸟的对话，一方面把贵族与低贱的鸟类之间不可弥合的矛盾突出出来，以表明当时英国社会内部矛盾正深；另一方面诗人又报以乐观主义态度，希冀社会稳定和平，再度流露出爱众生的人文主义思想。全诗幽默，意象丰富，对话具有高度戏剧性，是将文学形式与材料结合得天衣无缝的佳作。

《声誉之宫》（1379 — 1380）是乔叟写的唯一的一首说教长诗。诗歌沿用了中世纪法国盛行一时的"爱情幻景"和"八音双韵体"，共二千多行，同时但丁的《神曲》在此又产生影响，较之《百鸟会议》意大利文风在此似乎更浓些，可以把《声誉之宫》看作乔叟从法国文学风格向意大利文学风格过渡的作品。诗歌分三卷，每一卷都以"梦境"为主。

　　第一卷由"导言"、"献词"、"梦境"组成。简短开场后进入"梦境"。诗人梦到自己落在一座玻璃庙宇之中，看到许多金像、钟龛、精美的绘画和古玩奇珍。从一幅画像中确认这是一座维纳斯所住的钟庙。墙上铜牌上的字迹告诉诗人更多的内容。诗人读到特洛亚人的失败史，得知维纳斯保佑儿子伊尼亚斯逃出废城，伊尼亚斯又在母亲的帮助下获得了迦太基女王狄多的信任和爱情，然而女王不幸遭弃蒙羞而死。诗人感慨不已，对负心的男子表示不满。在此已不难理解为何乔叟日后会写那部《善良女子殉情记》了。当诗人看完有关伊尼亚斯离开迦太基到意大利的画，步出神庙时，他看见一只金色的老鹰在天空飞翔，已准备朝诗人扑来。

　　第二卷由"导言"与"梦境"组成。诗人在"导言"中求女神助他完成诗篇，尔后又进入"梦境"。诗人"我"被老鹰牢牢抓住悬于空中，在惊惶失措中"我"无法冷静思考。面对老鹰并无恶意的谈话，"我"也只能唯唯诺诺。在天空中盘旋一阵，"我"被带到声誉之宫上空。老鹰告知"我"所有传到声誉之宫内的声音马上转为世间说话者本人的相貌，而且表情绝对一致，这奇妙的宫殿吸引着"我"。与老鹰说好在宫外等候后，"我"向声誉之宫走去。

　　第三卷由"献词"与"梦境"组成。诗人用"献词不达意"表达自己对声誉之宫的倾慕，接着再入"梦境"。"我"静静地看着许多人在演奏，还看见一些因一技之长而成名的人。"我"信步而行，终于找到宫门，没有耽误时间"我"便进入了殿堂。富丽堂皇的声誉之宫并不拥挤，高台上的宝座上端坐着一位相貌奇特的女神，她就是高贵的声誉女神。大殿内还有许多金属圆柱竖立着，柱顶站立着萨福、荷马、维吉尔等名人。突然清静被一群蜂拥而至的人打破。这些人"形形色色，贫富皆有"，目的却都是向声誉女神求赏。女神按自己的意愿实行了她的权利，还让人把风神厄渥勒斯找来，并让他带着名为"嘹亮赞"和诽谤的两支奇妙的喇叭。我见识了喇叭的魔力：当"诽谤"黑喇叭吹响时，随着臭气，无辜的人们遭受了耻辱；当"嘹亮赞"金号角吹响时，携着香风，幸运的人满足了愿望。但女神也比较公平，勤劳与懒惰的人分别得到了应有的待遇。宫殿内

一个人领"我"到了宫外不远的山谷中的一所屋子，老鹰又来帮"我"进去了。"我"目睹了谎言和实话的结盟，在一片混乱中，"我"看到一个似乎很有权威的人。诗歌就在此出乎意料地结束了，让人充满期待。

《声誉之宫》通过奇诡的想象提出了诸多人生问题，并揭发社会上许多流弊，说教在这里披上了神奇的外衣，在引发人们思考的同时，又让人们得到了诗意的享受。

26. 乔叟演绎的梦幻爱情故事
qiáo sǒu yǎn yì de mèng huàn ài qíng gù shì

乔叟的《特罗勒斯与克丽西德》（1385）建立于薄伽丘的故事诗《爱的摧残》（又名《苔塞伊达》）的基础上，全诗共八千二百三十九行。这首长诗与意大利文学的亲缘关系非常密切。《爱的摧残》是薄伽丘思念情人玛丽娅而采用特罗勒斯的故事来表达情感的，乔叟翻译了该诗二千七百多行，又增加了五千六百九十多行新的内容，构成了一部蔚为壮观的长篇叙事诗。在那个时代，作家们认为情节是共有财产，艺术在于体裁，所以乔叟的这种大篇幅借鉴是无可厚非的。更何况他创作的部分远远多于他借鉴来的那部分，所以乔叟的自我意识是显而易见的。《特罗勒斯与克丽西德》是他从模仿到自立再到渐入佳境的一个转折。

《特罗勒斯与克丽西德》共分五卷，比较完整地叙述了特洛亚战争中一对青年男女的爱情悲剧。长诗开篇照例祈求神的援助，乔叟这次请来的是希腊神话中三个复仇女魔之一的希西凤妮，奠定了全诗哀苦的基调。诗人挥毫泼墨，以细腻的笔触刻画了他心里的人物。

特洛亚美王子巴里斯掳走希腊美女海伦，成就了一对爱侣，却引起特洛亚与希腊那场旷日持久的战争，最终以特洛亚城邦的覆灭而收场。这场战争不知拆散了多少有情人，而为战争付出了爱情和生命代价的，便有巴里斯的三弟、同样英武俊美的特罗勒斯。

特洛亚与古希腊的战局僵持了多年。特洛亚城中的先知卡尔卡斯从神

灵那里得到神示，得知城邦将被摧毁，于是这位先知投入敌国希腊的怀抱。叛徒的行为使全城哗然，人们强烈要求对卡尔卡斯的亲族进行严厉处罚。卡尔卡斯的女儿克丽西德为父所累，性命难保，便向全城第一勇士大王子赫克托尔求情。赫克托尔本性仁慈，看见拥有绝世美貌的克丽西德哭泣自辩，便宽恕了这个无辜的女子，并下令全城的人都不许为难克丽西德，所以克丽西德能够像城中其他人一样受人尊敬，享受自由。

连年的战事并不能阻止特洛亚人的敬神活动。这一天，全城的人们都来到神庙前。王子特罗勒斯与朋友们也来到广场，他嘲笑朋友们在全力去求爱，再受尽烦恼守爱，最后，得到的是空爱。他表示，自己决不做追求爱情的傻汉。英明的爱神很快就惩治了高傲的特罗勒斯。当他漫无目的扫视人群时，一下就被一袭黑衣，神情哀怨，楚楚动人的克丽西德迷住了。一向不把女人放在眼里的王子特罗勒斯堕入情网难以自拔，只能靠无休止的冲锋陷阵发泄自己过剩的精力。王子的苦闷被他的挚友彭大瑞发现，特罗勒斯这次遇见了救星，原来克丽西德竟是彭大瑞的外甥女。经过彭大瑞的苦心计划，穿针引线，特罗勒斯终于得到了爱人克丽西德。两人在善良的彭大瑞的帮助下，度过了许多个缠绵悱恻的良宵，双方为爱情都许下无数遍真诚的誓言。特罗勒斯与克丽西德沉浸在爱河里，却没料到考验他们爱情的时候来到了。

希腊人为了短暂的和平，向特洛亚提出了短期休战的要求，双方互相谈判达到一致。卡尔卡斯听到这个消息，就跑到希腊公候们面前，恳请他们在这次交换俘虏时用特洛亚的大将恩吞诺换回自己的女儿，希腊人答应了他。

消息传来，特罗勒斯和克丽西德仿佛听到晴天霹雳，但身为王子的特罗勒斯也不能挽回定局。因为为了两个人的名誉，他们的爱情是不能公开的，况且特洛亚城的人们不可能为了一个女子放弃他们的勇将恩吞诺，虽然日后恩吞诺背叛了自己的城邦。一对情侣无望地接受离别。克丽西德比特罗勒斯乐观，说自己到希腊后十天就想方设法回来，到那时就可重温鸳梦，在这种情况下特罗勒斯只能是听天由命了。

　　交换俘虏时，特罗勒斯去送克丽西德，恋人心头的痛苦使两人都满面愁容。希腊王子、情场老手戴沃密德把这一切看在眼里，他打定主意拆散这对情人，夺过美丽的克丽西德打击特罗勒斯。事实应验了，特罗勒斯尽管受尽烦恼去守住爱情，到头来还是一场空，他的爱人克丽西德变心了。

　　克丽西德到希腊的前十天守住一颗心，没有给终日来献殷勤的戴沃密德任何机会。但那可恨的希腊王子太会讨人欢心了，克丽西德的一颗芳心最终倒向了他的一边。

　　特罗勒斯度日如年地熬过十天，克丽西德的失约让他惶恐不安。他又做了一个怪梦，梦见克丽西德在光天化日之下亲吻一头熟睡的野猪。他找来能卜吉凶的姐姐卡生德拉解梦，姐姐告诉他那头野猪代表希腊王子戴沃密德。尽管特罗勒斯不肯承认，但一天他在街上看到的一件战利品时，就不能不相信这个事实。那件战利品是戴沃密德的铠甲，而铠甲上赫然别着的竟是分别那天特罗勒斯送给克丽西德做纪念的扣针。

　　战事又起，特罗勒斯狂怒出征，他迫切希望能与戴沃密德在沙场上一决雌雄。可怜的特罗勒斯直到被阿基硫斯残暴地杀害，也未能在战场上遇见情敌戴沃密德。全诗在作者的叹息中画上句号，诗人末尾以基督教的信仰为终结，他祈祷耶稣保佑世人、眷怜世人，显现出一颗博爱向善的仁者之心。

　　《善良女子殉情记》（1384—1386）写于乔叟事业如日中天的时候，诗作根据奥维德、维吉尔和薄伽丘的作品而写的九个故事，探讨了妇女命运问题。作者原计划在总主题下写出二十五篇故事，结果只完成了一篇"前引"和九个篇故事，第九篇还没有结尾，留下不少遗憾。在诗人笔下，女人们不再是他从前作品中曾出现的淫荡游移之人或是半人半神的形象，而是兼具美德与美貌的真实可信的好人。

　　较之通常的作品，《善良女子殉情记》的"前引"部分反而比正文更精彩些。诗人笔调舒缓柔和，浓浓的春意让人陶醉。在"前引"部分诗人在描述早春美景的同时，委婉地表达了自己对花与叶的平等态度，这实际上是对当时出现的"花"贵、"叶"贱，女人"贵"尊、"平"卑的无聊

争论的一种回答。诗人呼吸户外清新空气后，回到家中安然入眠，又进入一个生机盎然的梦幻之境。不料梦里面天生丽质、贤淑仁慈的爱神却对诗人怒目而视，批评诗人毁谤爱神及其臣仆，那《玫瑰传奇》和《特罗勒斯和克丽西德》就是见证。诗人面对爱神的质问，心悦诚服地表示要听从爱神的建议，抒写天下占多数的善良女子，而且就从埃及女王克丽佩特拉写起。梦醒后，诗人就开始创作《殉情记》。

《克丽奥佩特拉记》讲述的是埃及女王克丽奥佩特拉与罗马将军安东尼相爱双双死去的悲剧。安东尼为了爱情背叛了祖国与恺撒，在保护爱人的战斗中阵亡。克丽奥佩特拉用生命证明了安东尼对她的爱是绝对值得的。《希丝庇记》讲述巴比伦女子希丝庇与情人辟拉莫斯真心相爱，但不为双方家长所容，两人商定私奔，由于误会，辟拉莫斯内疚自杀，希丝庇也追随爱人用利剑自杀而死。《苔多记》讲述迦太基女王苔多受维纳斯之子伊尼亚斯所骗，怀孕后遭到遗弃，最后用伊尼亚斯留下的刀刺入胸膛，跃入火中保全名节。她的遗言令人心碎。《易茜菲列与默蒂亚记》讲述勒漠诺斯岛女工易茜菲列和尔奇斯岛领主默亚先后到尔奇斯岛，被盗取宝物金羊毛的希撒利国王之子詹生所骗，分别生下两个孩子后不幸被弃，前者守贞到底，饮恨而死，后者放弃父亲和王位只得了无限的凄凉。《鲁克丽丝记》讲述罗马武士可拉丁之妻鲁克丽丝受王子塔昆污辱后自尽身亡，她的死终结了罗马国王继位制，使罗马不仅多了一个圣女，还多了一个令人超敬的节日。《爱德利恩记》讲述克里特王麦拿斯为报子仇豢养着食人怪兽。雅典王伊吉厄斯之子希西厄斯被轮到去送死，他幸运地被麦拿斯之女爱德利恩和她妹妹菲德拉用计救出。在逃回雅典的路上，希西厄斯贪图菲德拉的美貌，把他的妻子爱德利恩遗弃在野兽出没的荒岛上。幸运神明救了可怜的爱德利恩。《斐洛美拉记》讲述希腊公主斐洛美拉被凶狠的姐夫雷斯国王沱路斯骗到色雷斯后无耻占有，而且还被残忍地割去舌头，投入监牢，斐洛美拉在监牢时把遭遇绣在锦帷上偷偷通过侍童传给姐姐，两姐妹见面后抱头痛哭，同时陷入苦恼的深渊。《菲丽丝记》讲述女王菲丽丝被遗传了父亲希西厄斯恶德的德美逢骗得人财尽失，自杀而死的凄惨故

事。《易波美丝乞记》讲述希腊王但纳斯把自己最好的女儿易波美丝嫁给侄子林修斯，目的是杀死侄子。已成人妻的易波美丝不肯背叛丈夫，在新婚之夜将秘密告诉丈夫，她那冷酷胆小的丈夫，不顾她的安危连夜逃跑，使她被父亲关进监牢，尽管诗人没有交代结局，但人们不能不为她的厄运嗟叹不已。

纵观乔叟的中期作品，我们可以看到他惯用梦幻形式叙述故事，表达情感。或许，乔叟的魅力就在于他总能娓娓动听地讲着一则则引人入胜的故事，带读者走入他构成的梦幻世界，久久不愿醒来。

27. 在前往坎特伯雷朝圣的路上
zài qián wǎng kǎn tè bó léi cháo shèng de lù shàng

仿佛是命运使然，从 1386 年开始，诗人乔叟就厄运接踵，先是失去了公职，接着是贤妻菲丽芭又撒手人寰。也许正应验了"生活的不幸乃是文学的大幸"这句话，乔叟竟迎来了创作的顶峰时刻。1387 — 1400 年，他完成了鸿篇巨作《坎特伯雷故事集》。这部堪称英国文学史上第一部现实主义的经典，充满着现世的人文关怀。

《坎特伯雷故事集》本拟写一百二十个故事，最后只完成了二十四篇，绝大多数采用诗体写成。

4 月中旬的一天，作者客居于伦敦泰晤士河畔一家名叫泰巴的小客栈，准备前往坎特伯雷城，去朝拜殉教圣徒托马斯·阿·贝克特的圣祠。不久，又相继来了二十九个香客，诗人便与他们结伴而行。他们来自社会的各阶层：久经沙场又谦逊随和的骑士，风流倜傥善于求爱的侍从，信奉"爱情胜于一切"座右铭的女修道长、副手及三个教士，负债累累却派头十足的商人，死钻学问不谙世事的牛津学者，曾嫁过五个丈夫的巴斯妇人，粗俗猥琐的磨坊主，狡猾奸诈的赦罪僧，等等。根据酒店老板的建议，每人讲两个故事，讲得好的大家凑份子请他一顿晚宴，大家热烈响应。于是，朝圣路上各色人等粉墨登场，尽现芸芸众生相。

坎特伯雷大教堂

　　尊贵的武士首先开讲：智勇双全的雅典国王希西厄斯征服了亚马逊女人国，并娶了女王易宝丽塔为妻，举行完盛大的婚宴后，国王带王后及她的妹妹艾茉莉回雅典。后来，国王征讨希白斯王国的暴君克利翁，俘虏了两个贵族青年，阿赛脱和他表哥派拉蒙，将他们囚禁在城堡旁的巨塔里。不料，两个人又相继爱上了在巨塔下花园里散步的艾茉莉，于是两个诚实的武士反目了。后来他们又相继从囚牢中逃出，在树林里酣睡时被国王希西厄斯发现，并裁定二人各带一百名武士决斗，胜者可以如愿以偿。勇猛的阿赛脱在赢得胜利的时候，坐骑因恶魔惊吓倒地，自己头骨撞地，临终前把艾茉莉托付给高尚、忠勇的派拉蒙。友谊、爱恋的光芒照耀着大地，派拉蒙和艾茉莉结成了良缘。

　　武士的骑士爱情传说无疑开了个好头，言语粗俗的磨坊主也按捺不住，讲述了一个牛津的木匠如何遭到穷书生愚弄的故事。木匠则开始就戴上了绿帽子，后来就干脆变成了一棵树，从头绿到脚。年轻美貌又风骚多

情的阿丽生是老木匠约翰新过门的儿媳，寄宿在木匠家的尼古拉斯是个多情种子，懂得获取猎物的一切法门，在一番言语挑逗和眉目传情之后，起初故作冷漠的阿丽生终于露出本色，二人勾搭在一起。他们尽情戏弄了另一位对阿丽生痴迷的阿伯沙龙。为了能尽情欢愉，他们又设计欺骗了可怜的老木匠约翰。他们说洪水快到了，必须按神的旨意住进诺亚方舟里，心地淳朴的木匠竟然相信了这个谎言，把三个大浴盆悬挂在房子的横梁上，木匠、阿丽生和尼古拉斯钻到各自的浴盆里祈祷，而偷情的男女乘木匠熟睡之时，又偷偷溜进卧室寻欢作乐。

管家奥斯瓦是个木匠，听完磨坊主的故事觉得受到侮辱，决心报复一下，就回敬了一个住在剑桥附近的磨坊主受欺骗的故事。磨坊主有一个自命不凡的妻子和一个能歌善舞的女儿。磨坊主从主顾身上搜刮了大量麦粉，尤其是一所学院食堂的麦粉。两个年轻的穷学生约翰和亚伦自告奋勇去磨坊看个究竟，但狡猾的磨坊主还是利用约翰和亚伦找马之机，偷了大量的面粉。当晚，两个倒霉的学生借口留宿，玩弄了磨坊主的妻女，还将磨坊主痛打了一顿，让这个贪得无厌的家伙也尝到了做乌龟的滋味。

为了抵消磨坊主和管家的淫秽故事给大家心灵上带来的消极影响，律师讲述了一个高雅的故事。高贵无私、心地善良的罗马公主康丝顿司，被迫嫁到一个异教国家叙利亚做苏丹的王后。苏丹的母后埋怨儿子抛弃了自己的宗教信仰，就假意顺从儿子，却在宴会上杀掉了苏丹和所有的基督徒，只有康丝顿司逃出来被放逐于大海上。有一天，她漂到培森伯兰的一个堡垒，并在基督神迹的帮助下惩治了坏人，成为国王厄拉的王后。后来康丝顿司怀孕生子，而厄拉王外出作战了。厄拉的母后也仇恨康丝顿司，她骗得了信使向国王报喜的信，说王后是魔鬼生了个怪物；她又用同样的手段，将国王宽恕的回信换成了驱逐王后出境的最后通牒。康丝顿司母子在海上漂泊了许多年，历尽千辛万苦。后来厄拉国王杀了邪恶的母后，亲人们在基督的圣泽下团聚。

律师的奇闻触动了一个听者——巴斯妇人，她已经在教堂门口接待了五个丈夫，并欢迎第六个光临。她的信条是：结婚不是犯罪，结婚总比让

欲火攻心好。

巴斯妇人自认为自己是个对婚姻问题尽善尽美的技匠，她先对前五任丈夫做了绘声绘色的描述，又讲了一个故事：亚瑟王时代，一个武士犯罪当死，王后说只要他用一年零一天时间采访一个问题的答案就可以无罪。这个问题是：女人最大的欲望是什么？在武士寻找答案的途中，他遇到了一个丑陋无比的老妇，老妇答应帮他，并请他也答应自己的一个要求。老妇的答案是：每个女人都想统治丈夫，包括王后在内的所有人都无法反驳。武士只好满足老妇的要求和她成亲。后来，老妇变成了美丽的妙龄女郎，两个人过上了幸福的生活。

牛津学者不赞同巴斯妇人的看法，他用一个故事来说明：妻子应该顺从于自己的丈夫。

自由农显然对以上两种答案都不赞同，在听了几个人的故事后，他忍不住也讲了一个。在阿玛利亚的布勒塔尼，有一个武士名叫阿浮拉格斯，他的妻子朵丽根贤淑善良，二个相互起誓：丈夫决不嫉妒，妻子永远卑顺。阿浮拉格斯到英格兰去寻艺，一去就是两年，朵丽根在家中等候丈夫，默默忍受离别之苦。5月春暖花开，一天，一位青年奥蕾利斯在舞会上向朵丽根倾诉爱慕之情。朵丽根没有动心，但开玩笑说要是他能把海岸的岩石全部搬走就应允他的求爱。朵丽根的本意是使从英格兰回来的船免于受阻，但奥蕾利斯真的以一千英镑为酬劳，请来一位魔术师。魔术师巧用幻术，使包括朵丽根在内的所有人信以为真。朵丽根开始懊悔自己的出言不慎，她宁肯死去也不愿背弃丈夫，让清白之身受辱。但阿浮拉格斯得知此事后，觉得不能背叛誓言，在痛苦的抉择中让侍女陪夫人去赴约。奥勒利斯得知真相后，被夫妇两人的态度感动，主动放弃了自己的求爱请求。阿浮拉格斯和朵丽根又过上了幸福的生活，两人之间也没有任何隔膜。奥蕾利斯正为一千英镑酬金的支付发愁，魔术师也被奥勒利斯和那对夫妇的高尚行为所感动，最终放弃了酬劳。

在通往坎特伯雷的朝圣路上，人们继续前行，并用各自的理解诠释着人生百态。和自由农讲的故事相仿，商人讲了一个老夫少妻的家庭纠纷的故事。看来清官难断家务事，婚恋永远也说不完，更说不清。

游乞僧将话题转向另一个方向：一个差役素以敲诈别人为生。一次，贪婪成性的差役去讹诈一个老寡妇，在路上遇见一个乡土，两个人结拜为兄弟同行。到了老妇家，差役勒索她十二个铜币，老妇人觉得自己无罪无过，便跪下诅咒差役连同差役抢她的新锅一同被魔鬼带走。差役仍然拒绝忏悔，就被魔鬼带到他应该去的地方了。原来，和差役同行的就是魔鬼。

恰巧，朝圣的人群中有一位法院差役，他感觉受到游乞僧的侮辱，决定讲一个故事来揭一揭僧侣们的老底儿。在约克郡的贺尔多纳斯，一个游乞僧到处游说教徒捐献供养费。只要有小麦、毛毯或小饼甚至一块乳酪捐献出来，教徒和他亲人的灵魂就会得到安息。游乞僧总要拿着笔记录下捐献人的名字，出门之后就把书板上的所有文字飞快的擦掉。一天，游乞僧来到一个病人家搜刮。他先对这个家庭的主妇表示无限敬意，然后宣称自己的所有精神营养来自于《圣经》，食量只有很小的一点儿；主妇只要准备些腌鸡肝，软面包和红烩猪头就足够了。游乞僧宣称自己见到了主妇刚死的孩子升入了天国，并且为他亲自唱了赞美歌。也许是被游乞僧的虔诚所感染，病人说自己有一些财物要捐献，唯一的条件是必须平均分给每一个游乞僧。游乞僧依照病人的吩咐做了，得到的却是一个举世无双的响屁。一位侍从帮游乞僧想了一个平均分配这个特殊布施的好方法，拿一个有十二个轮轴的车轮，找来相等数目的游乞僧将鼻子紧凑在轮轴的尽头。当然，德高望重的僧人应该得风气之先，然后请病人再布施一次。侍从的建议使自己得到了一块布料的赏赐，而游乞僧一无所获，灰溜溜地走了。

朝圣者中最虚伪、最无耻的赦罪僧在半醉半醒间也说出了实话：自己就曾经利用假圣骨来骗取教徒的布施，他宣称这"圣骨"可治百病，甚至可以疗救人的妒心。这个厚颜无耻的家伙居然讲了一个说教性的寓言故事，并且用拉丁文宣称：贪财是万恶之源。

赦罪僧在故事开始的时候，先引用了《圣经》和圣徒们的名言来指责贪食好饮的罪恶，并猛烈抨击赌博的种种危害，仿佛自己就是正义的化身，然后才言归正传：从前，有三个恶汉，清早在酒铺纵情欢饮，听说有

个老朋友被一个叫"死亡"的人杀害，于是三人对天盟誓，结为兄弟同生共死，然后动手去找"死亡"复仇。在寻找"死亡"的路上，三个人得到了一个老翁的指点：在那边的橡树下可以找到"死亡"。三个人来到树下，没见"死亡"的踪影，倒见到足可以装八斗的金币，他们打算等到天黑再把金子搬到城里去。经过抽签，他们中最年轻的一个被派到城里去买面包和酒。这个家伙想独吞金子，就在两瓶酒里下了毒，剩下一瓶自己喝。谁知他的同伴们在树林里早已密谋了害他的阴谋。两个人依计得手后，坐在一起喝下了毒酒，也都一命呜呼了。

水手也讲了一个关于金钱的故事：有一个商人十分富有，他美貌的妻子专爱交际游乐。商人有个朋友约翰，其人风流倜傥又会施小恩惠，商人对他言听计从。一天，修道僧约翰在花园散步，遇见商人的妻子。她向约翰诉苦说没有钱添新衣服，如果约翰借她一百法郎，她会尽力报答他。约翰果然满足了商人妻子的愿望，商人妻子也兑现了自己的诺言，趁丈夫外出之际，她和约翰私通了一次。第二天一早，约翰就回到了寺院，正好碰上了来访的商人，告诉商人：前几日借的一百法郎已经还给夫人了。听完商人回家后的叙述，商人妻子后悔不已，而商人却一直蒙在鼓里。

举止优雅的女修道讲了一个圣徒的故事：在亚细亚的大城里，犹太人自成一隅，耶教人也在街道的一端设了小学。一个寡妇的七岁儿子，是教会歌咏队的童子，母亲教导他尊敬圣母，他见到圣母像就跪拜诵诗，他一字不差地学会了一首歌颂圣母的拉丁文曲子。每天，他路过犹太教区的时候，都高声唱赞美曲。这种行为招致了犹太人的怨恨，他们雇了杀手，在小巷里将孩子的喉咙割破，抛进臭坑。可怜的母亲四处寻找失踪的儿子，但所有的犹太人都不肯说出真相。后来，罪人被判了苦刑，而那个被割破喉咙的孩子仍然在高声唱赞美曲。长老们得到神谕，取出了他舌里的豆子。小殉道者才慢慢死去，人们无不为之悲悼。

温良谦卑的女尼的教士讲述了一则动物寓言故事：一个贫穷的寡妇养了一只公鸡强得克立，它会啼鸣报晓。它有七只母鸡做伴侣，其中最宠爱姿色迷人的波德洛特小姐，从她出生的第七夜开始，就把强得克立的心拴住了。每天红日初升，一定要合唱《我们的爱远去了》一支歌，琴瑟相和。一天，强得克立突然梦见一只猎犬一样的凶兽要猎杀他，自己认为是凶兆。虽然得到了梦的启示，但他还是遵从爱妻的劝告，清早就在场子里散步，完全没有意识到危险即将降临。

28. 武士马洛礼的天鹅之歌
wǔ shì mǎ luò lǐ de tiān é zhī gē

1420 年，乔叟的去世，似乎把英国的诗人之魂也给带走了，十五世纪的英国诗坛明显处于衰落暗淡时期。然而，此消彼长，诗的衰落倒使散文、戏剧渐渐走向了繁荣。

第一位使散文成为强有力的文学样式的作家是托马斯·马洛礼爵士（1405—1471）。他出生在沃威克郡的一个绅士之家，却性情暴烈，放荡不羁。1442 年，被封为骑士，参加了百年战争、玫瑰战争。1445 年，他竟公然闯入了休·史密斯的家，非礼人家的太太并勒索金钱，因此被捕入狱；后又越狱逃跑。但他积习难改，又因偷盗、抢劫修道院而再度锒铛入狱。他一生中的多半岁月，是在监狱中度过的。他的代表作《亚瑟王之死》很有可能是他于 1469 年左右在狱中完成的，后经由英国当时第一位印刷商威廉·卡克斯顿修改出版。1934 年马洛礼的手稿被发现了，人们仔细对比后发现，马洛礼原稿的水平超过了威廉·卡克斯顿的印刷本。

"亚瑟王"的故事是欧洲传奇文学中流传最广的一个题材。最早在 12 世纪学者杰弗里的《不列颠史记》一书中就有了初步记载：亚瑟王是凯尔特人的领袖，曾组织了信奉基督教的人和五百名撒克逊的异教徒反抗罗马人的统治。几年之后，诺曼底的一个游吟诗人，又把它译成了法语韵文，并加上了他和圆桌骑士的故事。又隔了几年，一个名叫雷亚孟的教士根据这些史料，写成了一首韵律体长诗《英文雷亚孟的勃罗脱》。在这一作品中，亚瑟王传奇故事的主要框架已经形成了。到了马洛礼爵士的手中，更把亚瑟王的故事推向了成熟。

《亚瑟王之死》是对英国从 12 世纪至 15 世纪发展起来的亚瑟王传奇故事材料所作的最后一次总结。经过马洛礼的删节浓缩，连接组合，剔除迷信部分，增加描述解释的内容，最后以统一和谐的文笔写成洋洋二十一卷。通过描写亚瑟王一生业绩，马洛礼将不同的传奇材料有机地联系成一个整体。这些故事，主要包括亚瑟王的出生、早年业绩以及最终去世的故事；魔术家梅林的故事；美丽的王后桂内薇尔的故事；圆桌骑士们的故事；以及寻找圣杯的故事。故事叙述战争、比武和各色传统冒险，同时也有大段关于爱的诱惑的描写，其中大部分与婚外的男女之爱有关。

这部传奇的前五卷，主要描写亚瑟王的经历。故事首先介绍亚瑟王的父亲彭德拉贡和亚瑟年轻时的保护人魔术家梅林，进而叙述了亚瑟王与王后桂内薇尔的婚事以及圆桌骑士的人员结构。接着，传奇描述亚瑟王反对罗马皇帝琉喜阿斯的战争，最后讲述亚瑟王在阿尔美和意大利所创的英雄业绩。第六至第八卷，每卷各自描写了一名杰出的骑士以及他们的冒险故事：兰斯洛特爵士（第六卷），佳瑞斯爵士（第七卷）和特莱斯莱姆爵士（第八卷）。第九卷至第十卷，描写马拉松式的骑士马上比武，以及亚瑟王与几位骑士的冒险。第十一卷至十七卷着重叙述了由所有亚瑟王骑士参加的寻找圣杯的故事，特别描写了帕斯威尔爵士和加兰德爵士，后者由于得到了圣杯成为国王。卷十八和十九重点叙述兰斯洛特和王后桂内薇尔之间的男女之爱，尽管前面几卷也曾涉及他们的暧昧关系，可是都因兰斯洛特的辩护而了结。现在，当这位骑士自己身陷囹圄而王后又生祸端时，故事便达到了高潮。第二十卷至二十一卷主要叙述摩德里德发动反对亚瑟王的叛乱，以及在一次战役中摩德里德和亚瑟王的死亡。中间又插叙亚瑟王与兰斯洛特之间的关系，他们先为王后桂内薇尔而和解，尔后又翻脸开战。作品最后对桂内薇尔和兰斯洛特的命运也作了交代，前者成了修女，而后者当了修士。

《亚瑟王之死》交织着情爱与战争的主题，颂扬无敌的武士们在妇人及美丽少女之间的争风相斗。托斯塔姆及兰斯洛特都分别与其王后通奸，但他们却是勇敢和荣誉的灵魂，彼此武装决斗、头戴钢盔及面甲，相互隐

藏身份，酣战四小时，剑刃变钝，染满了鲜血。那种英雄相惜场面甚为壮观。最后，兰斯洛特说："武士！你是我决斗以来，最佳的武士，请问你尊姓大名。"托斯塔姆说："我不愿意把我的名字告诉任何人。"兰斯洛特说："真的吗？如果有人要想知道我的名字，我绝不拒绝。"托斯塔姆便问："那么请教你大名？"兰斯洛特称："我名兰斯洛特。"托斯塔姆大为惊异："啊呀！我究竟干了什么？因为你是我在这世界上最喜欢的人。"兰斯洛特说："现在请教你大名？"托斯塔姆说："我名托斯塔姆。"兰斯洛特说："哎呀！我的老天爷，我怎么这样不知死活？"于是兰斯洛特跪下，把自己的剑交给对方。同时托斯塔姆也跪下，并把自己的剑交给对方……然后两个人一同到一块石头前，把剑放在上面，再脱下头盔……各亲吻了对方一百次。

在描写骑士寻找圣杯、战争和比武的过程中，读者处处都可以见到假借骑士勇武的口号而进行的残酷野蛮的杀戮场面。不正当的男女之爱非但不受到谴责，反而被当作真正的骑士所应有的行为来颂扬。因此，书中的桂内薇尔不但不因背叛丈夫亚瑟王而内疚，反而还责怪她的情人兰斯洛特对她不忠。马洛礼本人曾是一位骑士，亲身参加过玫瑰战争的血腥屠杀，因而他对骑士精神的表现和战争仇杀的描绘也显得更加真实。

《亚瑟王之死》是对封建主义全盛时期所形成的骑士制度的一次最后记录和总结。虽然马洛礼无意中流露出对过去那个时代的依恋和对封建骑士制度没落的惋惜，但也描绘了英格兰葱翠碧绿和充满欢乐的原野，给后世留下了一幅亚瑟王时期栩栩如生的现实主义图画。他开创了用散文（就像乔叟开创用诗歌那样）这种当时最新的文学体裁去叙述纷繁宏伟的故事的先河。他使一堆杂乱的历史材料变成了一部反映生活现实的文学杰作，从而创作出15世纪英国最杰出的散文作品。

在英国文学史上，马洛礼的《亚瑟王之死》是从后期中古英语过渡到早期现代英语过程中的一本里程碑式的著作。马洛礼清晰简朴的散文风格，也对后几个世纪的英国散文作家产生了广泛而深远的影响。

29. 英国民谣中的传奇故事
yīng guó mín yáo zhōng de chuán qí gù shì

在 15 世纪的英国文学宝库中，最不能忽视的就是口头文学创作的繁荣。这些流传甚广的民间文学，在后来的英国文学发展中的作用更是不容低估。

在现存的民谣中，最早的创作可以追溯到 13 世纪，但大部分民谣都是在 15 世纪才用书面形式记录下来的。现存最著名的民谣集，是 18 世纪由托马斯·珀西（1729 — 1811）主教第一次编集出版的，这本《古代英语诗歌遗产》（1765）中的民谣，曾为 19 世纪浪漫主义诗人济慈等人所借鉴。

英语"民谣"这个词来源于法语，它的意思是"跳舞"，因为它是与民间歌舞相联系的。民谣是由无名诗人创作的叙事诗，通过口头在民间传播开来。合唱的叠句、简单的旋律、简短的语句以及生动的对话，是民谣的基本特征。民谣产生于民间，它是吟游诗人或农民集体创作的结晶，而且通过一代代人口头相传，不断得到修改。因此，我们很难知道民谣的最初作者是谁，以及歌谣的原始面貌如何。

民谣可以大致分为以下三类：第一类歌唱历史人物和真实事件；第二类传颂神话故事和民间传说；第三类是取自文学著作并加以改编的。民谣的主题也十分丰富：有的反映年轻的情人反对封建家庭的斗争，爱与财富的抉择，或妒忌所带来的残酷结果；也有的记述英格兰和苏格兰边界战争和阶级压迫。总之，民谣是生活在英国封建社会条件下的普通农民的文学。其中最著名的英国民谣是《罗宾汉民谣集》。

1.《罗宾汉民谣集》

《罗宾汉民谣集》中的民谣以诗歌的形式描写传奇人物罗宾汉和他的绿林好汉们为了逃避封建压迫来到舍伍德森林。罗宾汉代表当时受封建压迫和剥削的英国农民，他痛恨诺丁汉的郡官，行侠仗义，劫富济贫，所以

许多受僧侣和骑士欺凌的人们聚集在他的周围，结成了罗宾汉的绿林兄弟。他们专门对付封建统治者，经常抢劫骑士和僧侣来救济穷人，惩罚压迫者为平民伸张正义。所以，罗宾汉成为最受当时普通人欢迎的民谣人物。民谣集中最长的一首是《罗宾汉英雄事迹小唱》，它由三个绿林故事共四百五十六节组成，此外还有有关罗宾汉死亡的跋记。第一个故事讲罗宾汉怎样打劫修道院来帮助一位穷骑士去还清欠该修道院长的债务。第二个故事描述了罗宾汉怎样通过他忠实的伙伴，即那位瘦长的力大无比的小约翰的帮助，去捕获并杀死了他们的头号敌人——那个可恶的诺丁汉郡长。第三个故事叙述了罗宾汉与国王之间的一系列斗争。国王前来捕捉他，但最终饶恕了他，罗宾汉便又回到了绿林。最后的跋记简要地叙述了罗宾汉被一对邪恶的女修道士和他情人出卖而遭残杀的经过。

尽管该民谣的作者流露出了对国王和那位穷骑士的同情和幻想，但总的来说，这是一篇反映以罗宾汉为首的英国农民反抗和惩罚封建压迫者、扶助穷人的民间歌谣。诗歌一开始，罗宾汉就要小约翰等人"不要伤害种田人和那些好绅士，但要严惩那些大主教和诺丁汉的郡头"。由此可见，民谣作者的思想倾向是十分明显的。《罗宾汉民谣集》根据一定的历史事件写成，真实地反映了当时英国普通人的爱与恨，希望和失望。该民谣集以其简朴且具有强烈戏剧性效果的风格，成为十五世纪英国文学宝库中的重要财富。

2. "边界民谣"

另一类引人注目的民谣，是反映英格兰与苏格兰封建贵族之间战争的所谓"边界民谣"，其中最著名的是《彻维山追猎》和《俄特本战役》。这两篇民谣很可能都是反映英格兰北部地区诺桑布兰德的珀西勋爵与苏格兰的道格拉斯伯爵之间的争斗。《俄特本战役》叙述道格拉斯伯爵如何率领一支苏格兰军队，进攻英格兰诺桑布兰德的俄特本城堡。《彻维山追猎》反映的是家仇高于国仇的一场残杀。1388年的一天，珀西用三天时间穿过苏格兰边界，去寻找他的仇人苏格兰的道格拉斯，双方发生了激烈的战斗，包括两位仇人在内许多人在这次家族械斗中丧生。这两篇民谣的作者

都以悲叹的笔调叙述战场上血腥厮杀的场面，显然代表着当时民众对战争的态度。但另一方面，民谣将应对大屠杀直接负责的两位人物珀西和道格拉斯描写成具有勇武、荣誉和尊严的人，这一点也反映了封建骑士式的勇武思想对民间文学的影响。尽管如此，它们是不可多得的反映历史事件的民谣。

3. 爱情等题材民谣

在15世纪的英国民谣中，最常见的一种是反映家庭悲剧和情人间不忠的诗歌。这种民谣充满残杀和变节，带有浓厚的悲剧色彩。《爱德华》是子杀父的悲剧，《两姐妹》和《残酷的兄弟》分别表现姐杀妹和兄杀妹的题材，《兰德尔勋爵》描写一位情人被他不忠的情妇杀害的故事。作者反映这类题材显然是为了揭露当时社会的黑暗现实，谴责犯罪的卑劣行为。

还有一类民谣以爱情为主题，表现当时英国普通人对爱情的真挚和热切。歌唱忠贞爱情的抒情民谣《查尔德·瓦特斯》描写一位坚贞不渝的妇女如何恪守妇道、饱受孤独寂寞之苦等待她的郎君的归来。另外，还有反映对爱情不忠和背叛的民谣，如爱情悲剧《漂亮的玛格丽特与可爱的威廉》便是一例。迷信或超自然的因素也存在于一些民谣之中。如反映鬼魂、林仙、女妖的民谣《歌手托马斯》和《阿雪斯威尔之妻》。后一篇讲述一位母亲在三个孩子航海失事淹死后，每晚都遇见他们的幽灵的动人故事。母亲因此认为他们还活着，只是在鸡啼以前暂且离开她一会儿而已。这篇民谣生动地刻画了一位怀有真挚母爱的普通妇女形象。

民谣《帕特里克·斯宾斯爵士》是一则关于政治欺诈的苏格兰故事。它讲述一位年长的骑士建议国王派老水手帕特里克在一个暴风雨的冬天去航海冒险，帕特里克因此而成为黑暗政治的牺牲品。帕特里克心里十分清楚这个使命的危险性，但作为国王忠实的臣民，他接受了这个使命而最终葬身大海。诗人通过这则故事反映出权术的险恶和老水手命运的无常。

此外，反映普通人智慧和幽默的民谣，如《狡猾的农人》和《起来闩门吧》等，展现了一幅幅生动的古代英国民间生活的图画。

民谣由于取材于民间，因此较真实地反映当时英国平民的生活。民谣

通常以简短的语句和一系列简明的场景描绘一两个中心事件，人物的刻画十分精练，有的甚至会出现省略与空白，使读者突然进入一种紧张的悬念，因此民谣带有某种戏剧特征。它突出悬念以达到一种戏剧高潮，从而使读者在心中产生强烈的回响，或使读者对诗中人物产生深切同情。民谣还以其生动的人物对话来突出主题或创造氛围，而且人物的对话总以幽默讽刺见长。正是由于民谣的上述特点，它才具有强大的生命力，才能长久流传并对后世的诗人产生影响。民谣作为民间文学一个最重要的组成部分，填补了英国十五世纪书面诗歌的空白。

30. 乌托邦的殉道者托马斯·莫尔

wū tuō bāng de xùn dào zhě tuō mǎ sī · mò ěr

1535 年 7 月 1 日，以亨利八世为首的英国教会做出了一个使整个欧洲震惊的残酷决定，以叛国罪对托马斯·莫尔（1478 — 1535）处以极刑。行刑前夕，托马斯·莫尔将自己的"马毛衬衣"（苦行僧所穿的用马毛织成的衬衣）留给了他的女儿玛格丽特，在那件衣服里面的一张字条上，写有一段这样的话："明天我就要见上帝了，……再见，我亲爱的孩子，给我诉祷，我也为你及你的朋友祈祷，让我们天上再见。"刽子手的刀举起来的时候，他又告诉旁观的人："请为我作证，我是为天主教而牺牲的。……此头掉得无辜，因为它不曾叛国"。就这样，这个曾经为人类描绘设计过理想家园的人，以他所特有的硬朗、倔强和执著方式告别了人世，踏上了寻找"乌托邦"的征程。

托马斯·莫尔出身于一个中产阶级家庭，父亲是一位皇家法官。他从小就受到了很好的教育，稍大一些就到一个身为拉丁语学者的主教身边做了侍童，在思想信仰及为人处世上，处处都受到这位默顿主教的影响。十五岁，莫尔考入了牛津大学，当时的牛津大学正以培植宗教领袖为宗旨，而他则痴迷于古典文学。两年后，他父亲又令他退学学习法律，1496 年，他考入了伦敦最大的林肯法律大学。学习期间，莫尔结识了文艺复兴时期

托马斯·莫尔

著名的人文学者伊拉斯谟，两个人都很有修养，文笔都很犀利，都讨厌繁琐哲学，很快成了知己，分别后经常有书信往来。在信中，莫尔曾说："我敬爱的伊拉斯谟，对我而言，我之爱你胜过了爱我自己。"。伊拉斯谟也在给别人的信中把莫尔的特征描绘得那样清晰：中等身材，面容苍白，褐色头发，穿着随便，饮食适度，面带笑容，幽默机智，喜开玩笑，爱小动物。在太太眼里，他是个标准丈夫；在孩子眼里，他是个标准的父亲；在国会议员眼里，他是个标准议员。总之，综合大家对莫尔的印象："他秉性善良，能言善辩，对人和蔼，是大自然在温良、可亲、快乐方面，最理想的标本"。后来在莫尔的鼓励下，伊拉斯谟写出了著名的讽刺诗《愚人颂》。当这部书遭到恶毒攻击时，莫尔挺身而出，与那些经院哲学家展开了激烈的争论。于是，两个人的友谊就成了一段佳话。

1502年，莫尔毕业后，成为英国当时一位优秀的律师。但他似乎并不热衷此道，倒是对宗教情有独钟。从1501年起，他就以一个传教士身份开始了布道，他以奥古斯丁的"上帝之城"为主题公开发表演讲，受到许多饱学之士的欣赏。1504年，年仅二十六岁的莫尔开始了他的宦海生涯，他当上了国民议员。有一次，他竟敢反对国王亨利七世的一个提案，他发言时雄辩滔滔，以致给亨利七世留下了一个深刻的印象。不过，这是一个坏

托马斯·莫尔一家

印象，亨利七世曾转弯抹角找到他父亲，让他把这位青年议员狠狠地教训了一顿。国会议员任期届满，莫尔又开始经营律师事务所。1509 年，他出任泰晤士河北岸区域的代理执行官，这份工作颇合他胃口，因为对代理执行官来说，通情达理重于冒险犯难。一段时间下来，他的明决公正有口皆碑。不久，他又回到国会，于 1515 年被选为众院议长。

1516 年，莫尔忙里偷闲用拉丁文写了一本书，这就是著名的幻想小说《乌托邦》（1516）。"乌托邦"是莫尔所创的一个拉丁文单词，是"乌有乡"、"虚无之乡"或"不存在的地方"的意思。《乌托邦》全名是《关于最完美的国家和乌托邦新岛的既有益又有趣的金书》。它的内容分为两部分，一部分对英国的政治、经济、社会展开批评，反映英国当时的社会现实；另一部分是受柏拉图"理想国"学说的影响，而勾画出了一个理想世界。书中主要是以作者本人与一个航海家拉斐尔·希斯拉德的对话为主。由于有所顾虑，莫尔把书送到了国外出版，颇受读者的欢迎，连续再版五次，很快又有了德语、意大利语、法语版本，直到 1551 年，才出现英文版

本。在16世纪，《乌托邦》几乎成了欧洲家喻户晓的一本书。

"希斯拉德"是希腊语，意指"莫须有的人"。作者为了应付检查，把他自己的许多观感通过希斯拉德讲出来，并把自己装扮成"抗辩人"，与希斯拉德争辩。第一部分的基本内容，是关于当时欧洲各国社会政治制度的谈话。希斯拉德严厉谴责君主制度对外疯狂侵略，对内酷刑苛政。国王们为了巩固和扩张自己的权势，总是宁愿花费很多时间研究战争方法，而不肯考虑促进和平的途径。他们尽力用种种残暴卑劣的手段夺得"新的王国"，采用残酷的律法虐待人民。希斯拉德还明白指出，国王们不顾善良臣民的幸福，恣意进行无情的剥削。他们不听别人的劝谏，却非常欣赏祸国殃民的谋臣的阿谀奉承。他们还放纵数目庞大的贵族过寄生生活。希斯拉德说，他在英国住过几个月，了解那儿的情况。英国就有大批贵族"像公蜂一样，一事不作，靠别人的劳动养活自己"，这些人对那些耕种他们田地的佃农，重重剥削，敲骨吸髓。他指出，英国出现了"羊吃人"的惨事：那些"贵族豪绅，乃至主教圣人之流"，贪婪凶狠，把农民从耕地上赶走，圈地养羊；农民被迫离开家园，到处流浪，或者沦为盗贼，受绞刑处分，或者做了乞丐，被关进监狱。

第二部分的基本内容，是关于"幸福之岛"即"乌托邦"的"大同盛世"的谈话。希斯拉德说，他在"乌托邦"岛上见到了一种崭新的生活方式，在乌托邦人中，一切财物均属公有，由人人平均共享。这里没有私有制度，实行生产的公有与消费品的公有。土地是公共财产，属于全体居民。所以，居民都把劳动当做首要任务，充分发挥耕地的作用和手工业的威力，使城乡无比富饶。这里没有金钱流通，大家共同生活饮食，人人按需分配，不担心别人取得过多，也不追求所需之外的东西。乌托邦的公民一律平等，一切官员都由公民选举，任何人不得长期当官，不得随意发号施令。各级官员和普通公民一样，必须服从最高的社会利益。按照希斯拉德的说法，乌托邦也有奴隶，不过这些奴隶是违法的罪犯，或自愿移居到这儿来的外国人，他们的生活比欧洲国家的自由人的生活还好。

莫尔的《乌托邦》猛烈抨击了欧洲资本主义原始积累的残酷性，并在描写君主制度下种种社会弊病时，一针见血地指出：私有制统治是一切灾难的总根源。他认为，一切局部性的改革都无济于事，只有建立"乌托邦"式公有制，才能给人类带来最大的幸福。莫尔不仅描写了乌托邦的共产主义制度，而且予以理论的论证。这里实施民主制，没有人剥削人、人压迫人的现象，也没有暴政、战争、宗教狂热，实现了男女平等，城乡对立消失，各尽所能，各取所需。不过，由于时

托马斯·莫尔与爱女永诀

代的局限，莫尔的理想社会完全是空想的，所谓乌托邦的"民主制"，实际上是宗法社会家长式的。

作为世界文学史上的第一部"空想社会主义小说"，《乌托邦》在艺术形式上也是别开生面的。形象的描绘、生动的对话、含蓄的讽喻三者结合得很自然，给人以深刻的印象。

《乌托邦》发表后，莫尔官运亨通，亨利八世召他进宫。1518 年，他被任命为法庭庭长和枢密顾问官，此后又升为财政副大臣、下议院议长、帝国大法官等，成了亨利八世时代的一个显赫人物。国王经常不拘礼仪地登门访问莫尔，拥抱他，拉着他的手在花园里散步。但莫尔并没有被这飞黄腾达的官运所陶醉，他从不随声附和，曲意逢迎。因此，在宗教改革这一重大问题上，他和亨利八世产生了严重的分歧。他不能容忍亨利八世的专横跋扈。1532 年，他以健康欠佳为由，辞去了大法官的职务。回归故里

的他，似乎对自己的命运有了预感，他开始对家人安排后事。他的传记中记载："在殉道者看来，除了顺从上帝，一切都无足轻重。顺从上帝就是幸福。为了上帝的爱，财物、自由、土地乃至生命的损失都可忍受。他曾一再强调，如果他的子女能勉励他为正义真理而牺牲，他必视为莫大的安慰。有此安慰，便可使他含笑面对死神。"

他的预感没错，1534 年初，莫尔被指控与肯特郡修女阴谋案有牵连。他承认见过这个修女，但否认知道修女的阴谋。克伦威尔建议释放他，亨利八世也批准了。但 4 月 17 日，又将他关进监狱。原因是，他拒绝宣誓遵守"王位继承法案"。他最宠爱的女儿玛格丽特，写信劝他接受这一法案，他的回信是，劝告给他的打击，和失去自由所遭受的打击相比，更使他觉得痛苦。他的夫人到监狱责备他个性太执拗："在这种太平盛世，莫尔，我真想不透你这么聪明绝顶的人会坚持要做傻瓜，躺在又脏又臭的监狱里与老鼠为伍。你知道，如果你像所有主教及国内其他有学问的人一样接受政府的要求，英王陛下及枢密院一定会开恩还给你自由。我知道，你之所以留在这儿，是为了上帝之名，但是，你不想想我们的家。那儿有你心爱的住宅，心爱的图书，心爱的花园，心爱的田庄，以及一切心爱的事物。别这么固执吧，莫尔，你知道你的妻儿子女，是多么期望你和他们回家团聚。"想软化他的一切方法都用尽了，可是他仍笑着摇头。

莫尔就这样走上了断头台。他的死震动了整个欧洲，法王查理听到死讯，对英国使臣说："像莫尔这样才识兼备的相才，如果能为我所有，我宁可失掉一座大城，也绝不愿意失掉他"。然而，即使这种评断，也只看到了莫尔极微小的一个方面。莫尔为之殉道的那种精神，莫尔的"乌托邦"，鼓舞着一代又一代为人类命运忧心忡忡的思想家走上了探求之路。

31. 两个伦敦塔囚徒的绝唱
liǎng gè lún dūn tǎ qiú tú de jué chàng

十四行诗大致分为两种：意大利式和英国式十四行诗。而英国式十四

行诗是意大利式十四行诗在英国的发展和改造。在英国，最早尝试创作十四行诗的是伊丽莎白时代的两个宫廷诗人，托马斯·华埃特爵士（1503—1542）和萨里伯爵（原名亨利·霍华德，1517—1547）。两个人都曾是朝廷重臣，又都因不同原因先后被囚在伦敦塔，所以在文学史上，他们经常被并列在一起介绍。

华埃特出身于贵族家庭，十二岁入剑桥大学，十七岁获文学硕士学位。他是亨利八世的宠臣，曾先后被派往意大利和法国执行皇家使命，深受文艺复兴时期意大利与法国人文主义精神的影响。他在游历意大利时，熟悉了彼特拉克诗体，也许是从彼特拉克《歌集》献给情人劳拉的诗中受到启发，他也将自己翻译并创作的十四行诗，献给当时的王后安娜·波琳。这些诗共三十多首，形式上依然采用彼特拉克押韵法，但对诗的分节和押韵有局部的调整，这种模式后来演化为典型的英国式或莎士比亚式的十四行诗体，在内容上也重复了彼特拉克向情人求爱的主题。原来意大利十四行诗的脚韵安排是 abba，abba，cde，cde，也可以是 abba，abba，cdc，cdc. 而华埃则将其改为 abab，abab，cc，而后来莎士比亚和斯宾塞又将它改为 abab，cdcd，efef，gg。华埃特最出色的几首十四行诗都是彼特拉克诗的英译。《我不得安宁》翻译自《歌集》第九十首诗歌，诗中具体而细腻地描绘了备受相思煎熬的人内心复杂矛盾的心理：

> 我得不到安宁，尽管我的全部战斗业已告终；
>
> 我又怕又想，我燃烧却又冷若寒冰；
>
> 我在风上飞翔，却又不能升空，
>
> 我一无所有，尽管全世界在我手中；
>
> 那神明只放松，不锁紧，却把我关进牢笼，
>
> 他不囚禁我，但我却无法逃生；
>
> 他既不让我活，又不使我生命得以告终，
>
> 也不肯让死神有机可趁。
>
> 我有眼看不见，有舌头哭不出声；

我想死，但却又祈求太平；

我爱她，为此事我却把自身来憎；

食苦果，饮胆汁，我却在欢笑中度过此生。

生和死都同样不能让我喜欢，

我喜欢的人却是这烦恼的源泉。

爱情是华埃特歌咏的主题。对情人冷漠的怨诉、对自己深情的表露，以及对女人爱情回报的渴望交织在一起，从下面这首诗就能清晰地看到这一切：

昔日寻我，今日躲我，

当年赤脚走进我房，

多么温存，和善，听话，

现在变得野性勃发，

忘了曾经不避危险，

来吃我手上的面包，如今远走高飞了，

忙于不断地变心。

感谢命运，有过完全不同的日子，

好过二十倍，特别是有一次，

她穿着漂亮的

薄薄新装，

把长袍向肩后一推，

伸出长臂小手把我抱住，

甜甜的吻了我，

柔声说："亲亲，喜不喜欢这个？"

这不是梦，当时我完全清醒。

一切全变了，我的好心

只得到痛苦的背弃。

> 我可以记忆她昔日的温存，
>
> 她也可以去施展新的伎俩，
>
> 但我要问：我受到了无情的对待，
>
> 她又该得到什么报应？

因为这些献诗中存在明显的追求王后的意图，亨利八世将华埃特关进了伦敦塔，唯一幸运的是，他并没有成为第六个因与王后有私情被斩首的人。

在诗歌创作上，萨里伯爵可以视为华埃特的追随者。他出身贵族，天资聪明，但性情暴烈，我行我素，喜欢冒险。他写诗歌咏春天的美好，责骂顽固不化的少女，而且轮番向每个少女发誓永远忠贞。在伦敦，他沉溺于夜生活之中，因为决斗而被捕入狱，刚出来又在封斋节吃肉而被传唤去接受审判。1547 年前后，他因自己在与法国的战争中屡立战功而自高自傲，竟然敢与皇帝在继承权问题上分庭抗礼，结果被投入伦敦塔的黑牢，不久问斩，年仅三十岁。

在萨里伯爵的生活中，诗只是一种附带的装饰。没有任何束缚的诗人自然也会有他的独到之处，他的诗平缓悠扬，甚至在个别之处超脱了彼特拉克韵脚的束缚。《春之歌》就是一个很好的例子：

> 带来蓓蕾和花朵的温柔季节
>
> 给小丘着上了绿装，也染绿了山谷：
>
> 刚长出新羽毛的小夜莺歌唱不歇；
>
> 小鸟向她的爱侣也吐露了心曲；
>
> 夏天来了，每一条嫩枝都布满了新叶，
>
> 雄鹿把旧犄角挂在篱头；
>
> 公羊把冬衣丢在林间；
>
> 长出新鳞的鱼儿浮在水面；
>
> 小蛇也把她的旧皮完全脱掉；
>
> 敏捷的燕子飞快地把小蝇捕捉；

忙碌的蜜蜂把新蜜调和；

给花儿带来灾难的冬天已告终结。

在欣欣向荣的万物之间

烦恼消失了，而我却愁满心田。

华埃特和萨里的名字在英国诗歌史上是不朽的，他们为英诗革新所做出的贡献，使他们成了英国文艺复兴前期英国新诗的表征。经过他们和其他诗人的准备，伊丽莎白时代的诗歌在莎士比亚、斯宾塞手里取得了辉煌的成果。

32. 锡德尼：诗人、豪侠、绅士
xī dé ní： shī rén、 háo xiá、 shēn shì

继华埃特和萨里之后，使英国诗歌走向繁荣的菲利普·锡德尼（1554—1586）是文艺复兴时期人文主义者所特有的多才多艺的典型范例。他一个人扮演了政坛精英、宫廷宠臣、外交官、军事指挥官、学者、诗人和文艺批评家等多重角色，难怪伊丽莎白女王称他为"王冠上最璀璨的明珠"。

锡德尼生在一个贵族之家，父亲曾三次出任爱尔兰总督。从牛津大学毕业后，他被派往巴黎，出任外交官员。在此期间，他悠然自在，环游法国、荷兰、日耳曼、波西米亚、波兰、匈牙利、奥地利及意大利。在法兰克福，他与胡格诺教派的学术领袖兰古特订下生死之交。在威尼斯帕多瓦，他接受了彼特拉克十四行诗的传统。回到英国后，他受到宫廷的欢迎，有两年的时间一直是女王固定的舞伴，他具有骑士各种高贵的特性，如重视门第、精通马上比武的技巧和勇武、谨守宫廷礼仪、重视信誉以及为爱情而滔滔雄辩。锡德尼还认真研究了卡斯蒂奥内利的《廷臣论》，试图做一位哲学家般的绅士。于是，他身边聚集了一群诗人，他虽不富裕，却成了当时最活跃的文学赞助人。邓恩、本·琼森、丹尼尔等都曾附骥于他的门下，尤其是斯宾塞。

有一次，一位清教徒作家斯蒂芬·高森未经锡德尼同意，就将一个小册子《诲淫的学校》题赠给他，并在其中大肆地攻击诗人、演员和剧作家以及宫廷文人，称他们欺骗群众，道德败坏，攻击诗是罪恶的殿堂。锡德尼为了驳斥他的观点，写成了一篇论文《为诗一辩》，以论战性的口气对文学的功能、本质、特征等一系列根本问题进行了详细阐述。他的见解对研究文学史和文学理论都有重要价值，把古代的文艺理论向前推进了一步。他肯定诗是模仿的艺术，但同时又是一种创造，不是对事实的临摹。他把诗人分为低级和高明两种。说低级的诗人只会模仿眼前事物，而高明的诗人却能用理智鉴别事物，找出事物本质。诗人的本领靠技巧、模仿和练习，此为诗人的"三个翅膀"。锡德尼还对诗人和道德家、哲学家作了比较，断言诗人是"真正的群众哲学家"；在提供知识、促进心灵向善等方面，都胜过历史家、道德家和哲学家。诗让人感动，哲学旨在教导，而感动高于教导。他主张诗既要给人教育，又要给人娱乐。在论述喜剧和滑稽剧时，他指出"娱悦"和"哄笑"是两回事，他把喜剧目的在于笑这一传统的解释，改变成喜剧目的在于引起娱悦，而不仅仅是笑。这是他的一个创见。

1581年，锡德尼成为国会议员，1583年被册封为爵士。同年，他和一位贵族小姐费朗西丝结婚。婚前他一直在追求艾塞克斯伯爵的女儿迪沃露克斯，但她却移情别嫁了，锡德尼将自己对爱情的思考写进了十四行诗集《爱星者与星星》。1584年，锡德尼被派往荷兰参加反抗西班牙的战争，虽然仅三十岁，但已被封为福来兴总督，他英勇善战，身先士卒，自己的坐骑被杀，他自己跃上另一匹马杀入敌阵。敌阵中一颗子弹打中了他的大腿。临死前，战友给他水喝时，他却把水让给了躺在他身旁的一个受伤的战士，并说："他比我更需要水。"当锡德尼的灵柩被带回伦敦时，人们为他举行了一次至为隆重的葬礼。

作为诗人和作家，锡德尼在创作上的代表作品是传奇《阿卡狄亚》。这是英国最早的一部散文体小说，也是一部爱情传奇。这部作品原是为其妹妹佩思布洛克伯爵夫人所作，她比锡德尼小七岁，曾接受很好的教育，

通晓拉丁、希腊、希伯来语，很早就成了女王的一个随员，女王每次出巡均由她陪同。后来她嫁给了佩思布洛克伯爵，但据传她很不检点，甚至有些淫荡，在丈夫之外另有情夫。可锡德尼却很喜欢她，答应了为她写作的请求。

《阿卡狄亚》的故事本身就是一个爱的迷宫：王子皮洛克里斯为追求美丽的公主菲洛可丽化装成女人去接近她。遗憾的是菲洛可丽竟然真的把他当成了姐姐，像爱姐姐一样爱他；她父亲以为他是个女人，也爱上了他；她母亲则看出他是个男人，也喜欢上了他。故事的情节紧张、惊险，散文式的叙述与诗歌式的抒情融为一体。它的不足之处，在于语言过于雕琢、华丽。

33. 英格兰诗坛的流星：斯宾塞

yīng gé lán shī tán de liú xīng: sī bīn sāi

伊丽莎白时代是一个伟大的时代，它迫切需要一个昂扬的民族诗人，用"美丽的英语"吟唱出让世人惊羡的诗歌。因此，缪斯女神让一个天才诗人埃德蒙·斯宾塞（1552—1599）适时地降生于英格兰。

斯宾塞的父亲约翰·斯宾塞是一个勤劳的织布业工匠。关于他的母亲，我们仅知她有着和斯宾塞后来的妻子一样的名字：伊丽莎白。大约在九岁，小斯宾塞进入了"裁缝商人中学"学习。由于家境一般，小斯宾塞是靠校方的部分资助完成的学业。该校校规严格，朝七晚五（无论严冬酷暑，都是早上七点上课，晚上五点下课），一天三次祈祷，不准有斗鸡、打球的活动，稍有差错便会有皮肉之苦。幸运的是校长理查德·穆尔卡斯是一位具有人文主义精神的优秀教育工作者，他广博的知识、因材施教的方法、对英语的崇拜都对小斯宾塞有着深远的影响。而且当时的一些名流学者不时拜访学校与学生交谈，并把自己的习作送给学生们看。斯宾塞就是经常受到名流们重视和肯定的一位。这一时期，早慧的斯宾塞发表了他的处女作。虽然这些早期译作是用意大利文写成，又发表在别人的小册子中，但诗人在诗坛已开始崭露头角。

1569 年，斯宾塞以减费生的资格，进入了久负盛名的剑桥大学彭布罗克学院学习。然而，当时的剑桥学术空气沉闷，宗教的争论与纠纷激烈，斯宾塞对此虽然反感，但也无可奈何。他的宗教观点是：促成清教主义与英国国教保持一致，并反对任何极端的清教主义思想。

斯宾塞

在那里，斯宾塞最大的收获是结识了加布里埃尔·哈维和爱德华·柯克两位挚友，他们对斯宾塞的文学创作和作品出版都有重要帮助。此间诗人在笃实学业外，创作了《爱与美》、《赞歌》等作品。

在没取得硕士学位以前（1576 年斯宾塞获硕士学位），斯宾塞便离开了剑桥，到了英格兰北部的兰开夏继续从事诗歌创作。在美丽的兰开夏，诗人澎湃的激情终于如火山般爆发，而爆发的诱因便是当地一个寡妇的女儿，那个少女有个动听的名字——罗莎琳德。遗憾的是，这位姑娘拒绝了才华横溢的斯宾塞，转而向他人投怀送抱，这使痴情的斯宾塞痛苦异常，但又始终不渝地追求。在丘比特之爱和厄里倪厄斯之恨的双重磨砺之下，诗人顽强地成长。大约三年后，伤心的诗人回到了伦敦。在伦敦又一位神秘的女人出现了，斯宾塞称她为"我的心肝"。这位女子是否已成为斯宾塞的妻子不得而知，但可以肯定，她远不及那位罗莎琳德令斯宾塞刻骨铭心，心驰神往。

1579 年 10 月后，诗人在伦敦结识了菲利普·锡德尼，并与锡德尼、迪尔等人组成了文学社团"诗法社"。在锡德尼的引荐之下，斯宾塞参拜了女王，并被介绍到锡德尼的叔父莱斯特勋爵家中做客，诗人的美名在上

《仙后》插图

流社会渐渐流传开来，为后来《仙后》的发表，桂冠诗人荣誉的取得奠定了基础。

在 1579 年底或 1580 年初，二十七岁的斯宾塞在同窗好友爱德华·柯克帮助下，以笔名"伊麦雷托"发表了英国诗歌史上里程碑式的田园诗《牧人日历》，一时洛阳纸贵，人们争相传诵，斯宾塞也名震英伦三岛。

所谓"牧歌"，即牧人间的一种对话。在内容方面，诗人以一个理想化的田园世界来反衬和针砭当时的英国社会现实。《牧人日历》最重要的是在诗歌韵律方面所作的探索和创新。在《牧人日历》中，诗人运用了十三种不同的韵律，其中有一部分为诗人首创，是他所创作的新型十四行诗体中最丰富、最富有表现力的一种。他在《仙后》中创造的九行诗节，则被称为"斯宾塞诗节"。

1580 年 8 月 12 日，出于谋生的需要，斯宾塞作为格雷勋爵的总督秘书来到了"流血的溃疡"——爱尔兰，开始了不平凡的十八年之旅。

面对爱尔兰和英格兰的尖锐对立，斯宾塞的观点与英国统治者一脉相承，他认为，爱尔兰人愚昧、无知、粗野和卑鄙，而英国人就是在同这一

野蛮状态作斗争，并努力消灭它。所以，斯宾塞在爱尔兰官运亨通，青云直上。先是被任命为爱尔兰大法官的秘书，后被任命为芝斯特市委会秘书，并与当时的政坛宠儿沃尔特·罗利成为莫逆之交，最终于1598年9月30日成为科克郡的郡长。

在成为郡长之前，大约在1587年，斯宾塞得到了一座名叫吉勒考曼的庄园以及三千英亩的土地。庄园坐落在加莱迪山脚下，依山傍水，绿树成荫，景色十分迷人。在这里，诗人完成了生命中的两件大事，一是娶妻生子，一是写出了不朽的诗篇《仙后》。

1590年，具有浓厚说教气息的传世之作《仙后》前三章终于面世了。批评家一致认为，《仙后》是斯宾塞的代表作，是英语文学中最优秀的作品之一。诗人在《仙后》发表后受到了批评家的一致赞扬，被誉为当时英国最伟大的诗人。

全诗的结构稍有些松散，诗人计划写十二章，但只写了六章，1590年出版前三章，1596年第四、五、六章与读者见面。第七章的前两部分和第三部分的前两节，是在诗人去世后才被人们发现并整理的。至于其他章节是否完成，人们各抒己见，有人认为诗没来得及完成便与世长辞，有人认为后六章已完成，但只有第七章前两部分及第三部分的前两节被保存了下来。但无论如何，我们看见了完整的前六章，每章十二部分组成，每部分由三十五至六十个诗节组成。第一诗节都是九行，前八行为五步抑扬格，而且九行的韵脚是ababbcbcc。这一风格独特的诗体被后人称为"斯宾塞诗节"。

在语言上，斯宾塞多用一些当时古英语中的常用语，典故中的人名、地名多来自于希腊、罗马古典作品和意、法诸国浪漫传奇中的故事，因此它构成了一种特殊的气氛；历史的、文化的、情感的（包括宗教情感的），因为斯宾塞是一个虔诚的新教徒，而此诗的内容用诗人自己的话来说是："激烈的战斗和忠贞的爱情将是诗歌的主旨"。

情节的引人入胜，诗律的和谐悦耳，是《仙后》成就非凡的主因。让我们看看年轻的亚瑟王子如何和巨人搏斗的：

巨无霸立即全力应战，

胸燃怒火，眼表轻视，

把大棒高高举起，

棒上全是狼牙和钉子，

他以为一棒就可以把对方打死，

没想到王子聪明又机警，

轻轻一跳躲过了身子，

避免了遭到泰山压顶，

对这种来势犯不着去硬拼。

……

那大棒深陷入土里，

巨人无法一下子拔出，

武士抓住了难得时机，

趁他拉棒忙碌，

用闪闪发光的刀锋一戳，

把他的左臂割下，

叫它像大石重重跌落，

鲜血立时从巨人腋下，

喷流，犹如山泉涌出石罅。

　　原诗对此战斗有更深更细致的描绘。这样的打斗在全诗中随处可见：人与人斗，人与兽斗，人与怪斗，每处皆细节分明，详细刻画，加上古堡、沙漠、山洞、通灵的狮子等等，情节一波三折，人物栩栩如生，让爱看故事的人手不释卷，大呼过瘾。之所以写得离奇古怪，是因为《仙后》是一部寓言，在诗人丰富神奇的想像中，诗人用象征手段来象征不同的道德品质：灵修、节制、贞洁、友情、正义和礼仪。每一大章都由一个代表这种美德的骑士做主角，以他的历险过程作全诗发展的线索；但更重要的是，骑士并非生而具备这种美德，而是在不断的磨炼中获得的。

如第一章"红十字骑士的传奇"中的骑士初抵仙后葛罗安娜宝座前时，原是等候差遣的有勇无谋的人，他奉命去拯救被喷火龙头关在古堡中的一对老人，他与他们前来救援的女儿尤娜登上了险阻重重的旅途。一路上遇见许多奇怪的故事，毒龙、妖巫、中了魔法的树、巨人、古堡等，一切尽是神话中的角色，但其寓意毫不隐晦。

如从第七节起，红十字骑士与尤娜暴风中躲入森林，来到一个漆黑的洞穴里，在进洞前尤娜阻止他说："这是座游离的森林，是谬误之穴"，但武士却不听而入，与妇妖参半的怪物一阵搏斗。当他力不能支，快要败下阵时，尤娜在旁鼓励他不可放弃："在力量中加上信心！"武士坚持到底杀死了妖怪。妖怪死前呕吐了许多发臭的书籍和许多没有眼睛的癞蛤蟆，她的幼妖们上来饮它的血，将他们的母亲分吃了，然后又个个破腹而撑死了。

这个典型描写意象分明，这座游离的树林指知识的迷津，这妖怪指宗教、道德上的有害物，只有靠真理才可战胜。原本枯燥的说教变成了精彩的故事，令人回味。所以《仙后》最大的功能恐怕是四个字：寓教于乐。这也符合亚里士多德的观点。

又如骑士出了谬误之洞后，又经历了伪善、背信、枉法、无望，甚至与一个化装成尤娜的女子杜莎结合。因为情欲蒙蔽了真理的双眼，直到骑士落入绝望之手，而失去了生存之意志，最后，在尤娜的努力下，骑士获救，他们到达囚禁她双亲的古堡，杀死火龙、营救成功，回仙宫复命，至此红十字骑士才明白红十字之真意——上帝的爱，读者也恍然大悟，这是灵魂的天路历程。

第二年，也就是1591年，诗人获得了桂冠诗人称号，并获年薪50英镑的奖励。桂冠诗人成为国家制度始于斯图亚特王朝的詹姆士一世，在伊丽莎白时代，桂冠诗人只是一种十分崇高的荣誉，斯宾塞是获桂冠诗人称号的第一人。

斯宾塞一家在吉勒考曼庄园度过了舒适、恬静的四年。然而，荣极而衰，当春风得意的斯宾塞正要大展才华时，爱尔兰的泰伦起义已成燎原之

势。1598 年 10 月，芝斯特被起义军攻占，斯宾塞美丽的庄园被烧毁，财产和珍贵的诗稿被焚，连刚出生不久的婴儿也死于非命。斯宾塞偕妻儿仓皇逃回了英国。仅三个月后，1599 年 1 月 16 日，在贫困和绝望中，年仅四十七岁的斯宾塞在伦敦威斯敏斯特区国王街的住所里与世长辞。

诗人被葬在威斯敏斯特大教堂里，他的坟墓离"英国诗歌之父"乔叟墓不远。葬礼由塞克斯伯爵资助举行，许多名流、诗人、学者前往吊唁，诗人之死极尽哀荣。

埃德蒙·斯宾塞就如同天上的流星一样，生命虽短暂，但却熠熠生辉，他不朽的诗篇更是孕育了几代杰出的诗人。斯宾塞不愧为"诗人中的诗人"！

34. 流动的诗韵：斯宾塞的抒情诗
liú dòng de shī yùn：sī bīn sāi de shū qíng shī

一般来说，斯宾塞在世界文学史上占有一席之地的重要原因，是他的传世之作——《仙后》，但《世界文明史》的作者威尔·杜兰认为，真正使斯宾塞成名的是他那些充满诗情画意，节奏优美的小诗。如他的佳作《合婚颂》中的句子：

> 现在该停止了，少女们，欢乐已经过去，
>
> 他们整日的欢乐已经足够；
>
> 现在白昼已逝，夜晚亦近尾声。
>
> 如今该将新娘送到新郎手中……
>
> 在床上她躺着；
>
> 躺在百合和紫罗兰的旁边，
>
> 丝帘低垂，
>
> 香气迷人的花帷床单及棉被……
>
> 但愿此夜只有沉静寂然，

没有暴风或伤心的争吵，

别像耶夫与美丽的艾尔可梅那躺在一起……

让少女与少年停止歌唱；

不让森林回答他们，也不让他们的回声响过天空

这些优美的诗句被诗人后来加以否定。他忏悔作了"许多首色情短诗"，但这些"色情短诗"却颇有渊源。它们上承柏拉图，下接济慈的《恩底弥翁》。在诗中，人们可以感触到诗人炽热的感情火焰，分享着他巨大的幸福。婚礼结束后，诗人督促人们尽快地离去，让新娘新郎永结百年之好，让森林也祝福他们，让天地万物与爱神熔为一体，尽情沉浸在这美妙的时刻之中。

全诗用语明白浅显，在雅俗之间充分体现了诗人此时的内心世界，可谓直抒胸臆的佳作。

诗人在抒情诗中，一般喜爱用些比喻或借用一些事物来抒情，如他的《在青春的时际》：

艳阳春，爱情主宰者的前驱，

大地上生长的一切花朵，

色彩缤纷，行列整齐，

在他的盾形纹章上陈列着——

我的爱人在冬闺还未全醒；

漫不经心躺着没有起来；

去告诉她快乐时光不会久停，

除非你抓住时光的刘海；

嘱咐她赶快收拾停当，

到爱神的信徒中侍候；

爱神会使人流泪、懊丧，

要是她错过她的良偶。

在青春的时候要加速赶快，

没有人能把逝去的时光召回。

诗中描绘的是一年中的美好时光艳阳春，天气风和日丽，一切的沉睡事物都要随春风复苏，当然也包括那令人陶醉的爱情。

在诗人眼中，大自然是拟人化的。在争奇斗艳的花朵中，在一片春光明媚、欣欣向荣中，爱情也在不断地成长。人与万物俱成一体，共同感受爱的洗礼。

诗人不仅仅用玫瑰表示爱情，赞美青春，也向世人展示了青春的易逝，时光的宝贵，爱情的短暂。诗人认为每个人都会获得爱情，都会有好运，但一定要好好把握真爱，切莫有回头已迟之感。

全诗的描绘紧紧围绕爱情的主题，从爱神的苏醒到两个恋人间亲密无间的对话，语言朴素自然，清新流畅，寓哲理于隽永诗句之中，字里行间可见作者真情的流露，不愧为一首好诗。

由于语言上的差别，我们很难领略其原文的韵味，又由于背景文化的不同，人们更难体味诗中的美妙之处，如他著的《婚曲》中的诗句：

可爱的河，轻轻地流到歌罢。

译文生动优美，富有音乐一样的感觉，宛如一句动人的歌，但这已是美的尽头了，欲要更上一层楼就需要细细品读美妙的原文了。

斯宾塞的诗中有一种内在的音乐美，一个外国读者透过本国的文字也能感到那动人的旋律扑面而来，任何时代的读者，任何文化的人读他的诗都会深切体会他高雅的情操和火热的内心，不得不佩服诗人那超越语言、文化、民族之上的巨大力量。我们再来欣赏一下诗人在爱尔兰吉勒考曼庄园中写就的《爱情小诗》

有一天我把她的名字写在沙滩上，
大浪冲来就把它洗掉。
我把她的名字再一次写上，
潮水又使我的辛苦成为徒劳。

"妄想者"，她说"何必空把心操，

想叫一个必朽的人变成不朽！

我知道我将腐烂如秋草，

我的名字也将化为乌有。"

"不会"，我说，"让卑劣者费尽计谋

而仍归一死，你却会声名长存，

因为我的诗笔会使你的品德永留，

还会在天上书写你的荣名。

死亡虽然把全世界征服，

我的爱情却会命名生命不枯。"

这首歌颂爱情至上的诗在文艺复兴时期颇为流传，用沙滩之印来喻爱情脆弱，用浪潮之涌来喻岁月磨砺，让世人明白爱情永恒要每时每刻不停地去努力维系。

这首诗起笔不俗颇具新意，很快会引起读者的强烈共鸣。在爱情中引入道德思考更是斯宾塞的特色，藏而不露，低吟浅唱，让读者久久的回味，大有一唱三叹，余音绕梁之功效。

斯宾塞的作品除《仙后》外，中外批评家一致对《婚曲》评价极高。有个别的批评家甚至认为那才是斯宾塞的最好作品，如1596年的作品结尾部分：

大伙终来到欢乐的京城，

这京城是我最亲的奶娘，

我从小是她抚育成长，

虽然我的姓从别处生根，

出自世家名门；

他们抵达了砖砌的高楼，

俯瞰浩渺的古泰晤士河，

好学的律师们在此居留，

圣堂武士当初也是住客，

因骄傲而摧折；

挨次是一座庄严的院邸，

这儿我常得宠爱赏赐，

我的大恩主曾在里面居住，

我今天因孤寂不胜伤逝；

啊，不宣诉旧苦，

开心事该吐露，

预祝佳期，屈指就在目下，

可爱的河，轻轻流到歌罢。

这里节选的部分与《婚曲》的调子有些不调和，有些批评家甚至认为这是一处败笔。我们不妨用喜极而泣的观点而理解这一首诗，用更深的哲学眼光来看待这首小诗：在佳期的等候中，主人那内心起伏的波澜，无法轻启的秘密，都随可爱的河轻轻地流罢。所以，这也许是斯宾塞能大名永存，流芳百世的原因之一吧。

35. 牧歌背后的现实世界
mù gē bēi hòu de xiàn shí shì jiè

国内学者在研究英国诗人爱德蒙·斯宾塞的作品时，一般只注意到他的长诗《仙后》或他的十四行诗《爱情小诗》，而往往忽略他的诗集《牧人日历》。发表于 1579 年的《牧人日历》是一部跨越英国中世纪和文艺复兴两个时代的作品。诗人把以乔叟为代表的英国文学传统和以维吉尔为代表的古典文学传统有机结合起来，创造出一种新式样的英国牧歌体诗歌；它的意义远远超出了文学本身。从社会和政治角度上看，《牧人日历》是认识伊丽莎白时代生活的一部重要文献，因为它的主题触及了当时的重大社会和政治问题。

16世纪70年代是伊丽莎白女王统治的鼎盛时期。人们期待已久的经济繁荣、社会稳定、宗教宽容成为现实。然而，在这"花团锦簇"下面，一种不安定的情绪正在滋长。追求物质享受逐渐成为社会风气，嫉妒、野心、腐败威胁着国家的健康肌体。王室内外围绕女王的婚姻问题展开了激烈的争论。天主教残余势力依然存在；清教徒开始在政治上形成一股独立的势力，并在英国国会中组成了多数派。他们要求进一步改革英国国教，试图打破女王建立起来并延续了二十年之久的宗教平衡。

斯宾塞生活在时代旋涡的中心，深切地感受到时代的风云变幻。他以一个诗人所特有的敏感写下了《牧人日历》，记录自己对时代重大问题的思考，表达了对女王的期待和忧虑、对当时社会的赞美和批评，以及对理想社会的憧憬。

从结构上看，《牧人日历》由十二首牧歌组成，这十二首牧歌分成三组，即"道德组歌"、"忧怨组歌"和"欢乐组歌"，每首牧歌分别与一年中的十二个月相对应。其中，"道德组歌"和"欢乐组歌"集中地影射或讨论当时的社会焦点问题，成为了解伊丽莎白时代的一面镜子。

"道德组歌"中的每一首诗都探讨了当时社会存在的某个问题。其中《九月之歌》中所思考的流浪现象最为引人注目。16世纪70年代，英国社会上的流浪现象极为普遍，成为人们关注的焦点。根据当时的一份调查，从1560年到1579年，流浪者的人数增加了三倍。他们主要由没有雇主的劳动者、退伍士兵、失去土地的小农场主、农民、孤儿、妓女和盗贼组成。大量流浪者的存在对社会的稳定构成了威胁，成为"时代迫切需要解决的社会问题之一"。是什么原因造成这一严重的社会问题？主要原因有二：贫困和圈地运动。

《九月之歌》便是在这种社会背景下展开的。像诗集中的其他牧歌一样，它也是由两个牧羊人狄根·戴维斯和霍比诺尔的对话组成的。狄根·戴维斯刚从遥远的国度游历归来，他向霍比诺尔讲述了自己在那个国家（暗指英国）的所见所闻。他首先描绘了"圈地运动"后农村出现的村舍凋敝、人烟稀少的凄惨景象：

为此，如果你在附近转游，

你几乎看不到烟囱冒烟。

"人烟稀少"是当时农村的真实写照。面对"圈地"的严重后果，那个"遥远的国家"的政府也想通过法律手段来遏制一下，失去土地的人们也想通过法律程序来收回土地，然而，狄根却看见一切法律都行之无效，诉讼的费用及所需要的时间使当事人只能陷入"泥沼"之中。

你越是想要用力拨出，

你在泥沼中陷得越深。

所以，毫不奇怪，许多人宁愿受点损失离家出走，

也不愿最后一无所有。

更让人望而却步的是法律界的黑暗，

在那里一切都可以出售：

他们开设无耻的商店，

把良好的名声出售。

阶级压迫也是狄根抱怨的现象之一。在那个"遥远的国家"，存在着两个阶级——"有权的牧羊人"和穷苦的农民，前者压迫后者。狄根形容这些有权的牧羊人为"粗壮的公牛"。公牛在《圣经》中是残酷、贪婪、傲慢的象征，狄根运用这个意象旨在表明，有钱有势的牧场主就像公牛一样剥削和压榨农民，骗取他们的财产。"公牛甚至舔食他人胡须上的油脂"，揭示出剥削者的真实面目。

面对上述种种不公平的社会现象，狄根与霍比诺尔表现出不同的态度，这两种态度在当时都具有典型意义。霍比诺尔主张沉默和忍耐，他告诉狄根：

问题不可能解决，

这是现实，你被迫要忍耐。

　　狄根却向这种正统的观念提出挑战。他不承认一个人的处境是上帝事先安排好的，他认为，人本身的活动即生活实践造成了社会等级差异。他强调变革正在农村发生，引起变革的原因正是富人和有权有势的人的贪婪，而不是穷人不安于现状。农民被从他们居住的地方驱赶出去到处流浪，对他们来说，"这个世界不太公平"。

　　《牧人日历》中的每一首牧歌前面都有一幅木刻，它起着渲染气氛、烘托主题的作用。《九月之歌》篇首的木刻是一架倾斜的天平，它被翻滚的乌云所笼罩。天平在西方文化中常作为正义的象征，它的倾斜预示着社会将要发生重大变革。从《九月之歌》及"道德组歌"中的其他牧歌所揭露出社会矛盾和问题来看，这场重大的社会变革已经在酝酿，它所掀起的疾风暴雨定将打破伊丽莎白时代"宁静的田园牧歌世界"。

　　《牧人日历》中的"欢乐组歌"的内容并不像其标题所暗示的那样轻松、欢快，它触及的是伊丽莎白时代最尖锐而又迫在眉睫的政治问题——女王的婚姻问题。

　　16 世纪 70 年代，英国宫廷上下、皇室内外以及社会各阶层人士都把注意力集中在女王是否会与法国王子阿朗松结婚这一事件上。女王的婚事已不再是她个人的私事，而成了关系到王室的地位、政治的稳定、民族的统一和新教事业成败的一桩大事，人们普遍担心女王会为了个人的欲望而牺牲国家的安全和臣民的幸福。英国新一代政治家劝说女王放弃与法国王室联姻，勇敢地领导起欧洲的新教事业。在众多规劝女王的人中，有两个人的意见最具有代表性：一位是著名的诗人菲利普·锡德尼，另一位是约翰·斯塔布。

　　1579 年，锡德尼将一封题为《五月贵夫人》的信呈献给女王，信中委婉地表达了他对女王婚姻的看法。

　　约翰·斯塔布的文章写于 1579 年，题目为《发现一个分裂的深渊：英格兰可能被法国的外族婚姻所吞噬》，其观点更为直率激进。甚至以威胁的口气说，如果女王执意与法国王子联姻，上帝会背弃伊丽莎白女王，正如他背弃所罗门王一样；而她的臣民也会由爱生恨，由忠诚生背叛。

当女王的婚姻问题成为社会上最重要和最热的话题时，斯宾塞正在女王的宠臣莱切斯特手下担任秘书，置身于政治生活的核心地带。此外，他与锡德尼也来往密切，再者，他自己又是信奉新教思想的文人。所以，他的文学创作自然会融进对这一重大政治问题的思考，表达自己对这些问题的看法。斯宾塞在"欢乐组歌"中的《四月之歌》的主体，通过对牧羊女伊丽娅的赞美，间接地表达了作者对女王婚姻的看法。斯宾塞以诗的语言表达了与锡德尼和斯塔布相同的观点：女王的"童贞"状态是国家和平与繁荣的保证；女王已经拥有了人间一切美好的东西，即使没有丈夫和子女，她个人也可以获得永恒。然而，一旦失去了"童贞"，落入世俗的婚姻羁绊中，那么，她将失去她现在所拥有的一切，国家也会因此陷入混乱的状态。这种情况不能不引起女王的注意。

不难看出，斯宾塞的《牧人日历》其实是一部时代意识很强的作品，它从整体上把握住了困扰伊丽莎白社会的核心问题。它表面上展示的是一个田园牧歌式的、远离尘嚣的世外桃源，但在这一切的背后，却透露出诗人对关系到王室存亡、国家兴衰等重大问题的深切忧虑和认真思考。

36. 不朽的寓言诗作：《仙后》
bù xiǔ de yù yán shī zuò ：xiān hòu

无论批评家如何评价《仙后》，都无法否定《仙后》在文学史中的地位。斯宾塞不朽的大名，也主要是建立在这部未完成的长诗基础上。所以，任何想研究这位天才诗人的学者，都不能错过那精美的《仙后》。

从斯宾塞给好友哈维的信中，我们得知《仙后》早在 1580 年春天就已经在酝酿之中了。然而直到十年后，《仙后》的前三章才与读者见面。关于《仙后》的创作意图，斯宾塞在给好友沃尔特·罗利的一封信中有较详细的阐述："我这个取名《仙后》的集子事实上是一个连续的寓言，或者说是一个隐晦的比喻……而它的最终目的就是要以美德与优雅为准则，从而塑造出一个绅士或高尚的人的形象"。为实现这一目标，斯宾塞选择

了亚瑟王的题材，力图将其塑造成亚里士多德所说的十二种美德，而且尽善尽美的骑士。至于"仙后"，斯宾塞明确表示是指女王伊丽莎白一世，而那优美的环境即是她美丽的王国的写照。因此，《仙后》有着浓郁的说教气息。

全诗的结构稍有些松散，诗人计划写十二章，但只写了六章，1590年出版前三章，1596年第四、五、六章与读者见面。第七章的前两部分和第三部分的前两节，是在诗人去世后才被人们发现并整理的。至于其他章节是否完成，人们各抒己见，有人认为诗没来得及完成便与世长辞，有人认为后六章已完成，但只有第七章前两部分及第三部分的前两节被保存了下来。但无论如何，我们看见了完整的前六章，每章十二部分组成，每部分由三十五至六十个诗节组成。第一诗节都是九行，前八行为五步抑扬格，而且九行的韵脚是ababbcbcc。这一风格独特的诗体被后人称为"斯宾塞诗节"。

在语言上，斯宾塞多用一些当时古英语中的常用语，典故中的人名、地名多来自于希腊、罗马古典作品和意、法诸国浪漫传奇中的故事，因此它构成了一种特殊的气氛；历史的、文化的、情感的（包括宗教情感的），因为斯宾塞是一个虔诚的新教徒，而此诗的内容用诗人自己的话来说是："激烈的战斗和忠贞的爱情将是诗歌的主旨"。

情节的引人入胜，诗律的和谐悦耳，是《仙后》成就非凡的主因。让我们看看年轻的亚瑟王子如何和巨人搏斗的：

> 巨无霸立即全力应战，
>
> 胸燃怒火，眼表轻视，
>
> 把大棒高高举起，
>
> 棒上全是狼牙和钉子，
>
> 他以为一棒就可以把对方打死，
>
> 没想到王子聪明又机警，
>
> 轻轻一跳躲过了身子，

避免了遭到泰山压顶，

对这种来势犯不着去硬拼。

……

那大棒深陷入土里，

巨人无法一下子拔出，

武士抓住了难得时机，

趁他拉棒忙碌，

用闪闪发光的刀锋一戳，

把他的左臂割下，

叫它像大石重重跌落，

鲜血立时从巨人腋下，

喷流，犹如山泉涌出石罅。

　　原诗对此战斗有更深更细致的描绘。这样的打斗在全诗中随处可见：人与人斗，人与兽斗，人与怪斗，每处皆细节分明，详细刻画，加上古堡、沙漠、山洞、通灵的狮子等等，情节一波三折，人物栩栩如生，让爱看故事的人手不释卷，大呼过瘾。之所以写得离奇古怪，是因为《仙后》是一部寓言，在诗人丰富神奇的想像中，诗人用象征手段来象征不同的道德品质：灵修、节制、贞洁、友情、正义和礼仪。每一大章都由一个代表这种美德的骑士做主角，以他的历险过程作全诗发展的线索；但更重要的是，骑士并非生而具备这种美德，而是在不断的磨炼中获得的。

　　如第一章"红十字骑士的传奇"中的骑士初抵仙后葛罗安娜宝座前时，原是等候差遣的有勇无谋的人，他奉命去拯救被喷火龙头关在古堡中的一对老人，他与他们前来救援的女儿尤娜登上了险阻重重的旅途。一路上遇见许多奇怪的故事，毒龙、妖巫、中了魔法的树、巨人、古堡等，一切尽是神话中的角色，但其寓意毫不隐晦。

　　如从第七节起，红十字骑士与尤娜暴风中躲入森林，来到一个漆黑的洞穴里，在进洞前尤娜阻止他说："这是座游离的森林，是谬误之穴"，但武士却不听而入，与妇妖参半的怪物一阵搏斗。当他力不能支，快要败下阵时，尤娜在旁鼓励他不可放弃："在力量中加上信心！"武士坚持到底杀死了妖怪。妖怪死前呕吐了许多发臭的书籍和许多没有眼睛的癞蛤蟆，她的幼妖们上来饮它的血，将他们的母亲分吃了，然后又个个破腹而撑死了。

这个典型描写意象分明，这座游离的树林指知识的迷津，这妖怪指宗教、道德上的有害物，只有靠真理才可战胜。原本枯燥的说教变成了精彩的故事，令人回味。所以《仙后》最大的功能恐怕是四个字：寓教于乐。这也符合亚里士多德的观点。

又如骑士出了谬误之洞后，又经历了伪善、背信、枉法、无望，甚至与一个化装成尤娜的女子杜莎结合。因为情欲蒙蔽了真理的双眼，直到骑士落入绝望之手，而失去了生存之意志，最后，在尤娜的努力下，骑士获救，他们到达囚禁她双亲的古堡，杀死火龙、营救成功，回仙宫复命，至此红十字骑士才明白红十字之真意——上帝的爱，读者也恍然大悟，这是灵魂的天路历程。

读者在其美妙的故事中畅游时也不免发现《仙后》的一个明显的缺憾，全诗各章节好像并无密切的联系，各个章节中各个骑士也是相互独立的，主人公亚瑟王忽隐忽现以至很难把他看作主人公，此外脉络也不甚清晰。但这些白玉微瑕式的毛病无损于《仙后》的伟大，它最成功的地方还在于斯宾塞神奇的讲故事的本领，开门见山一上来就写："一个高贵的武士在平原上骑马慢行"，这种近代小说的写法把几种不同来源的成分——中古寓言，浪漫传奇，历史追溯、基督教新旧派之争——编成一部统一的作品，使得内容深厚而又主题突出，使得全书在气氛上保持着和谐与统一。

诗人不仅在细节上创新，而且将英国历史巧妙地嵌入其中，如第五卷的英军与荷兰和西班牙军作战，苏格兰女王玛丽想夺伊丽莎白王位的失败等。即使是亚瑟王，诗人也采用了类似今天偶像剧的写法让这个英雄智勇双全，形象非常高大。

对于"忠贞的爱情"，诗人更是全力刻画，笔触细腻，如他写一个姑娘被所爱的武士抛弃的场面：

我的心被深深地触动，

为了美丽的尤娜之故，

我唱她，泪洒诗行之中，

想到她受到欺诈的待遇，

尽管她是王室之女，

尽管她忠贞如白石，

尽管她美貌无双，德行难遇，

如今却见弃于她的武士，

被那妖妇夺走了好日子。

这位最为忠贞的好姑娘，

这位受弃、悲伤、孤独的少女，

远离人群，亡命他乡，

走进沙漠和无人的小路，

寻找她的武士，怜他中了妖术，

全因那法师布下魔障，

把他们隔离，姑娘无所畏惧，

钻老林，爬高山，到处张望，

只盼能听到他的半点声响。

全诗就是这样组成的，用诗人的话说："我的故事的开始部分应当是第十二章，也就是全诗的最后一章。根据我的设计，在这一章中，仙后正在举行她的一年一度的节日宴会。这一宴会共持续了十二天，在这十二天里，每天都有一个奇遇发生，并且有一个骑士前去探险。"在战斗与爱情中不停地寻求真理，可以看成是对《仙后》的高度概括。

此诗在今天来读必然有"朝圣"般的心情在先，那独特的"斯宾塞诗节"，那深邃的思想、丰富的想象、精美的语言、高雅的情调都令读者着迷。但斯宾塞在推介他的《仙后》时可谓煞费苦心。他先是渡海回英国，然后由雷利推介觐见女皇，并呈献该诗前三册给她："这三本书将随女王的声名永存。"在该诗序中，诗人又近乎肉麻地献颂了十五位显贵：彭布罗史伯爵夫人、卡鲁夫人、哈顿爵士、雷利爵士、伯夫利爵士、沃尔辛厄姆爵士、汉士顿爵士、布克哈斯特爵士、格雷爵士、艾芬汉的霍华德爵士、埃塞克斯伯爵、诺森伯兰伯爵、牛津伯爵、奥孟德尔伯爵及昆布兰伯爵等人。但即使如此，伯夫利伯爵仍攻击斯宾塞为无聊的诗人。

由此看来，任何一部伟大的作品由问世到被肯定，都有一段不平凡的路要走。所以但丁的话值得铭记在心：走自己的路，让别人说去吧！

37. 多才多艺的瓦尔特·罗利
duō cái duō yì de wǎ ěr tè · luó lì

伊丽莎白时代，英国的优秀人物层出不穷。锡德尼将做人、做事与作诗统一在一起已经难能可贵，而瓦尔特·罗利（1552—1618）则是一个更出色的人物。军人廷臣、哲学家、探险家、殖民者、科学家、历史学家、诗人……凡此种种，用在他的身上都似乎并没有什么不合适。

罗利1552年生于德文郡，1568年进入牛津大学，但他不情愿将生命浪费到书本里，第二年就参加了志愿军进驻法国镇压异教。六年的军旅生活中使他敢于做各种无耻的暴力行动，敢于鲁莽大胆说出的任何豪无理性的粗话。1575年，回到英国后，他强迫自己学习法律。三年后他再次因为参军辍了学，这一次是去荷兰抵抗西班牙，两年以后他调到爱尔兰任陆军队长，此间平定版乱立下大功，执行大屠杀的命令也毫不迟疑。因为种种功绩，他获得了一万两千亩爱尔兰土地，并成为女王的近臣。罗利面貌英俊挺拔，富于智慧又善于恭维，传说他与女王同行路过泥水路时，他把外衣脱下来为其铺路。女王高兴的时候，他把自己的赴美洲开辟英国殖民地的计划讲给她。1594年他派遣了第一支远征队去建立美洲殖民地，结果失败了。罗利此时与一位寡妇的名誉待女关系越发亲近，他成了她的情夫，

后来与其秘密结婚。因为未经女王允许,所以这对热恋情人被押在伦敦塔
中度过了蜜月,在狱中他写了《世界史》等著作。罗利写信称赞女王是最
完美的人,两人才得释放。此后两年,他隐居在自己的田庄之中,思考制
定着航行计划,学习无神论,也写了一些辛辣的讽刺诗。静极思动。1617
年,在一些贵族的帮助下,罗利装备了五条船,驶向南美寻找黄金王国,
结果只带回了烟草和马铃薯。空手而返的罗利在途中遇到并劫持了西班牙
商船。

回到英国后,被国王迫于外交压力,以叛国罪再次关进了伦敦塔,同
年他被送上了断头台。

罗利是个传奇般的英雄人物,他的诗自然也有一种豪迈之气,其中也
不乏对人生的理性思考,如《论人生》:

> 人生何物?情感的戏剧而已。
>
> 我们笑,为了作乐配戏。
>
> 在母亲子宫里我们化装,
>
> 为了演出短短的喜剧一场。
>
> 老天爷是观众,严格而锐敏,
>
> 把我们的错误记个不停。
>
> 坟墓使我们不受烈日暴晒,
>
> 犹如戏完了幕布降下。
>
> 我们就这样演到最后躺倒。
>
> 不过死亡很认真,绝不开玩笑。

这首诗的主旨是人生如演戏。这在当时也是普遍的看法,斯宾塞、莎
士比亚等都表达过。罗利诗的特点是:有一种古典式的简洁,又有一种看
穿人生的口气,对"不开玩笑"的死亡也仍然开了玩笑。

他也写诗歌咏爱情,对女王就写过颂诗,也有很有特色,名句如:

> 如果我的诉苦不能证明

> 您的美的征服力量，
>
> 这不是由于爱情缺损，
>
> 而由于忠诚过量。
>
> 别的诗里也常有警句：
>
> 欲望达到了就非欲望，
>
> 不过是火焰的灰烬。

这种时候，使人想到后来骑士派诗人如萨克林，不过情绪更深沉些。

他另有《谎言》（约 1592）一诗，也是形式整齐而内容尖锐，其中有句云：

> 告诉朝廷，它放光
>
> 闪耀，有如朽木；
>
> 告诉教会，它表演
>
> 什么叫善，却不行善；
>
> 如果教会和朝廷回答，
>
> 就指出它们说谎。
>
> ……
>
> 告诉热心缺乏诚心，
>
> 告诉爱情只是情欲，
>
> 告诉时间只是运动，
>
> 告诉肉身只是尘土，
>
> 但愿它们不来回答，
>
> 否则指出它们说谎。

由于说得露骨，引起不少人写诗驳他。然而罗利此诗所谈，又是很有代表性的。当时的诗人大多数歌颂光明，又鞭挞黑暗，而且鞭挞得毫不容情，有一种新时代刚开始时的大胆气概。

38. 邓恩咏赞爱情的爱情诗

dèng ēn yǒng zàn ài qíng de ài qíng shī

在多数情况下，约翰·邓恩（1571—1631）是作为"玄学派"诗人的代表被写进文学史的。当然，邓恩自己从没有标榜自己是什么"玄学派"。那是在他去世之后，英国著名古典主义诗人德莱顿首先对他的创作做出了"玩弄玄学"的低调评价。18世纪杰出文学评论家塞缪尔·约翰逊博士又在此基础上，批评邓恩的诗将杂七杂八的想法拼凑在一起，目的在于炫耀学识，并第一次称邓恩及其追随者为"玄学派诗人"。这样，"玄学诗"就成了一个贬义词。直到20世纪20年代，艾略特为邓恩翻了案，他称他的诗"将思想与感觉化为一体，一朵玫瑰在他不是一个概念而是一种感觉"。从此，邓恩这个智者堂而皇之地进入现代人的视野，成为现代派诗人竞相效仿的榜样。在英美各大学研究文学的师生中，阅读邓恩、讨论邓恩更成了一时的风尚。

纵观邓恩的一生，仿佛他不仅在创作中追求"玄学"境界，而且在日常的生活中，这种"玄"的味道也是很浓的。邓恩家境富裕，从小就受到很好的教育，后来先后就读于牛津和剑桥，成了一个饱学之士。可是他的家庭笃信天主教，而当时的英国正推行国教，对虔诚的天主教徒不仅不给予发展的机会，甚至在言论上也要受到多方限制，这使邓恩养成了沉思的习惯。他的兄弟亨利因为庇护一位被驱逐的教士而被捕入狱，在狱中被迫害致死，邓恩变得更加忧郁。明智的他后来悄悄改信了国教，并且日渐入世起来。此后，他写了大量的诗歌，多是思考爱情和宗教的。

1596年，他加入了赴第斯的远征军，在战斗中表现勇武，敢于冒险。回国后，他被提拔为掌玺大臣秘书，甚至成了国会议员。可是，眼见着仕途之门洞开，前途无量，1601年他却做出了一件大为出格的事情。他拐走了掌玺大臣的侄女，并私下同她结了婚，因此被投入了监狱。出狱后，他在别人的接济之下勉强度日，身体本来就很孱弱的他，整日里郁郁寡欢，

不断害病，身边的朋友又相继去世，这使他对上帝感到万分恐惧。1615年，邓恩在几度拒绝之后，终于接受了国王詹姆斯一世的邀请，成为了他的私人牧师。凭着自己的博学多才，邓恩很快写出了英文中最感人的宗教诗篇。1621年，他被任命为圣保罗大教堂的堂长，生活总算平定下来，他开始坚持写宗教诗。1631年在他去世几周前，他拖着重病的身体，为自己写了一篇葬礼布道文，并当众宣讲。他对于复活坚定信心，他说他为上帝能给他机会执行自己的责任而感到欢愉。之后，他走回房间，再也没有爬起来。那是1631年3月31日，邓恩怀着古老的信念，在安详和宁静中死在了母亲怀抱中。

邓恩的创作大致可以分为三种。其一是早期创作的五十三首爱情抒情诗，这些诗多写于1615年他出任神职之前。在题材的挖掘上，这些诗篇与以前的爱情诗大不相同。过去的爱情诗歌所歌咏的，往往是美人如何的圣洁美貌，高不可攀，而邓恩则把他的视角作了调整，不是玩世不恭地描述爱情的不足，就是描写色情的肉欲之爱及对死亡的恐惧和不安。诗歌的语言比较晦涩，意象也很奇特，甚至有人认为，那是邓恩出于自己牵强的比喻的病态爱好。《日出》就是这样的一首：

> 爱管闲事的老傻瓜，不守本分，
>
> 为什么要干这个，
>
> 穿过窗户和帐子照射我们？
>
> 难道情人的季节要跟你转？
>
> 坏脾气的冬烘老家伙，去责备
>
> 迟到的学生和懒惰的徒弟吧，
>
> 告诉猎户们国王快上马了，
>
> 号召蚂蚁赶紧去觅食吧，
>
> 爱情可不懂季节或气候，
>
> 不知月、日、钟头，那都是时间的破烂。

显然，这首诗一反常态。"太阳"这个许多诗人都曾歌咏过的意象，

在此遭到了诗人的指责，因为它搅扰了诗人和他的情人。对于沉浸在爱情欢乐中的伴侣来说，"太阳"是多余的，他们的爱会超越时空，超越生命。

在另一首名为《歌》的诗篇里，诗人不再赞美甘甜滋润的爱情，却描写了爱情中的朝三暮四和虚情假意，对爱情的专一忠贞，大胆地提出了质疑：

> 去，去抓住一颗陨星，
>
> 去服人形草催胎成孕，
>
> 告诉我，过去的岁月何处寻觅，
>
> 是谁劈开了魔鬼的双蹄；
>
> 教会我如何听到美人鱼歌唱，
>
> 如何避开嫉妒的刺伤，
>
> 再去寻
>
> 一股风
>
> 能帮助老实人晋升。
>
> 如果你生就一双慧眼，
>
> 能把隐形的东西看见，
>
> 扬鞭飞奔一万个日夜，
>
> 直到岁月染得你白发斑斑，
>
> 待君归来时，定会告诉我
>
> 你沿途遇到的一切稀奇事，
>
> 到头来
>
> 会发誓
>
> 世上没有女子美丽又忠实。
>
> 假如你真的找到，就让我知道，
>
> 这样的朝圣万分美妙，
>
> 算了吧，我不去，
>
> 尽管在邻家就能相识，

尽管你见她时她依然忠实，

甚至你给她写信时她仍如此，

但是她

变了卦

在我赶到前，又把两三人戏耍。

这首诗的立意新颖而独特，它提出的问题也是人类千百年感到困惑的问题。五光十色的爱情生活中，多的是痛苦绝望的失恋与突如其来的婚变，爱与不爱都有其存在的理由。邓恩比那些盲目的歌咏颂赞爱情的诗人要冷静许多。他奇特的构思、夸张的形象和诙谐的愤懑，都是值得读者仔细玩味的。

39. 邓恩思辨生死的玄学诗
dèng ēn sī biàn shēng sǐ de xuán xué shī

作为英国诗歌史上的一个大家，邓恩开创了一条新的诗歌创作道路。他一反伊丽莎白时代甜美、细腻的诗风，而向诗歌里面注入了更多的智慧和热情。他的"玄学诗"，会让读者耳目一新，但也同样会让读者读后无所适从。读他的诗，须花费更大的力气。在那表面纤巧手法的背后，却蕴含了深厚的文化底蕴和丰富的想象世界。

《神圣的十四行诗》，是邓恩最出色的十九首宗教玄学诗。诗人在获得了神职之后，在那个弥漫着变动和怀疑气氛的时代里安静下来，把他炽热的情感交给了上帝：

您曾经创造了我，难道您的创作竟会消亡？

现在将我补救吧，因为我的末日来得急忙；

我奔向死亡，死亡同样飞快迎接我，

所有我的快乐逝去如昨日一般。

我不敢转动一下我的暗淡的双眼，

绝望在后面，死亡在前头都露出

恐怖的凶光，我疲弱的肉体在内心

罪疚中消耗，罪疚将它压向地狱。

只是您仍居天上，当我在您的允诺下

能够朝着你仰望，我又重新奋起；

我们狡猾的宿敌却这样诱惑我，

使我本身一刻也难以承当；

您的恩典支持我对付他的诡计，

您像是天然磁石吸引住我的顽铁心肠。

这首动人的十四行诗是诗人对死亡的思考，在上帝的灵光照耀下，与死亡之间博斗，把绝望最终变成了希望。他还有另外一些指责死亡的诗：

死神，你莫骄傲，尽管有人说你

如何强大，如何可怕，你并不是这样；

你以为你把谁谁谁打倒了，其实，

可怜的死神，他们没死；他现在也还杀不死我。

休息、睡眠、这些不过是你的写照，

既能给人享受，那你本人提供的一定更多；

我们最美好的人随你去得越早，

越能早日获得身体的休息，灵魂的解脱。

你是命运、机会、君主、亡命徒的奴隶，

你和毒药、战争、疾病同住在一起，

罂粟与符咒和你的打击相比，同样，

甚至更能催我入睡；那你何必趾高气扬呢？

睡了一小觉之后，我们便永远觉醒了，

再也不会有死亡，你死神也将死去。

——《圣十四行诗》第 10 首

他切盼着与上帝亲近，但也绝不盲从，他思考着，

怀疑着，追求着：

击碎我的心，三位一体的上帝，

现在你只轻叩，呼气，照耀，治疗；

为了重新起立，请你把我打倒，

用大力砍，卷，烧，给我新体。……

——《圣十四行诗》第十四首

让我看，亲爱的基督，你的闪光的新娘！

什么，她会是在海的彼岸

涂脂抹粉的那位？还是遭劫而身穿破烂

在德意志和这里哭泣的姑娘？

——《圣十四行诗》第十八首

这里，多恩把真正的基督教会比喻成"新娘"；把罗马天主教会比喻成"涂脂抹粉"的那位；把德国的路德新教会则说成是"遭劫的姑娘"；他感慨这三个教派彼此不相调和。在这里，他大胆地把新教写成了自己对爱人的追求：

亲爱的丈夫，把你的新娘出卖给我们的眼睛，

让我的多情灵魂追求你温柔的鸽子，

她对你最忠贞，最愉快的时候，

正是她被众人拥抱，对众人开放的关头。

除了《神圣的十四行诗》之外，邓恩的玄学诗还包括《关于灵魂的历程》（1612）、《灵魂世界的剖析》（1612）。在这两部诗集中，诗人主要表现的是灵魂转生的主题和自己对生命奥秘的独特见解。比如，《灵魂世界的剖析》中的《一周年》一首：

新哲学怀疑一切，

火的元素已被扑灭，

太阳消失，地球也不见了，

非人的智慧所能寻到。

人们直爽地承认世界已经衰亡，

而在星球和天体上

找到了多种新物，他们看

这里已被压碎成原子一般

一切碎裂，全无联系，

失去了一切源流，一切关系：

君臣、父子，都已不存……

诚然，宗教玄学诗使邓恩沉浸在复杂推论的思辨云雾之中，甚至难以自拔，但其中探索的激情是值得肯定的，它的感染力正是由此而来。总之，邓恩将各种相反的概念和事物用奇特的诗歌手法有机地粘连在一起，把自己的深奥的玄学表现得淋漓尽致，这对英国乃至世界后世诗歌的影响是极其深远的。

40. 叛逆传统文风的玄诗风景
pàn nì chuán tǒng wén fēng de xuán shī fēng jǐng

邓恩之后，"玄学派"诗歌便构成英国诗歌的一道独特的风景。此后的诗坛，那种与传统疏离、追求新奇的比喻和思辨的深奥的特点得到了承袭和发展。

与邓恩"亲缘"关系最近的诗人是乔治·赫伯特（1593 — 1633）。他出身于威尔士的一个闻名世家，剑桥大学毕业后，被选为学校在重大场合的发言人。1630 年，赫伯特当了牧师，在短短三年的牧师生涯中，写成了诗集《神殿》（1633）。诗集共收入一百六十首诗歌，主要描述的是赫伯特本人的宗教经验，尤以歌颂英国国教的诗歌为主。

《美德》是《神殿》中最为著名的一首，全文如下：

> 良辰凉爽，宁静，明朗，
> 天地婚配成双。
> 衣露将为你的西沉哭泣，
> 因你定要消亡。
> 芬芳的玫瑰，鲜红艳丽，
> 让性急的观花者也拭目端详。
> 可你总是植根坟墓，
> 你将一定消亡。
> 旖旎的春天充满良辰和玫瑰，
> 有如满匣芳香。
> 我的歌儿唱出你的终曲，
> 一切都会消亡。
> 像焙干的良木永不弯曲，
> 只有优美善良的心地。
> 纵然世界烧为灰烬，
> 它却依旧呈现盎然生机。

虽然这是歌功颂德的训教诗，但赫伯特并没有板起脸来，正襟危坐着干巴巴地说教。全诗分四节，分别讲到了美好的白昼、芬芳的玫瑰、旖旎的春天和高尚的美德。良辰、玫瑰、春天固然美好，但却有一种内在的紧张。前三节每一节都有生与死的比照，第四节再把美德突现出来，再次形成鲜明的对比，给人以希望和力量，于是一种外驰而内张的风格形成了。

赫伯特还有许多广为人知的诗篇，比如《苦难》一诗写道："忧伤充塞我的灵魂，我几乎难信，要不是痛苦明白宣告，我还活着……欢乐与锋利都失去，一把钝刀比我更多用处……每一次风景，每一次狂飚都把我穿透"。

与赫伯特有"亲缘"关系的诗人是理查德·克拉肖（1613 — 1649）。

他是一位教士，在诗歌比喻的离奇上，他继承了邓恩、赫伯特的传统，同时也带有巴洛克式的风格，总体上可以概括为"怪诞、过分，没有节制"。他有一首诗《哭泣者》，用一系列奇特的形象来暗喻眼泪："如今不论使他走向何处……总有两座喷泉忠实相随，两个能走的浴池，两个哭泣的动体，两个可以手提的简要海洋。"赫伯特的主要诗作是《火焰般的心》，这是献给十六世纪的天主教圣女特丽莎的，写的是瞬间的神秘，即被特丽莎神圣的景象所吸引的那一刻。

另一个接受了邓恩影响的诗人是托马斯·凯里（1598 — 1639）。他在诗体方面受到琼森的影响比较大，而在具体意象的使用上则受邓恩的启发。下面是他的一首诗《他热恋玫瑰脸颊》：

> 他热恋玫瑰脸颊，
>
> 也美爱珊瑚红唇，
>
> 并从亮星般明眸里，
>
> 寻求薪柴来烧旺烈火；
>
> 岁月会使这一切萎缩枯竭，
>
> 他的欲火也定要燃尽烧绝。
>
> 但是一颗温和而坚贞的心，
>
> 温柔的思想，淡泊的欲望，
>
> 还有与平等相爱相结合的心灵，
>
> 才会燃起永不熄灭的情火：——
>
> 要是这一切都不存在，
>
> 我会鄙薄那徒有姿色的美人。

本诗又名《真正的美》，顾名思义，就是论述在爱情生活中内心美与外貌美的关系，说明哪个是真正的美。凯里认为，容貌美应与心灵美相配。仅有丽容姿色，而无温柔的性情与美好的心灵，这样的美是不可取的。而仅建立在外貌美基础上的爱情，也是不会持久的。作为一位宫廷诗人和朝臣，凯里写了大量的爱情诗。他歌颂纯真的爱情，也赞叹超人的容

貌美。他的可贵之处在于：他认为仅有外貌美，而无内心的美毫无价值。这首抒情诗不仅意象含蓄丰富，语言明快、充满激情和音乐美，而且富于哲理思想，极有说服力，耐人寻味。

安德鲁·马韦尔（1621—1678）是赫伯特之后逐渐赢得声名的诗人。他是一个政治人物，写过不少颂扬克伦威尔的诗歌，但为他带来荣誉的则是他的几首抒情诗。比如《致他的娇羞的女友》、《花园》等等。下面是《花园》：

> 这就是幸福的"花园境界"的写照，
>
> 这时，人还没有伴侣，在此逍遥：
>
> 经历过如此纯洁甜美的去处，
>
> 还须什么更适合他的伴侣！
>
> 然而想要独息一个在此徜徉，
>
> 那是超出凡人的命分，是妄想：
>
> 想在乐园里独自一人生活，
>
> 无异是把两个乐园合成一个。

前面说要脱尽情欲，这里说的是人想独居是妄想，因为连亚当都得有夏娃作伴，这正是人的"命分"，于是，他的归宿只能是一个这样的地方：

> 多才多艺的园丁用鲜花和碧草
>
> 把一座新日晷勾画得多美好；
>
> 在这儿，趋于温和的太阳从上空
>
> 沿着芬芳的黄道十二宫追奔；
>
> 还有那勤劳的蜜蜂，一面工作，
>
> 一面像我们一样计算着它的时刻。
>
> 如此甜美健康的时辰，只除
>
> 用碧草与鲜花来计算，别无他途！

这是一首以田园生活为背景而创作的宁静而深沉的作品。

邓恩之后，玄学派诗歌构成了一道别有情致的风景。它给沉寂老调的诗坛吹进了一缕新风，同时也在诗走向晦涩的道路上起了负面的作用。

41. 李利的"尤弗伊斯体"
lǐ lì de yóu fú yī sī tǐ

在 16 世纪的最后二十年里，传奇故事和反映社会现实的散文、小说在英国蓬勃发展起来。这股文学潮流是由当时一群号称"大学才子"的人掀起的。这些人都受过大学教育，而且主要来自牛津、剑桥两所大学，包括李利、马洛、格林、洛奇和纳什尔等人。他们都受到新思想鼓舞，有着非凡的艺术才能。他们当中的大多数都是人文主义剧作家，但李利、洛奇和格林的传奇故事和纳什尔的传奇体冒险小说，却是 16 世纪英国小说成形过程中的重要实验作品。可以说，他们是现代英语散文体小说的先驱者和奠基人。

约翰·李利（1554？—1606）是"大学才子"中最年长的一位小说家兼剧作家。他出身于书香门第，祖父威廉·李利专攻希腊文法，是英国第一批拉丁文法编纂人。李利就读于牛津大学，后在剑桥大学取得文学硕士学位。毕业后他来到伦敦，在伯里勋爵的庇护下开始文学生涯。1578 年即二十四岁那年，李利创作了他的小说《尤弗伊斯，或对才智的剖析》及其续篇《尤弗伊斯和他的英国》。这两部小说描绘了理想的英国绅士风范，文辞浮华绮丽，采用叠床架屋式的排比对偶句，使用头韵和成串的比喻，引经据典。这种特别的文体被称为"尤弗伊斯体"，对 16 世纪后期的文学语言，包括戏剧作品的语言产生了一定的影响。

李利的《尤弗伊斯》分为上、下两卷。在第一卷《对才智的剖析》里，小说的主人公尤弗伊斯是一位年轻的雅典人（暗指一位牛津学者）。他出生高贵，英俊潇洒，聪明机智，虽然受过教育，但行为放荡不羁。尤弗伊斯来到意大利的那不勒斯城（影射伦敦），一位贤明的长者告诉他，要提防当时城里的各种高雅来函的诱惑，他却对此置若罔闻。他在这个城

里生活得洋洋自得，经常是各种宴席和晚会的座上客，还向他的好友菲罗特斯的女情人卢西拉频送秋波，后来成功地赢得了卢西拉的爱。为此，他与菲罗特斯经常争吵。正当尤弗伊斯打算与卢西拉结婚时，后者却无情地抛弃了他，而选择另一位与她不相配的求婚者。两个因失恋而同病相怜的年轻人因此而和解，尤弗伊斯也就沮丧地离开那不勒斯而回到雅典。这篇小说的故事情节不算复杂，李利在他的故事当中还插入了一些无关的内容，甚至还插入了一篇抨击牛津大学教育现状的论文，使小说线索被无端打断。尽管如此，他的这部小说一出版便十分流行，人们被他那矫饰华丽、刻意求工的文体风格所迷惑，也为故事中浓郁的人情味所吸引。在文学史上，这本小说常被称为英语中的第一本风俗喜剧小说。

小说的第二部分《尤弗伊斯和他的英国》在主题上与第一部分截然相反。如果说第一部分是对女子喜新厌旧、对爱不忠的无情讥讽的话，那么第二部分转而歌颂女子的青春美貌，充满李利对他的国家、女王和大学的颂扬。在此，小说中的女主人公变成了伊丽莎白女王时代贞洁和美貌的象征。尤弗伊斯和菲罗特斯向宫中美女卡米拉求爱，可是遭到拒绝。后来，在年长的佛拉韦尔夫人的热心帮助下，他与夫人的侄女弗兰西斯小姐结成了柏拉图式的精神恋爱关系。尤弗伊斯与菲罗特斯经过一番舌战以后，先是转向学术研究，最后归隐山林，一改从前那种公子哥儿的形象，而变得深沉成熟起来。第二卷内容风趣幽默，是对当时伦敦社会，尤其是宫廷活动的真实描摹。李利依然追求修辞的华丽，但比起第一本小说来毕竟少了一些矫揉造作。

这部两卷本的小说的重要性主要体现在其写作风格上。李利的"尤弗伊斯体"在当时成为一种文学时尚，许多宫廷人物鹦鹉学舌般地模仿小说中廷臣侍女的腔调，不少散文作家，如罗伯特·格林、托马斯·洛奇，甚至莎士比亚都竞相仿效这种浮华娇饰的文体。这部小说在内容上，对宫廷和大学的悠闲生活和无聊风尚作了含蓄的讥讽，显示出真实描写现实生活的倾向。从这一点上说，李利摆脱了中世纪传奇故事那种虚幻浪漫的风气，开创了现代小说描写生活现实的先河。

约翰·李利不仅以他的散文小说《尤弗伊斯》驰名当时文坛，同时作为剧作家，他将初期的英国喜剧推向更成熟更高雅的阶段。他为宫廷写作，从宫廷贵族的立场歌颂女王的威仪功德，作品具有贵族人文主义的明显倾向。李利革新了喜剧形式，率先用散文体代替诗体写作剧作，用复杂交错的情节代替单线情节构筑故事，把严肃的场面和滑稽的场面糅合在一起，将莎士比亚之前的英国喜剧推向更高的艺术境界。

李利的剧作采用古代神话和古代文学为题材，引进田园诗的笔触抒写爱情。在《坎巴丝佩》（1584）一剧中，亚历山大大帝为他的女囚坎巴丝佩的姿色所倾倒，请画家爱帕尔为她画画，不料两个人坠入情网。爱帕尔屡屡毁坏已经完成的画像，以拖延时日的方式使两人能经常相处。亚历山大识破他们的骗局之后重返战场，临行时扪心自问："亚历山如果连自己也不能号令，他将何以号令世界！"《恩底弥翁》一剧出版于1591年，剧中的月中人恩底弥翁因迷恋辛西娅（月亮）而抛弃泰勒丝（地球）。泰勒丝与女巫合谋，使恩底弥翁长眠四十年。辛西娅破除符咒，用一阵热吻将恩底弥翁解救出来。剧本的意义，可能是讽喻当时伊丽莎白女王（辛西娅）和苏格兰女王玛丽之间的对立。李利在《萨福和法温》（1584）、《迈达斯王》（1592）等剧本中也不乏逢迎伊丽莎白女王的倾向。

42. 马洛和他的非戏剧诗
mǎ luò hé tā de fēi xì jù shī

在文艺复兴时期的英国文学史上，莎士比亚是一座难以企及的高峰，痴迷的爱好者们在攀援之前，最好找到一条通往莎士比亚之路的缓步阶梯。换句话说，需要了解一下莎士比亚的先驱者。而马洛（1564—1593）则正是这些先驱者中最具创造力与革新精神的戏剧家、诗人，也是伊丽莎白时代剧舞台繁荣昌盛的奠基者。

克里斯托弗·马洛的一生非常短暂，但却如暴风雨一般惊心动魄。马洛只比莎士比亚早两个月受洗，因他是坎特伯雷鞋匠之子，若不是大主教

巴尔克给他奖学金，他可能无法上大学。在大学期间，他曾受沃尔辛厄姆之聘做了间谍，探查反对女王的阴谋。在此期间他研究古典作品，熟习马基雅维利思想。在取得硕士学位移居伦敦以后，他与托马斯·基德共居一室，参加了雷利及哈里奥特自由思想的集团。政府密探理查·巴尼斯向女王报告说，马洛曾经宣称"宗教的开始是要使人们恐惧……基督是个私生子……假如有什么好宗教的话，那么只有天主教了，因为该教事神能够多礼……新教徒均是假道学的蠢货……《新约》的内容不干不净。"巴尼斯又说，"这位马洛几乎在任何场合，都劝人相信无神论，要他们别怕精灵鬼怪，完全轻蔑上帝及其使徒。"更严重的是，巴尼斯还强调马洛卫护同性恋一事。格林临终诉请其朋友改邪归正时，将马洛描写成从事渎神的无神论者。而托马斯·基德于1593年5月12日被捕时，亦承认马洛"无宗教观念，纵酒无度，残忍"，惯于"冒渎圣经"及"讥嘲祈祷"。种种迹象表明，马洛生活中的悲剧舞台已经搭起，且有不可逆转之势。

马洛自己的"悲剧"突告落幕是在1593年5月30日。当时三名政府密探，佛来哲、史凯利，及罗伯特·布雷等与诗人一起——也许当时他仍是个间谍——在伦敦数英里外的戴佛酒店吃饭。根据验尸官坦比后来的报告，佛来哲与马洛吵了起来，原因是他们对于由谁支付饭钱无法取得协议。马洛从佛来哲皮带上取下小刀，刺他一刀，但是伤口很小，并无大碍。佛来哲反抓住马洛的手，把武器对着他，当场给马洛右眼致命的一击，伤痕深达两寸，刀叶插入了脑中……马洛遂立告死亡。佛来哲被捕后，辩称自卫杀人，一月后即获释放。马洛于6月1日葬于今已不知其名的墓中，死时只有二十九岁。

虽然马洛的主要成就在于诗体戏剧的创作上，但他的非戏剧诗也独具特色。这些诗中有很大一部分的译作，马洛所译的奥维德的诗篇《恋歌》颇能表现出这位拉丁诗人的纵欲的一面，如《同科林娜上床》，以及罗马社会颓废的一面，如《告情妇如她的丈夫与他们同赴宴会如何应付》。同时，他的译诗有一种奥维德所没有的新鲜感，这是英国文艺复兴黄金时代所特有的。他译过拉丁诗人卢卡努斯关于罗马内战的诗，也多佳句，

例如：

> 当命运使人们主宰一切，财富涌流，
>
> 接着我们就变得淫逸粗暴；
>
> 兵士横行，烧杀作乱；
>
> 人们沉醉于珠宝、房屋、餐具，
>
> 再也看不起节俭的素食，男人的绸袍
>
> 比女服还薄；人们厌恶贫穷
>
> （尽管它产生了罗马最大的才子），在全世界
>
> 到处搜索金子，造成世界的腐烂……

马洛的诗歌中最有影响的是《牧羊人的恋歌》，这是伊丽莎白时期最著名的情诗之一。该诗发表以后，受到了不少诗人和广大读者的称赞。莎士比亚曾经在他的喜剧《皆大欢喜》中引用过这首诗中的几行。

此外，还有不少诗人曾给这首诗写过解读诗和奉和诗，可见马洛的这首诗在当时的影响。诗中写到：

> 与我同居吧，做我的爱人，
>
> 我们将品尝一切欢欣，
>
> 凡河谷、平原、森林所能献奉，
>
> 或高山大川所能馈赠。
>
> 我们将坐在岩石上，
>
> 看着牧童们放羊，
>
> 小河在我们身边流过，
>
> 鸟儿唱起了甜歌。
>
> 我将为你铺玫瑰为床，
>
> 一千个花束将作你的衣裳，
>
> 花冠任你戴，长裙任你拖曳，
>
> 裙上绣满了爱神木的绿叶。

最细的羊毛将织你的外袍，

剪自我们最美的羊羔，

无须怕冷，自有衬绒的软靴，

上有纯金的扣结。

芳草和常青藤将编你的腰带，

琥珀为扣，珊瑚作钩，

如果这些乐事使你动心，

与我同居吧，做我的爱人。

牧童们在每个五月天的清早，

为使你高兴，又唱又跳，

如果这类趣事使你开心，

与我同居吧，做我的爱人。

马洛在这首情诗中，为我们描绘了一幅理想的田园生活的图画：

这里有"峻峭秀丽的山峦"，有"风光明媚的山谷田园"，有"浅浅的小溪"、"潺潺流水"，有"成千的花束"，还有"可爱的羔羊"。诗人描写这些的目的，在于召唤牧羊女来这里"生活在一起"，"做我的爱人"，以便共同体验这种世外桃源般的幸福和爱情生活的甜蜜。马洛把自己当做一个热恋的牧羊人，把自己的情人当作一个牧羊女，用田园式的生活和自己的爱恋，召唤恋人和自己共同生活。

在这首求爱诗中，诗人以优美的环境、优越的生活条件，呼唤爱人的到来，男主人公对爱情的企盼、对爱人的眷恋、敬慕之情，都生动地流溢在这美丽的诗句之中。可以相信，在不舍的追求中，有情人终会结成眷属。

她颈上挂了一串海潮石，

她的白皮肤把它们衬托得亮如钻石。

她的手没戴手套，由于太阳不敢晒她，

冷风也不敢冻她，却都爱摸抚她，

随她的心意要暖给暖，要凉给凉，

趁机在她白嫩的手上玩耍一番。

她脚穿一双缀有银色贝壳的高筒靴，

红珊瑚的靴头直到膝盖。

那里栖息着明珠和黄金编成的空心麻雀，

那手艺的精巧使世人叫绝。

马洛还有一首未完成的叙事诗，题为《希罗与利安德》（1598）。这对爱人各住土耳其的达达尼尔海峡的一边，利安德每夜游过海峡去与希罗相会，直到他某夜淹死，希罗也跳海殉情。故事来自古希腊，马洛用它作为诗的骨架，细节则很多是他所创造的。但他只写完两章，固然也叙事，恣意渲染的却是这一对爱人的青春活力。诗句充满了明亮的色彩，把"视觉的想象力"发挥到了极致。他这样写希罗：

色斯托有美人名希罗，

她的秀发打动了阿波罗，

他愿以黄金的宝座作嫁妆，

让她坐在上面给世人端详。

她的外衣是薄纱所缝，

紫绸作里，面上有金星闪动，

绿色的宽袖绣有树林样花边。

有趣的是，在这些诗句中，马洛不仅描写了异性之间相恋的美好动人，他甚至一反常态地对异性之间的接触做了调情式的描写。尽管很多读者对此颇有微词，但是我们还是应该以宽容的态度看待它。无论如何，马洛的非戏剧诗的成就是卓著的，由此他才成了莎士比亚的先驱者。

43. 马洛与他的戏剧名作
mǎ luò yǔ tā de xì jù míng zuò

马洛（1564—1593）是最具创造力与革新精神的戏剧家、诗人，也是伊丽莎白时代剧舞台繁荣昌盛的奠基者。

克里斯托弗·马洛的一生非常短暂，但却如暴风雨一般惊心动魄。马洛只比莎士比亚早两个月受洗，因他是坎特伯雷鞋匠之子，若不是大主教巴尔克给他奖学金，他可能无法上大学。

马洛的身上充斥着一种离经叛道的精神，也正是由于这种精神，使得他能够冲破旧的戏剧形式的束缚，为英国的戏剧舞台带来一缕新鲜的风。他的横空出世是以一个剧本为标志的，这个剧本就是《帖木耳大帝》（1587）。19世纪以后，著名的戏剧史家约翰·阿丁登、西蒙等在《英国戏剧：莎士比亚的先驱者》中认为，这部剧的上演"拯救了英国戏剧"。

《帖木耳大帝》分上、下集，共十幕。马洛在剑桥读书期间就完成了上部分的初稿，1587年上演后一炮打响，紧跟着写出了下部。在下部的序言里，作家解释了创作这部剧的原因："当《帖木耳》首次搬上舞台，它得到的普遍好评促使我们的诗人又提笔写了它的续集。"

《帖木耳》的真正魅力首先在于马洛对于主人公帖木耳的形象刻画，用威尔逊的话来说，马洛是"用充满了激情的语言在描写一个有血有肉、感情丰富的人物"。但是，这位牧童出身的独裁者，究竟是如何鬼使神差地使伊丽莎白时期的观众着了迷的呢？

最终成为王中王，成为整个西方世界征服者的帖木耳大帝，靠的不是高贵的出身、雄厚的财产、将士的忠诚、军师的足智多谋，而是力量以及他那目空一切、把整个世界踩在脚下的野心和决心。从全剧的开始，马洛就精心安排帖木耳的一举一动，使他始终成为全剧的中心，成为观众注目的对象。

最先上场的是帖木耳的第一个征服对象，波斯国王默西特斯和他的弟

弟科斯诺。在波斯宫廷里，国王只是大臣们嘲弄的对象。作为一国之主，他竟没有勇气反驳朝臣们含沙射影的攻击。他的弟弟则是一个阴谋家，早就对哥哥的王位垂涎三尺，并且已开始在波斯的附庸国中制造篡位夺权的舆论。到第一场结束时，波斯王位的更替似乎已变得不可避免，但关键是究竟由谁来担当新的统治者。就在这种背景下，帖木耳登上了舞台。从刚开始，观众就意识到这位出身贫贱的勇士不受传统观念的束缚。如果说他仍受某种成规约束的话，那他只是顺应他的野心，能够有助于实现他的目标的那些准则。他宣称自己将使"整个世界都感到恐惧"，而他今后统治的国土将"由东到西，正如太阳每天所照亮的地域"一样广阔。对于他自己的雄心壮志，帖木耳没有丝毫怀疑，因为他确信：

> 我用铁链把命运紧紧地拴牢，
>
> 用我的手在指挥人生的变迁，
>
> 在太阳从天体中坠落之前，
>
> 我帖木耳绝不会被征服或受伤害。

今天的观众或许会对帖木耳的"狂言"嗤之以鼻，但在 16 世纪 80 年代，当人文主义思潮唤醒了英国人对于人的尊严、对于人性的重视，当英国正在海上与西班牙对峙，英国人的民族自豪感被重新激发起来的时候，帖木耳的豪言壮语很容易在英国的观众中产生共鸣，使他们自然地倒向帖木耳，这位以武力来征服世界的英雄。因为在他们看来，波斯宫中篡权的阴谋代表的是旧的、腐朽没落的传统，而帖木耳在战场堂堂正正地交锋厮杀，则代表着一种进步，一种"革命"。这种对比的手法不仅仅在第二幕出现，在以后的几幕中马洛也频频使用。正是这种光明和腐朽的对比，淡化了观众对帖木耳在征服过程中使用武力的逆反心理，使得他们不自觉地站到了帖木耳的一边，为他的一个个胜利感到高兴。

其次，《帖木耳》最能表示出马洛想象力的特质。他挑选一个 14 世纪的鞑靼牧人充当他的主人公，他的武力征服业绩胜过任何古代的英雄。帖木耳异想天开、雄心勃勃，他也凶残而古怪。帖木耳给亚洲的国王们套上

辔具，替他拉车的场面，变成伊丽莎白时代戏剧中供滑稽模仿的陈腐插曲。马洛不满足于把帖木耳单纯描写成一个凶残和武力征服的能手。帖木耳对于权力的贪欲被给予一种哲学上的认可：他是人类独一无二的人物，独自在穹苍之下，敢于用他的力量向人们和诸神挑战。除了那个"每人"都会碰上的共同敌人—"死亡"之外，没有任何敌人制服得了他。虽然他也知道"死亡"时刻潜伏在阴影之中，他却敢于向神明的统治挑战，并相信：不管什么事情发生，尘世光荣的大喜狂欢本身就是一种酬报。这样一种性格被如此庄严而大胆地加以描绘，在英国戏剧上是没有先例的。这位戏剧才子已经意识到，他是在向旧的戏剧传统挑战，他的《帖木耳》必将成为英国戏剧史上的一个转折点。

在不绝于耳的喝彩声中，马洛的第二剧作《浮士德博士的悲剧》于1588 年上演。这是根据德国中世纪的民间传说创作的一出动人的悲剧。

主人公浮士德是威登堡大学的神学博士，他知识广博，但总觉得哲学、医学、法学和神学等四门人间的学科已远远不能使他感到满意。于是，他潜心研究巫术，以期有一天能够获得无限的知识，使自己成为"半个上帝"。他用咒语唤出了一个魔鬼靡菲斯特，让他捎信给地狱的魔王，想要得到巫术的"真经"。魔王答应了浮士德的请求，但提出的条件是二十四年后他要收回浮士德的灵魂。不顾他人的劝告和上天的暗示，浮士德周游列国，时而向德国皇帝展示自己的本领，时而在罗马拿教皇取笑开心。然而，二十四年很快就过去了。执迷不悟的浮士德认为自己作恶多端，上帝也无法拯救他。他让靡菲斯特唤来了有"天下第一美女"之称的海伦的灵魂，得到了致命的一吻。直到生命的最后一刻，浮士德才有所醒悟，但一切都太晚了。

和《帖木耳》一样，在《浮士德博士的悲剧》中，马洛也留下了许多堪称千古绝唱的诗句。第五幕第一场中，当浮士德最后一次反叛魔王的企图被压下去之后，他向靡菲斯特提出了最后一个请求：让他看一眼海伦。他如愿以偿了，发出了这样的歌颂：

就是这张脸使千帆齐发，

把伊利安的巍巍城楼烧成灰的么？

甜蜜的海伦，你一吻就使我永生。

看，她的嘴唇吸走了我的灵魂！

来，海伦，还我的灵魂来！

我住下了，天堂就在你的唇上。

凡是海伦身外的，全是粪土。

但是，与《帖木耳》相比，《浮士德博士的悲剧》中最精彩最成功的，则是对主人公浮士德的刻画。在第一幕的开场白中我们被告知，浮士德出身卑微，从小依靠亲友扶养长大，而现在已成为一位神学博士。当我们第一次在书房里见到他时，我们首先听到的是他对传统的四大学科——哲学、医学、法学和神学——的蔑视，以及对巫术的崇拜。在他看来，国王和皇帝只会在他们的领地受到人们的尊崇，只有巫师才能呼风唤雨，涉足人们的想象力可能达到的一切领域。"一个好的巫师就是半个上帝"，他所得到的是"无穷无尽的益处、欢乐、权力、荣誉和无限的威力"。正是这种精神，使浮士德在与靡菲斯特谈判时显得那么坚决，在割破自己的手臂取血书写契约时表现得那么果敢。然而，他的内心不是没有斗争的。他有过犹豫、动摇、甚至反悔，但对知识的追求使他忘乎所以，最终把他引上了绝路。第五幕第二场，浮士德临死前的最后一段独白中，他对基督的呼唤，也使观众自然地联想到他用自己的血书写出卖灵魂的契约。精通四大学科，又掌握了巫术的浮士德终究没有超凡脱俗，直到临死，他也没有意识到上帝并非仅仅无所不知、无所不能，上帝的仁慈和恩惠也可以拯救世上的罪人——基督教义中一条关键的信条。和常人一样，在生命的最后一刻，绝望中的浮士德迁怒于生他养他的父母，迁怒于整个人世间。这种话出自浮士德这样博学多才的人之口，可能会使人感到好笑，但正是这一面，使马洛的观众觉得与这位悲剧人物之间的距离缩小了，浮士德很容易被看作是他们之中的一员。观众和剧中人物的认同，很可能就是这个悲剧

在过去四百年中久演不衰的主要原因。

我们发现，浮士德与魔鬼生死之约的动机，不仅是他企图超越人性局限和卑微，渴望无限知识的强烈愿望，更主要的是借地狱魔法，来达到奚落和讽刺以罗马教皇为首的天主教的目的。

在 1616 年以后的四开本中，在一场近乎闹剧、但政治寓意异常浓厚的场景中，浮士德偕魔鬼飞到罗马，用隐身术和催眠术在教皇凯旋的庆典上，把不可一世的教皇狠狠地奚落了一番。他们装扮成红衣主教假传宗教会议圣旨，宣布刚被教皇俘获的在德意志自立为教皇的布鲁诺为"可恶的罗拉德派异端和卑鄙的教会分裂者"，痛恨异端和分裂的教皇将其打入死牢，以待次日问斩后，浮士德又吩咐魔鬼，让这个教会的反叛者插上魔法的翅膀逃之夭夭，回到德国继续与教皇作对。此时，真正的红衣主教出现了，与正襟危坐的教皇对质真假，一时之间罗马教廷丑态百出，乱作一团。在马洛的笔下，教皇目空一切，大话连篇。他自称秉承上帝意志，拥有"天堂赋予的七倍大权"，"世界将匍匐臣服，否则朕一声威严诅咒，即重判尔等永下地狱"。然而，在浮士德的一再捉弄下，这个自称玉带加身、法力无边的教皇却惊恐万状。除了在胸前反复划十字外，更一筹莫展，最后挨了浮士德一记耳光，竟仓皇地逃下舞台。

此外，马洛还表达了对教皇肆行铺张、吃喝无度的痛恨。浮士德屡次从教皇手中夺走酒杯和"精美佳肴"。在历史上，教皇因假上帝名义搜刮民脂民膏，以供其骄奢淫逸的生活而臭名远扬。在《浮士德》中，冥王路西伏尔从地狱里带七大罪孽来见浮士德。从浮士德与每个罪孽的对话中可以看出，贪吃是第一大罪孽，必定"噎死"、"上吊夭亡"。在浮士德看来，教皇正是贪食罪孽的化身。把《浮士德》作为"灵魂的悲剧"和"人类绝望主题"来解读的批评家，对这类所谓闹剧式场面往往不屑一顾，它至多也不过表达了"马洛本人对宗教权威的厌恶情绪"。但是无论谁都不能对马洛的出色演绎视而不见，无动于衷。

44. 一个时代的灵魂：莎士比亚
yī gè shí dài de líng hún : shā shì bǐ yà

在英格兰中心的沃里克郡，有一座风光秀丽的小市镇，四周是郁郁葱葱的原始森林，静静的艾汶河从小镇边蜿蜒流过。这座被人称为"艾汶河上的斯特拉福"的城镇，就是英国大文豪威廉·莎士比亚（1564 — 1616）的故乡。他生于此，葬于此，因而这里到处遍布着他生前的遗迹和纪念他的建筑物。如今，"艾汶河上的斯特拉福"已成为英国著名的文化旅游胜地，每年都吸引着众多来自世界各国的莎士比亚崇拜者前来"朝圣"。

莎士比亚祖上务农，他的父亲约翰·莎士比亚于1552年前后迁居到斯特拉福镇，经营羊毛、皮革和手套生意。1557年，约翰娶了临近一家地主的女儿玛丽·亚登为妻，获得一笔不菲的陪嫁。精明能干的约翰把生意做得红红火火，买了房子，有了社会地位，1568年还被选为镇长。从教堂登记簿上看，约翰和玛丽婚后共生过八个孩子，而未来的戏剧家威廉·莎士比亚则是家中的第三个孩子。可惜他们的有些孩子过早夭折了，因为1564年的那场瘟疫使原本不足两千人的斯特拉福镇竟死去了二百多人。

斯特拉福镇上有一所不错的文法学校，莎士比亚大约在六七岁时被送入这所学校读书。在那里，他学习拉丁文，也阅读泰伦斯、西塞罗、维吉尔、奥维德、贺拉斯等古罗马诗人的作品，掌握了一些古希腊罗马的历史文化知识，也在文学修养方面受到了最初的熏陶和训练。这为莎士比亚未来的事业奠定了基础，在他的许多戏剧中提供了文学修养的支持。然而，少年莎士比亚的求学过程却由于他父亲的破产而突然中断了。大约在莎士比亚十三岁那年，他父亲卸去了斯特拉福行会的职务，变卖了妻子从娘家继承过来的产业。莎士比亚也不得不辍学回家，帮助父亲料理生意，维持家庭生活。

1582年11月28日，十八岁的莎士比亚与年长八岁的安妮·哈瑟维结了婚。这显然是出于迫不得已的情况而仓促完婚，半年之后他们就生下一

个女儿，取名苏珊娜。两年后，他们又添了一对双胞胎，女孩叫朱迪斯，男孩叫哈姆奈特。哈姆奈特死于 1596 年，只活到十一岁，唯有两个女儿后来给莎士比亚送了终。

大约在 1588 年前后，莎士比亚就来到伦敦。他最初在剧院里打杂，演员不足的时候也偶尔登台跑跑龙套，或给演员提提词。后来便开始编写剧本，又成为剧团的股东。到了 1592 年，莎士比亚已在伦敦成了一名颇有名气的剧作家。尽管莎士比亚在伦敦生活了二十多年，但却始终心系故乡。到了 1597 年，他已经积攒起一笔较为可观的收入，便在斯特拉福购置了一处漂亮的房子，这就是人们所说的"新宅"。它是斯特拉福镇上第二大住宅，这座石头建筑的三层楼房一直被莎士比亚的后人保存了七十多年。1602 年，莎士比亚用三百二十英镑在家乡买了一百多亩耕地和二十亩草场。时隔几年，即 1605 年，他又将四百四十英镑投资到什一税上，每年能获得六十英镑的利润。由此可见，莎士比亚把他的青春和健康都奉献在伦敦的舞台和戏剧创作上，却将他在伦敦所得的报酬几乎全都带回了斯特拉福。他和家乡的联系从未间断过。

他大约在 1611 年前后告别了伦敦舞台，重返斯特拉福定居。从此以后，他不再是从伦敦偶尔回一趟故乡，而是难得从斯特拉福上一趟伦敦了。有证据表明，莎士比亚从 1612 年起就居住在他所购置的那座"新宅"里，这座楼房带一个花园，直通美丽的艾汶河畔。在这里，莎士比亚与家人一起过着恬静的市民生活，享受着天伦之乐。不过，莎士比亚的健康每况愈下，以致不得不几次起草、修改他的遗嘱。最后一次修改遗嘱是在 1616 年 3 月 25 日，可见他的健康状况已经越来越糟了。这份遗嘱主要是有关财产的处理问题。

1616 年 4 月 23 日，莎士比亚在故乡与世长辞，享年五十二岁。至于他的死因，并无任何确切的文献记载，但却有一种说法相当流行。据说当时莎士比亚的朋友本·琼森和另一个诗人德雷顿来到斯特拉福看望他，老友聚会，格外高兴，莎士比亚因此多喝了不少酒，不料却由此而酿成了悲剧。

　　莎士比亚的遗体被安葬在斯特拉福教堂的祭坛之下，这是一个生前受到尊崇的人才配享有的殊荣。按照莎士比亚的遗愿，在他的坟墓上覆盖着一块石碑，上边铭刻着这样的诗句：

　　　　看在耶稣的分上，好朋友，

　　　　切莫动底下的这钵黄土！

　　　　让我安息者上天保佑，

　　　　移我尸骨者永受诅咒。

　　这很可能是莎士比亚的家人或朋友写的，他们唯恐那些教堂的司事在时过境迁之后把这位戏剧家的骨骸掘出坟墓，将腾出来的地方用以安葬其他人物。或许正借了这些诗句的吉言，几百年的风风雨雨过去了，时至今日，莎士比亚一直静静地安卧在故乡的这方墓地里，聆听着艾汶河的潺潺低语，感受着家乡的沧桑变化，也接受着一代又一代崇拜者的瞻仰……

　　莎士比亚投身戏剧活动，恐怕也经历了一番艰苦奋斗的过程。传说他最初只是在剧院里做些打杂的工作，比如扫地，看门，给前来看戏的绅士遛马。他的地位逐渐得到提升，在演员不足的时候登台跑跑龙套，或给演员提提词，进而当上了一个演员。当时伦敦有不少剧团，彼此之间的竞争相当激烈。剧团为了提高上座率，节目就需要不断更新，以上演新戏招徕观众。由此想见，剧团为了能够生存下去，对新剧本的需求是何等迫切。正是在这种情况下，莎士比亚开始了戏剧创作活动，并在创作实践中使自己的艺术技巧不断得到提高。

　　到了 1592 年，当时年仅二十八岁的莎士比亚已经成为伦敦戏剧舞台上的"新秀"，使某些权威人士感到了不安。这一年，上面提到的那位罗伯特·格林在临终前撰写了一本小册子，题为《百万的忏悔换取一先令的智慧》，文中告诫自己的同行要提高警惕，注意对付那些演员出身的竞争对手："因为他们当中有一只暴发户式的乌鸦，用我们的羽毛装扮自己，在演员的外衣之下包藏着虎狼之心；他以为像你们之中的佼佼者一样，也会写一手漂亮的无韵诗，而且俨然万能博士似的，自封为国内独一无二的震

莎士比亚纪念像

撼舞台的人物。"

　　虽然格林在这里并未指名道姓，但明眼人不难发现，他所谓"震撼舞台"（shake‑scene）一词，与莎士比亚的姓氏（Shakespeare）在形音方面都十分相近，真可谓一语双关。何况，他所说的"在演员的外衣之下包藏着虎狼之心"，是讽刺性地化用了莎士比亚剧本《亨利六世》下篇第一幕第二场中的一句台词："在女人的外衣之下包藏着虎狼之心"。因此，我们可以很有把握地说，格林的矛头所指正是出身演员的莎士比亚。尽管这位号称"大学才子"的格林态度狂傲，用语刻毒，把莎士比亚骂得一无是处，但这个小册子却是我们了解 1592 年前后莎士比亚真实情况的最有权威的材料。而且，这种谩骂从反面说明了一个事实，即此时的莎士比亚已经在伦敦的戏剧舞台上显露了才华，因而引起了格林等人的警惕和嫉恨。

　　与此事相关的还有一则材料，也足以说明莎士比亚在当时的声誉。格林的小册子是由作家兼出版商亨利·切特尔经手印行的。小册子里的这些

肆无忌惮的言论，引起了戏剧界的不满。为此，切特尔发表了《好心的梦》（1592），为自己的错误表示歉意。按照他的说法，在印行格林的小册子之前，他并不了解莎士比亚。一旦熟悉莎士比亚的为人，便感到他"仪表十分高雅，态度非常可亲，在他所从事的职业中表现得出类拔萃。此外，不少可敬之士都称道他待人接物的直爽风度，这表明他诚实无欺，他的优雅文笔说明他的技巧是多么圆熟"。这一迟到的赞誉，也从一个侧面记录了莎士比亚在戏剧事业上的成功。

正当莎士比亚意气风发地开拓自己的事业时，一场可怕的鼠疫袭击了伦敦。这一场持续将近两年的鼠疫，不仅使伦敦的人口锐减，而且也导致剧院关闭，演员失业。在此期间，莎士比亚也不得不暂时中止戏剧活动，转而从事诗歌创作。他写下两首长诗《维纳斯与阿都尼》、《鲁克丽丝受辱记》，并于1593年和1594年分别出版。这两首长诗都是献给扫桑普顿伯爵（1573—1624）的。这位扫桑普顿是伊丽莎白女王的宠臣爱塞克斯伯爵（1566—1601）的好友，也是一位爱好文艺的青年贵族。

1594年，鼠疫过去之后，伦敦的剧院又重新开张，而且很快形成了两个互相竞争的剧团。这就是著名的"海军大臣剧团"和"宫内大臣剧团"。莎士比亚这次加入了"宫内大臣剧团"，从此终身都在这个剧团效力，成了该剧团的一个主要股东。从1599年起，"宫内大臣剧团"有了固定的演出场所，这就是当时赫赫有名的"环球剧场"。后来，他们又买下了"黑僧剧场"，从此便在两处剧场轮流演出，名声也越来越大。

与此同时，莎士比亚所在的剧团也常常被召进宫廷里去，为伊丽莎白女王演出，深得这位女王的赏识。1603年，詹姆斯一世继位后，对戏剧活动更为醉心，对莎士比亚的剧团也更为器重。1603年5月19日，詹姆斯一世命令掌玺大臣颁发一道诏书，特许"弗莱彻、莎士比亚、伯贝奇……及其同人，自由地演出喜剧、悲剧、历史剧、插剧、道德剧、田园剧以及各类戏剧，以为忠顺公民之娱乐，亦可为吾等之消遣"。这样，原来的"宫内大臣剧团"就成了"国王供奉剧团"。1604年3月15日，詹姆斯一世举行加冕典礼那天，莎士比亚等9名演员参加了典礼游行的行列，每人

都身穿国王赐予的一套红色朝服，而莎士比亚则走在演员队伍的最前列。

至此，莎士比亚在伦敦的戏剧事业可以说达到了巅峰状态，真正成了"独一无二的震撼舞台的人物"。经学者研究确认，在伦敦的二十多年时间里，莎士比亚总共创作了三十七部剧本，其中包括十部历史剧、十四部喜剧、十部悲剧和三部传奇剧。与同时代的戏剧家相比，莎士比亚创作的剧本不仅在数量上遥遥领先，而且在艺术成就上也无与伦比。在世界文学史上，莎士比亚戏剧始终是一座难以企及的高峰。从这个意义上说，当年格林不怀好意的警告，反倒成了一个富有远见的预言，因为莎士比亚的创作不仅震撼了英国文艺复兴时期的戏剧舞台，也震撼了全世界的戏剧舞台。

1594 年伦敦的剧场再度开张之后，剧团进行了重新组合。莎士比亚这次加入了"宫内大臣剧团"，从此终身都在其中从事戏剧活动，并成了剧团的主要股东之一。这是一个合股经营的同人团体，开办股本 7 百英镑，由八个人集资而成。其中，理查德·伯贝奇（1571 — 1619）是当时著名的悲剧演员，威廉·肯普（1564 — 1609）是著名的喜剧演员，约翰·海明（？ — 1630）后来成为剧团的经理。莎士比亚除了作为股东之外，同时还是剧团的演员和编剧。剧团之所以名为"宫内大臣剧团"，是因为当时的宫内大臣汉斯顿是伊丽莎白女王的堂兄弟，他虽然并不向剧团提供经费资助，但以他的地位却能够起到庇护剧团的作用，也可以给剧团提供在宫廷演出的机会，增加它的收入。

由于莎士比亚在剧本创作上的不断推陈出新，他所在的"宫内大臣剧团"逐渐在竞争中赢得了胜利，到伊丽莎白女王统治末期已成为最好的剧团。然而，长期以来，"宫内大臣剧团"却无自己固定的演出场所。他们大多数时间是在詹姆斯·伯贝奇之父所建的"唯一剧场"演出，有时候则在"帷幕剧场"演出，或在泰晤士河南岸的"天鹅剧场"演出。直到1599 年，这个剧团才有了自己的剧场，这就是刚刚落成的位于泰晤士河南岸的"环球剧场"。在此后的 10 多年里，这儿成了莎士比亚从事戏剧活动的中心，他的许多剧本都是在这里上演的。因此，"环球剧场"也就由于跟莎士比亚的戏剧活动有密切联系而闻名于世。

　　莎士比亚所在的"宫内大臣剧团"是由这样三部分人组成的：第一部分人包括在资金方面出力的老演员，担当重要角色和参加管理的人员，他们是剧团中的高级人员，既入股又分利，莎士比亚和伯贝奇等人就属于这一类；第二部分人是剧团的雇佣人员，既不投资也不分利，只是按份额领取工资，他们包括次要演员、乐师、舞台管理者、服装保管者、提示台词者等等；第三部分人是儿童演员，他们在经过训练之后专门扮演女性角色，他们在剧团中为数不多，最多不超过五六人。由于莎士比亚在戏剧创作方面的出色才能，也由于该剧团拥有一批当时最优秀的演员，因此，"环球剧场"在伊丽莎白女王末期便名噪一时。

　　当然，"宫内大臣剧团"不仅在"环球剧场"演出，也时常被召进宫廷里去，为伊丽莎白女王演戏。据当时的文献记载，在伊丽莎白女王生前的最后十年里，这个剧团在宫廷举行御前演出共达三十二次，而其他所有剧团加在一起入宫演出也不过三十三次，由此可见莎士比亚所在的剧团在当时是何等走红了。剧团到宫廷里演出，剧目由女王司礼乐的大臣挑选和审查。演出一般都在晚上进行，在宫内搭起一个特殊的舞台，用蜡烛和火把照明，比在公共剧场演出要华丽堂皇得多，自然也会收到意想不到的效果。对于剧团来说，在宫廷御前演出不仅可以带来经济上的好处，也会给自己增加荣耀，提高声誉。到了詹姆斯一世统治时代，由于这位新近登基的国王对戏剧更加入迷，莎士比亚等人进宫演出的机会就愈加频繁了，他所在的剧团也改名为"国王供奉剧团"。

　　1608 年，莎士比亚所在的"国王供奉剧团"又开辟了一个新的演出场所，这就是位于伦敦城内的"黑僧剧场"。这座剧场因建造在黑僧寺院的地址上而得名。早在 1597 年，伯贝奇家族就买下了这所寺院的一部分，并把它的一座大厅改建成演出用的剧场，租赁给儿童剧团使用。1605 年，儿童剧团由于上演的几出戏招致宫廷不满而失宠，被勒令解散。从 1608 年起，"国王供奉剧团"便进入重新装修过的"黑僧剧场"演出。"黑僧剧场"属于私人的室内剧场，装修比较讲究，使用烛光照明，容量也有限。因此，它的票价也比一般露天剧场要贵一些，观众多为上层人士。从此，

莎士比亚所在的剧团就可以不受天气条件的限制，一年四季都能够演出了，因而也大大增加了收入。

然而，天有不测风云。1613 年 6 月 29 日，"国王供奉剧团"在"环球剧场"首次上演莎士比亚的历史剧《亨利八世》。由于演出时鸣放礼炮不慎，引燃了屋顶上的茅草，把这所赫赫有名的"环球剧场"烧成一片灰烬。如果说《亨利八世》是莎士比亚创作的最后一个剧本的话，那么，这一场大火仿佛具有某种象征意味，它似乎预示着该剧场的主要编剧的创作生涯从此也告一段落。此后，莎士比亚的健康状况每况愈下，1616 年就与世长辞了。

45. 天才诗人非凡的创作人生

tiān cái shī rén fēi fán de chuàng zuò rén shēng

莎士比亚在文学史上的崇高地位，无疑是由他无与伦比的戏剧天才所奠定的。然而，他同时也是英国文艺复兴时期最卓越的诗人之一，受到历代批评家的推崇。

在 1592 年至 1593 年的那场鼠疫袭击伦敦之际，莎士比亚就不得不暂时中止戏剧活动，转而从事诗歌创作。他写下了两首叙事诗《维纳斯与阿都尼》和《鲁克丽丝受辱记》，并于 1593 年和 1594 年分别出版。尽管从今天看来，这两首叙事诗在艺术上还不够成熟，无法与同时代马洛的叙事诗《希洛与里安德》（1593）相比，但却同样受到了当时读者的喜爱，莎士比亚也从此饮誉诗坛。

《维纳斯与阿都尼》取材于古罗马诗人奥维德的《变形记》，讲述了一个优美的神话故事：娇艳的爱神维纳斯钟情于英俊的青年猎手阿都尼，用甜言蜜语向他表白自己的爱慕之情。然而，年轻的阿都尼却不为所动，兴趣全在打猎上。维纳斯强调爱情不仅能给人带来欢乐，而且能使人在后代身上延续自己的生命。但阿都尼指责她对爱情的理解，因为他在维纳斯的激情中看到的只是放纵的情欲。于是，他从维纳斯温柔的怀抱里挣脱出

来，跑回家中。第二天，阿都尼在打猎时被野猪的利牙刺死，维纳斯为此悲痛万分。阿都尼的遗体忽然化作一阵烟雾，从他的血泊中生长出一朵红花。维纳斯摘下花朵，珍藏在自己的怀里，悲伤地驾车飞回了她的仙岛。

显然，这是一首具有时代特征的艳情诗。在莎士比亚笔下，爱神维纳斯是一个充满着七情六欲的女性形象，通体散发着青春的活力和情欲的骚动。她夸耀自己的美貌和风情，也为炽热的情欲进行辩护。而当阿都尼拒绝这种肉体的欢愉，重申爱情是一种理想的圣洁感情时，这一色彩浓丽的艳情诗就变成了哲学辩论，两种不同的爱情观在这里展开了论战。从这个意义上说，《维纳斯与阿都尼》以铺陈、夸张的描写和浓艳、绚丽的风格表达了人文主义者对"爱"与"美"的追求，也透露了伊丽莎白女王时代盛行的享乐主义思潮。

而在《鲁克丽斯受辱记》里，放纵的情欲却受到了严厉的谴责，诗情画意的描写也被一种浓重的悲剧气氛所取代。鲁克丽斯是古罗马将领柯拉廷的妻子，美丽而坚贞，国王的儿子塞克斯特斯·塔昆早就对她萌生了邪念。在国王和柯拉廷率领军队攻打阿狄亚城的战役中，塔昆秘密地离开军营，来到柯拉廷的城堡，受到鲁克丽斯的款待。可是，塔昆却在当天夜里潜入鲁克丽斯的卧室，强暴地奸污了她。鲁克丽斯悲痛欲绝，派信使召回了自己的父亲和丈夫，在向他们揭发了塔昆的罪行，并要求他们立誓为她复仇之后，便猛然举刀自杀。在场的人们目睹了这一惨剧，带着她的尸体来到罗马，向民众控诉了塔昆家族骄奢淫逸的罪恶。罗马人民的愤怒情绪像火山一样爆发了，他们一致同意废黜国王，并将塔昆一家人逐出罗马，从此由执政官掌权。

关于鲁克丽斯的故事，最初见于奥维德的《岁时记》，古罗马历史学家李维也记载过，而莎士比亚的作品则可能直接来源于乔叟等人的长诗。但这首叙事诗的重点还在于铺陈描写和追求音韵之美，情节在这里只是为众多的抒情插曲和哲理议论提供一个契机。虽然莎士比亚力图把鲁克丽斯描绘成忠贞的化身，可是她的形象却显得比较单薄。相比之下，倒是塔昆的性格刻画较有深度，诗人并没有把他写成一个十恶不赦的罪犯，而是细

致描写了他在闯入鲁克丽斯卧室之前的重重疑虑，以及作恶之后的悔恨心情，由此体现了莎士比亚"思想的深度与活力"。

最充分地体现了莎士比亚的诗歌才华的，还是他的《十四行诗集》。这部诗集最初问世于1609年，其中收入了一百五十四首十四行诗。从内容上看，这些十四行诗可以分为两组：从第一到一百二十六首是写给一位美貌的贵族青年的，从第一百二十七到一百五十二首是写给一位黑肤女郎的，最后两首和中间个别几首与上述题材无关。多数学者认为，这些诗作是从1592年至1598年间陆续写成的，因为米尔斯（1565—1647）在他的《机智的宝库》（1598）中，就曾提到莎士比亚的"知心朋友之间传抄的甜美的十四行诗"，可见早在诗集出版之前，它们就已经被人争相传阅了。

在开头十七首诗里，诗人劝说他那位年轻的朋友赶快结婚，以便使他的美在后代身上延续下去。因为青春和美貌不能常在，生命也会随时光的流逝而凋残。当然，战胜时光的另一途径便是艺术，"我的爱在我诗里将万古长青"（第十九首）。此后直到第一百二十六首，继续着诗人对青年朋友的倾诉，但话题和情绪却在不断变化发展着。诗人抒发了对朋友的深切思念，也感叹自己辛酸的身世，因而愈加感到这友情带来的无上安慰（第二十九首）。然而，从第三十三首起，这种友谊被蒙上了一层阴影，青年夺去了诗人的情妇（第四十一首），不久，另一位诗人又得到青年的青睐（第七十八至八十七首）。但这一切都被诗人原谅了，在经过一段时间的分离之后，诗人又回到了朋友的身边（第九十八首）。因为诗人永远忠实于这种友谊，始终对青年心心相印（第一百一十三首）。在第一百二十一至一百二十六首中，诗人表白了自己的内心和人品，并以此回击了那些诽谤之词。

如果说此前的诗篇是用以倾诉友谊的话，那么，从第一百二十七到一百五十二首就完全是写给那位黑肤女郎的。诗人迷恋于她的美貌和风情，尽管明知她并不忠实，暗中与别人相爱，尽管为这种互相欺骗的"爱情"而痛苦，但依然痴迷于她，希望她回心转意："只要你回头来抚慰我的悲啼，我就会祷告神让你从心所欲"（第一百四十三首）。最后，诗人意识到

自己遇到的是双重的背叛，因此而完全绝望，在失恋的痛苦中挣扎，同时悔恨自己有眼无珠，爱错了人（第一百五十二首）。

诗集中提到的那位贵族青年究竟是谁？那位黑肤女郎又是谁？他们与莎士比亚究竟是什么关系？对于这些问题，历代莎士比亚研究专家进行过许多考证，也提出过种种假设，但至今尚未获得普遍认可的定论。可是，这些问题并不重要，重要的还是诗本身。就像古往今来的许多文学作品一样，莎士比亚的十四行诗不仅仅是个人经验的记录，更是文学传统的继承和再创造。因此，对我们来说，解读和欣赏这些脍炙人口的诗篇，远比探究那些人物的身份更为重要。

46. 莎士比亚与"环球剧场"
shā shì bǐ yà yǔ huán qiú jù chǎng

如果说莎士比亚的戏剧创作因 1592 年至 1593 年的伦敦鼠疫而被迫中断的话，那么，到了 1594 年，随着伦敦戏剧活动的逐渐复苏和重新活跃，莎士比亚不仅又重返了戏剧舞台，而且从此大显身手。在此之前莎士比亚的竞争对手，主要是罗伯特·格林（1558 — 1592）、克里斯朵夫·马洛（1564 — 1593）、托马斯·基德（1558 — 1594）、约翰·李利（1554 — 1606）等"大学才子"，此时他们已死去大半，活着的也不再写剧本了，莎士比亚理所当然地成了独步剧坛的走红人物。

1594 年伦敦的剧场再度开张之后，剧团进行了重新组合。莎士比亚这次加入了"宫内大臣剧团"，从此终身都在其中从事戏剧活动，并成了剧团的主要股东之一。这是一个合股经营的同人团体，开办股本 7 百英镑，由八个人集资而成。其中，理查德·伯贝奇（1571 — 1619）是当时著名的悲剧演员，威廉·肯普（1564 — 1609）是著名的喜剧演员，约翰·海明（？ — 1630）后来成为剧团的经理。莎士比亚除了作为股东之外，同时还是剧团的演员和编剧。剧团之所以名为"宫内大臣剧团"，是因为当时的宫内大臣汉斯顿是伊丽莎白女王的堂兄弟，他虽然并不向剧团提供经费

资助，但以他的地位却能够起到庇护剧团的作用，也可以给剧团提供在宫廷演出的机会，增加它的收入。

由于莎士比亚在剧本创作上的不断推陈出新，他所在的"宫内大臣剧团"逐渐在竞争中赢得了胜利，到伊丽莎白女王统治末期已成为最好的剧团。然而，长期以来，"宫内大臣剧团"却无自己固定的演出场所。他们大多数时间是在詹姆斯·伯贝奇之父所建的"唯一剧场"演出，有时候则在"帷幕剧场"演出，或在泰晤士河南岸的"天鹅剧场"演出。直到1599年，这个剧团才有了自己的剧场，这就是刚刚落成的位于泰晤士河南岸的"环球剧场"。在此后的10多年里，这儿成了莎士比亚从事戏剧活动的中心，他的许多剧本都是在这里上演的。因此，"环球剧场"也就由于跟莎士比亚的戏剧活动有密切联系而闻名于世。

建造"环球剧场"的起因，在于原来"唯一剧场"所占的那块地皮租赁期已到，业主不同意续订合同。于是，剧团不得不在泰晤士河南岸另购一块地皮，把"唯一剧场"拆除下来的建筑材料用以修造"环球剧场"。由于建造费用是集资而成的，所以采取了以下的盈利分配方法：其中一半归理查德·伯贝奇，因为被拆除的"唯一剧场"是其父留给他的遗产；另一半由莎士比亚、菲利普、普帕、海明和肯普五人平均分配。换言之，莎士比亚占有百分之十股权。

"环球剧场"为八角形木结构建筑，正厅上空露天，被三层包厢环绕。舞台上有楼台，既可作为《哈姆莱特》剧中的塔使用，也可当作《罗密欧与朱丽叶》剧中的阳台。在剧场的顶楼上竖着一面旗帜，画着古希腊的大力士赫拉克勒斯背负着地球，边上有拉丁文的题词——"全世界是一个舞台"。这一箴言不禁令人想起莎士比亚喜剧《皆大欢喜》中杰奎斯的那段台词："全世界是一个舞台，所有的男男女女不过是一些演员……"正是通过这些标志和题词，突出了"环球"这一名称的含义。或许这也是世界上最早的剧院广告之一。

莎士比亚所在的"宫内大臣剧团"是由这样三部分人组成的：第一部分人包括在资金方面出力的老演员，担当重要角色和参加管理的人员，他

们是剧团中的高级人员，既入股又分利，莎士比亚和伯贝奇等人就属于这一类；第二部分人是剧团的雇佣人员，既不投资也不分利，只是按份额领取工资，他们包括次要演员、乐师、舞台管理者、服装保管者、提示台词者等等；第三部分人是儿童演员，他们在经过训练之后专门扮演女性角色，他们在剧团中为数不多，最多不超过五六人。由于莎士比亚在戏剧创作方面的出色才能，也由于该剧团拥有一批当时最优秀的演员，因此，"环球剧场"在伊丽莎白女王末期便名噪一时。

当然，"宫内大臣剧团"不仅在"环球剧场"演出，也时常被召进宫廷里去，为伊丽莎白女王演戏。据当时的文献记载，在伊丽莎白女王生前的最后十年里，这个剧团在宫廷举行御前演出共达三十二次，而其他所有剧团加在一起入宫演出也不过三十三次，由此可见莎士比亚所在的剧团在当时是何等走红了。剧团到宫廷里演出，剧目由女王司礼乐的大臣挑选和审查。演出一般都在晚上进行，在宫内搭起一个特殊的舞台，用蜡烛和火把照明，比在公共剧场演出要华丽堂皇得多，自然也会收到意想不到的效果。对于剧团来说，在宫廷御前演出不仅可以带来经济上的好处，也会给自己增加荣耀，提高声誉。到了詹姆斯一世统治时代，由于这位新近登基的国王对戏剧更加入迷，莎士比亚等人进宫演出的机会就愈加频繁了，他所在的剧团也改名为"国王供奉剧团"。

1608 年，莎士比亚所在的"国王供奉剧团"又开辟了一个新的演出场所，这就是位于伦敦城内的"黑僧剧场"。这座剧场因建造在黑僧寺院的地址上而得名。早在 1597 年，伯贝奇家族就买下了这所寺院的一部分，并把它的一座大厅改建成演出用的剧场，租赁给儿童剧团使用。1605 年，儿童剧团由于上演的几出戏招致宫廷不满而失宠，被勒令解散。从 1608 年起，"国王供奉剧团"便进入重新装修过的"黑僧剧场"演出。"黑僧剧场"属于私人的室内剧场，装修比较讲究，使用烛光照明，容量也有限。因此，它的票价也比一般露天剧场要贵一些，观众多为上层人士。从此，莎士比亚所在的剧团就可以不受天气条件的限制，一年四季都能够演出了，因而也大大增加了收入。

然而，天有不测风云。1613 年 6 月 29 日，"国王供奉剧团"在"环球剧场"首次上演莎士比亚的历史剧《亨利八世》。由于演出时鸣放礼炮不慎，引燃了屋顶上的茅草，把这所赫赫有名的"环球剧场"烧成一片灰烬。如果说《亨利八世》是莎士比亚创作的最后一个剧本的话，那么，这一场大火仿佛具有某种象征意味，它似乎预示着该剧场的主要编剧的创作生涯从此也告一段落。当然，第二座"环球剧场"很快就在国王的批准下重新开始修建，并于 1614 年再度开张。新建的"环球剧场"兴隆了三十年，在 1644 年再次被毁坏。但这已经是后话，与莎士比亚的戏剧活动没有什么关系了。

47. 莎士比亚作品的手稿和版本
shā shì bǐ yà zuò pǐn de shǒu gǎo hé bǎn běn

正如我们所知，莎士比亚不仅是英国文艺复兴时期最卓越的戏剧家和诗人，也是当时最多产的作家之一。除了尚有争议的若干作品之外，在他二十多年的创作生涯中，总共完成了三十七部剧本，还留下了大量诗作。然而，让后人感到困惑难解的是，为什么如此之多的作品却没有留下一部手稿呢？这的确是一个令人费解的谜，引起了一些研究者的种种猜疑，甚至编造出许多荒诞离奇的故事。不过，如果考虑到当时的客观情况和种种原因，莎士比亚的手稿未能流传后世，就并非是一件不可思议的事情了。

无论是莎士比亚本人，还是他的大多数同时代人，都把戏剧创作看作是雕虫小技，因而对剧本绝不像对诗歌那么重视。莎士比亚生前亲自付印了他的《维纳斯与阿都尼》和《鲁克丽丝受辱记》，并题词将这两首长诗献给扫桑普顿伯爵。可是，对于自己创作的剧本，就远不是这么看重了。他通常写完剧本就卖给了剧团，剧本的手稿也就归剧团所有。他所关心的是舞台演出的效果，而不是剧本的出版发行。可以想见，在这种情况下，莎士比亚当然不会想到去保存自己的手稿。

从另一方面说，当时的出版状况相当混乱，根本不会对作家的手稿给

予重视。为了垄断初演权，凡是正在上演的剧本，剧团都竭力不让出版，以免落入竞争者手中与自己唱对台戏。在当时没有出版法的情况下，出版商就往往采取不正当的手段把剧本弄到手，然后出版以牟取暴利，既不必征得作者的同意，也无需支付稿酬。于是，就出现了许多"盗印本"。一般说来，这些粗制滥造的版本或是通过速记复制而成的，或是靠收买演员凭记忆整理的，因而极不准确，破绽百出。

当然，种种意想不到的天灾人祸更是造成莎士比亚手稿毁于一旦的原因。1613年"环球剧场"的那场大火，不仅将这座建筑化为一片废墟，也极有可能使莎士比亚的手稿遭到灭顶之灾。因为莎士比亚的手稿原本就是卖给剧团，归剧团所有的。此外，莎士比亚的唯一后代即他的外孙女伊丽莎白，也曾经把斯特拉福镇莎士比亚的老宅中她认为没用的东西付之一炬，而被烧毁的东西中也可能包括了莎士比亚的手稿。凡此种种，都令人为之扼惋叹惜。不过，倘若考虑到历史上有许多杰出的文学家都未能留下自己的手稿，那么，莎士比亚手稿的散失也就不算是特殊的例外了。

说到莎士比亚作品的版本，在他生前就有十九种四开本和少数八开本面市。它们包括《泰特斯·安德洛尼克斯》、《亨利六世》（中、下篇）、《理查二世》、《罗密欧与朱丽叶》、《理查三世》、《亨利四世》（上、下篇）、《爱的徒劳》、《威尼斯商人》、《亨利五世》、《驯悍记》、《无事生非》、《仲夏夜之梦》、《温莎的风流娘儿们》、《哈姆莱特》、《李尔王》、《特洛伊罗斯与克瑞西达》、《泰尔亲王配力克里斯》。所谓"四开本"，即把印书的纸张折叠两次，每页是纸张的四分之一。但莎士比亚生前出版的这些四开本质量参差不齐，大多数是错误百出的"盗印本"。因此，20世纪初期的莎士比亚研究者波拉德（1859—1944）把这些四开本分为两类，一类是根据演员的记忆默写整理而成的劣质四开本，另一类则是根据手稿或舞台演出本印成的优质四开本。遗憾的是，那些粗制滥造的"盗印本"占了绝大多数，严重影响了莎士比亚的艺术声誉。

好在不久之后，就出现了一个质量上乘的"第一对开本"，不仅去伪存真，校正了那些"盗印本"的错误，而且收入了莎士比亚生前未曾印行过的其他剧本，使莎士比亚的戏剧作品真实地保存下来。这就是莎士比亚死后七年，即1623年出版的《威廉·莎士比亚的喜剧、历史剧和悲剧集》。"第一对开本"的编辑是莎士比亚的两个朋友约翰·海明（？—1630）和亨利·康德尔（1562—1627），当时著名的戏剧家本·琼森也参与了这项工作。"第一对开本"大约印行了一千二百多本，流传至今的约有二百多本。它的出版，为保存莎士比亚的戏剧遗产作出了不可磨灭的贡献。

约翰·海明和亨利·康德尔收集编辑"第一对开本"是"为了永久纪念如此受人崇敬的朋友和同行莎士比亚"。在"第一对开本"里，共收入莎士比亚的三十六部剧本，除了已出版过四开本的十八部剧本之外，其余的都是莎士比亚生前从未出版的。全部作品并不是按照创作的时间先后排列的，而是按照体裁分类即喜剧、历史剧和悲剧三类编排的。其中没有收入《泰尔亲王配力克里斯》，原因可能是一时尚未找到合适的剧本，后来才加上了这一作品。除了正文之外，"第一对开本"还收入了马丁·德罗肖特（1601—1650）刻制的莎士比亚肖像、本·琼森的序诗《致读者》、海明和康德尔致威廉·赫伯特·帕姆布罗克伯爵和菲力普·赫伯特·蒙哥马利伯爵的献词、海明和康德尔的《致众多读者书》、本·琼森、休·霍兰德等人的纪念莎士比亚诗歌。此外，还有一份莎士比亚剧团主要演员的名单。最后，则标明了出版商威廉·杰加德和伊萨克·杰加德父子的名字。

在《致众多读者书》中，海明和康德尔这样写道："余等认为，设若作者本人活至今日，能目睹自己的作品出版，该有多么称心如意！但命运既然另作了安排，死神使他失去这种可能，余等作为死者之友，纵然物力维艰，还是勉为其难，挑起重担，收集出版死者之剧，其中包括以前遭到歪曲之剧……即使此类剧本，现在也去伪存真，且以焕然一新的面貌完全呈现给诸君过目；同时，这里也将其余剧本全部按作者创作的本来面目一并呈上。莎士比亚模仿自然，并以优美的方式表达自然。他心之所至，笔随意到，脑有所思，便成文章，交印之稿，鲜改一字。"这就清楚地交代

了莎士比亚剧本的出版情况，也说明了他们的编辑校订工作。

"第一对开本"后来在 1632 年、1663 年、1685 年各重印过一次，分别被称为"第二对开本"、"第三对开本"和"第四对开本"。这些重印版本没有独立的权威性，何况它们也都没有署明编辑者。它们区别仅在于：1632 年的"第二对开本"加入了弥尔顿的一首未署名的十四行诗《为尊敬的戏剧诗人威廉·莎士比亚写的墓志铭》，在"第三对开本"和"第四对开本"中也一直保留了这首诗。而在"第三对开本"1664 年第二次印刷时，又增加了《泰尔亲王配力克里斯》和六部伪作。

自从 1685 年的"第四对开本"问世以来，几百年来又出版了各种各样的莎士比亚作品集。其中较重要的版本有：1709 年由尼古拉斯·罗（1674 —1718）编辑出版的八卷八开本；1733 年由刘易斯·西奥博尔德（1688 —1744）编辑出版的七卷八开本；1768 年由爱德华·卡佩尔（1713 —1781）编辑出版的十卷八开本；1790 年由埃德蒙·马隆（1741 —1812）编辑出版的十卷八开本；1866 年由威廉·乔治·克拉克（1821 —1878）等人编辑出版的九卷本《剑桥版莎士比亚全集》；1921 年至 1967 年由阿瑟·奎勒—库奇（1863 —1944）等人合编的《新剑桥版莎士比亚全集》，等等。至于各种版本的详细情况，这里限于篇幅，恕不一一介绍了。

48. 历史的画卷：莎士比亚的历史剧
lì shǐ de huà juǎn：shā shì bǐ yà de lì shǐ jù

莎士比亚的戏剧创作以历史剧为开端，标志着英国文艺复兴时期历史剧创作的最高成就。他的历史剧不仅在质量上卓然超群，而且在数量上也是前无古人。除了那些被划入悲剧的表现历史题材的剧目之外，从严格意义上说，他一生共创作了 10 部以英国编年史为题材的历史剧，这就是《亨利六世》上、中、下篇（1590 —1591）、《理查三世》（1592）、《理查二世》（1595）、《约翰王》（1596）、《亨利四世》上、下篇（1597 —1598）、《亨利五世》（1599）和《亨利八世》（1612）。不难发现，这其中

有九部是莎士比亚在第一创作时期（1590 — 1600）完成的，只有《亨利八世》一剧是他在创作生涯的最后一年与约翰·弗莱彻（1574 — 1625）合写的。

莎士比亚的历史剧主要取材于爱德华·霍尔（1498 — 1547）的《兰开斯特与约克两大显贵家族的联合》，也参考了拉斐尔·霍林希德（？ — 1580）的《英格兰、苏格兰、爱尔兰编年史》。当然，推动莎士比亚从事历史剧创作的根本动力，还是蓬勃的时代精神。在伊丽莎白女王统治时期，社会安定繁荣，民族自信心增强。1588 年英国海军一举击败气焰嚣张的西班牙"无敌舰队"，一时国威大振，举国欢腾，爱国主义情绪空前高涨。一个强大的王权就成为保障国内安定、抵御外来侵扰的象征。在这种情况下，以史为鉴，对民众进行爱国主义教育的历史剧便应运而生。

在莎士比亚创作的十部历史剧中，除了《约翰王》是描写 13 世纪初的约翰因图谋杀害合法的王位继承人而招来内乱外患、《亨利八世》是反映 16 世纪初亨利八世为摆脱罗马天主教廷的控制而展开的尖锐斗争之外，其余八部可以分成两个四部曲。按照剧情所反映的历史年代顺序来说，《理查二世》、《亨利四世》上、下篇和《亨利五世》合成第一个四部曲；《亨利六世》上、中、下篇和《理查三世》合成了第二个四部曲。而从莎士比亚创作的年代顺序来说，则正好倒过来：第二个四部曲创作在先，第一个四部曲创作在后。

且让我们从第一个四部曲说起。作为金雀花王朝的最后一位国王，理查二世（1377 — 1400 年在位）是一个性格软弱、荒淫误国的昏君。他放逐了堂兄弟波林勃洛克，气死了刚特公爵并没收了理应由波林勃洛克继承的一切财产。他每日不理朝政，纵情玩乐挥霍，把英格兰弄得怨声载道，民不聊生。因此，当波林勃洛克发动反叛之时，便一呼百应。波林勃洛克夺取王位成为亨利四世，当年不可一世的理查二世如今沦为可怜的阶下囚。最后，在亨利四世的授意下，理查二世被人杀死在邦弗雷德城堡中。

《亨利四世》上、下篇和《亨利五世》则集中描写了兰开斯特王朝是如何建立和巩固的历史过程。亨利四世（1400 — 1413 年在位）登上国王

宝座之后，由于王位来路不正，终日惶惶不安。各地贵族不断发动叛乱，威胁着王权的稳定。与此同时，哈尔王子不务正业，与一伙市井无赖为伍，也使他忧心忡忡。不料，哈尔王子在关键时刻一改旧辙，随父出征平息了内乱。不久，亨利四世逝世，哈尔王子继位，是为亨利五世（1413—1422年在位）。亨利五世登基后，立即放逐了福斯塔夫一伙，起用贤臣。他遵循先王的遗训，用对外战争解决国内矛盾，战胜了法国，最后娶了法国公主，扩大了英国版图。

《亨利六世》上、中、下篇和《理查三世》构成了莎士比亚历史剧的第二个四部曲。《亨利六世》上篇描写亨利五世逝世后，由年幼的亨利六世（1422—1461年在位）继位，他的叔叔葛罗斯特成为护国公。从此，宫廷内部党派林立，阴谋四起，酝酿着一场危机。与此同时，旷日持久的英法百年战争也日趋激烈。本来，在英军统帅培福和他的副将塔尔博的围攻下，法军已陷入绝境。可是在圣女贞德的鼓舞下，法军又振作起来进行反攻。由于英军将领之间的内讧，培福和塔尔博先后牺牲在战场，英国也最终输掉了这场百年战争。

《亨利六世》中篇以这位国王的结婚为开端，集中描写了宫廷内部派系之间的激烈斗争。当时，宫廷内部存在着三股势力：一是以玛格丽特王后、萨福克公爵为首的王党势力，二是以约克公爵、华列克大将为首的约克派势力，三是以波福主教为代表的教会势力。这三股势力都各怀野心，觊觎王位，相互之间明争暗斗，但却为了干掉护国公葛罗斯特而暂时联合起来。懦弱无能的亨利六世虽然深知葛罗斯特清白无辜，但是慑于奸臣当道，不能主持正义，致使忠诚的葛罗斯特惨遭谋害。此后，约克公爵利用前往爱尔兰镇压平民叛乱的机会，由此拉开了红白玫瑰战争的序幕。

《亨利六世》下篇所描写的玫瑰战争，是发生于1455年至1485年英国封建贵族之间为争夺王位而展开的一场混战。这场战争以亨利六世、玛格丽特王后、萨穆塞特、克列福等人的兰开斯特家族（以红玫瑰为族徽）为一方，以约克公爵、他的儿子爱德华、乔治和理查、华列克等人的约克家族（以白玫瑰为族徽）为另一方，彼此间你争我夺，残酷杀戮。在此期

间，约克公爵虽然被对方杀死，但到了1461年，约克公爵的长子爱德华登上王位，称为爱德华四世（1461—1483年在位）。被废黜的亨利六世被投进塔狱，最后被约克公爵的四子理查杀害。

尽管兰开斯特家族失败了，政权落到了约克家族手中，但是残酷的权力之争并未结束，在约克家族内部又续演了一出争夺王位的流血悲剧。这就是《理查三世》所描写的主要内容。为了夺取王权，约克公爵的四子、"驼子"理查施展种种阴谋诡计，除掉了所有的障碍，甚至不惜杀兄杀侄。在爱德华四世逝世后，这位丑陋、畸形的野心家终于登上国王的宝座，称为"理查三世"（1483—1485年在位）。然而，由于他罪行累累，最后被前来讨伐的里士满伯爵所杀。至此，第二个四部曲所表现的英国历史上最动荡的时期结束了，一个新的时代——都铎王朝开始了它的统治。

莎士比亚历史剧的突出特点是具有史诗般的宏大规模，并具有鲜明的民族特色。它的情节包括各种社会力量之间的冲突，它的人物上至帝王将相，下至平民百姓，包括了形形色色的阶层代表。如果说《亨利六世》上、中、下篇等早期历史剧还存在着过分追求热闹场面、缺乏细致的性格刻画的话，那么在后来的历史剧创作中，莎士比亚不仅成功地塑造了一系列封建君主的典型，而且在表现手段和人物台词上也日趋成熟。这为莎士比亚此后更辉煌的悲剧创作奠定了坚实基础。

发生在1455年至1485年的玫瑰战争，是英国历史上兰开斯特家族与约克家族为了争夺王位而展开的一场混战。到了1461年，兰开斯特家族的亨利六世被推翻，约克家族的长子爱德华登上王位，称为爱德华四世（1461—1483年在位）。被废黜的亨利六世几度被投进伦敦塔监狱，最后被爱德华四世的弟弟、声名狼藉的"驼子"理查所杀害。至此，兰开斯特家族的主要成员已全部死去，英国已成为约克家族的一统天下，爱德华四世似乎可以高枕无忧了。

然而，树欲静而风不止，约克家族的内部又续演了一幕争夺王位的流血悲剧，再次把英国带入恐怖和血泊之中。这就是继《亨利六世》上、中、下篇之后，莎士比亚的另一部历史剧《理查三世》（1592）所描写的

主要内容。尽管这部历史剧也取材于爱德华·霍尔和拉斐尔·霍林希德的编年史，甚至还参考了托马斯·莫尔所写的历史故事，但与前三部戏不同的是，《理查三世》是紧紧围绕着"驼子"理查如何窃取王位而展开的，成功地塑造了一个封建暴君的典型性格，而不是像《亨利六世》那样被大量的历史事件所拖累，致使人物被淹没在繁杂的情节之中。

其实，"驼子"理查的形象早在《亨利六世》下篇中就已经有了一个雏形，而约克家族后来的自相残杀也早就种下了祸根。当初，约克家族与兰开斯特家族争夺王位的时候，约克公爵的四个儿子都上了战场。约克公爵和他的二儿子爱德蒙战死之后，长子爱德华就充当了约克家族的首领，后来又当上了英国国王。三儿子名叫乔治，被封为克莱伦斯公爵。四儿子即"驼子"理查，被封为葛罗斯特公爵。然而，"驼子"理查几乎从小就显出了那种阴险恶毒的天才的苗头，正是凭借这种才能，使他后来采取血腥的手段，登上了英国国王的宝座。

"驼子"理查天生外貌丑陋，身体畸形，脊背高高隆起，两腿一长一短。在如此丑陋的躯壳下，却盘踞着最邪恶的感情和最疯狂的野心。

然而，要夺取王冠又谈何容易？杀死亨利六世和他的儿子，仅仅是他实现野心的第一步。按照封建世袭制度，理查在兄弟中排行最小，前面不仅有老大爱德华四世和老三克莱伦斯，而且还有他们的后嗣，王位距离理查是何等遥远！因此，他只有"不惜用一柄血斧劈开出路"，才能摘取金灿灿的王冠。

"驼子"理查暗算的第一个目标就是他的三哥克莱伦斯公爵，而且采取了借刀杀人的方法。他指使人制造了一个谣言，说是"G"字将会剥夺国王后嗣的王位继承权，而克莱伦斯的名字乔治（George）正是以"G"字打头的。这样，理查便轻而易举地使患病的爱德华四世相信克莱伦斯是一个阴谋篡权者，把他关进了伦敦塔。理查假惺惺地同情克莱伦斯，答应他会千方百计使他获得释放。可怜的克莱伦斯一心盼望着理查来救他出去，怎么也没料到两个恶魔般的刽子手就是理查派来的。消息传来，病入膏肓的爱德华四世痛悔不已，不久便离开了人世。

现在，对于"驼子"理查来说，那梦寐以求的王冠已经胜利在望了。他使出浑身解数，来除掉最后的几个障碍。爱德华四世有两个儿子，在父王驾崩后理应继承王位，理查也虚情假意地跟群臣商议，把两位王子接来加冕。可是，他实际上早已设下了血腥的罗网。他先将两个王子诱骗到伦敦塔中，随后派凶手活活勒死了他们。与此同时，理查又把克莱伦斯的傻儿子关了起来，把他的女儿嫁给了一个穷人。至此，除了伊丽莎白王后和她的女儿之外，整个王室全都被理查斩尽杀绝，王位已经唾手可得。

为了名正言顺地登上国王的宝座，理查一边对公众舆论进行欺骗，一边对大臣中持反对意见的人进行镇压。海斯丁斯勋爵由于积极主张为两个王子早行加冕礼，就被理查砍掉了脑袋，甚至连他的死党和亲信勃金汉公爵，最后也被他杀掉了。"驼子"理查已经变成了一个恶贯满盈的杀人魔王和嗜血成性的刽子手，但同时也变成了一个真正的孤家寡人。因此，他的最后毁灭是不可避免的。当里士满伯爵的正义之师前来讨伐时，尽管他那魔鬼般的勇气丝毫未减，但终究遭到了报应。

莎士比亚笔下的理查三世，不仅是一个嗜血成性的封建暴君，而且他的狡诈与虚伪也是世所罕见的。他口蜜腹剑，两面三刀，分明是一个残忍的恶魔，却又处处假扮成一位虔诚的圣徒。

"驼子"理查是文艺复兴时期文学中一个典型的马基雅维利式的恶棍形象。而所谓马基雅维利主义，就意味着为了猎取权力和财富可以不择手段，可以践踏任何道德准则，干出任何罪恶勾当。

"驼子"理查的卑鄙无耻，在他向绝色美女安夫人求婚的一场戏中得到了最充分的表演。安夫人是亨利六世之子爱德华的遗孀，而理查就是杀害她丈夫和公公的元凶。理查想要把安夫人弄到手，几乎是根本不可能的，因为不仅有深仇大恨，而且他还是一个丑陋畸形的怪物。然而，正是凭着三寸不烂之舌，理查居然无耻地把政治谋杀说成是一场"情杀"，似乎是由于安夫人的天姿国色才促使他杀死了她的丈夫。伪善的理查甚至不惜以"自杀"来表白自己的一片"痴情"。正是这一番花言巧语，化解了安夫人对他的仇恨，而"驼子"理查则不失时机地把戒指套上了她的手

指，征服了这位美貌而柔弱的女性。

在政治舞台上，"驼子"理查同样是卑鄙无耻、极其虚伪的演员。在"用一柄血斧劈开出路"之后，他掩盖起篡权者的狰狞面目，把自己装扮成一个无意于功名的"贤士"。私下里，他唆使勃金汉制造舆论，扬言两个王子并不合法，王位理应由"德高望重"的理查来继承，并鼓动一个"市民请愿团"来请求他出任国王。表面上，面对着将王冠呈献给他的民众，理查却忸怩作态，半推半就，表示自己"自愧无能"、"难孚众望"，只是在众人的一再请求下才勉强允诺。莎士比亚正是以如此高超的戏剧艺术，为我们塑造了一个凶残、伪善、卑鄙、无耻的野心家和阴谋家的典型。

49. 《仲夏夜之梦》与神奇的"爱汁"
zhòng xià yè zhī mèng yǔ shén qí de "ài zhī"

莎士比亚开始尝试喜剧创作的时候，已在历史剧领域有了一点名气，但对于喜剧艺术却还缺乏实践经验。因此，他最初创作的几部喜剧，比如《错误的喜剧》（1592）、《驯悍记》（1593）、《维洛那二绅士》（1594）和《爱的徒劳》（1594），在思想与艺术方面都显得比较肤浅粗糙。直到1595年完成的《仲夏夜之梦》，他才将现实与幻想、严肃与可笑、抒情与幽默完美地结合在一起，从而标志着他的喜剧创作进入了一个成熟的阶段。

《仲夏夜之梦》的背景发生在古希腊的雅典及其郊外的森林里，它的主要情节是由几个年轻人的爱情矛盾构成的。雅典贵族伊吉斯要把他的女儿赫米娅许配给狄米特律斯，可是赫米娅却拒不服从父命，因为她已经爱上了另一个名叫拉山德的青年。于是，伊吉斯来到雅典公爵忒修斯那里控告自己的女儿，忒修斯根据古老的法律，要求赫米娅嫁给狄米特律斯，否则将判她死罪。赫米娅与她的情人拉山德商量一起逃出雅典，并约定晚上在郊外的森林里会面。赫米娅把这一私奔的计划告诉了她的女友海丽娜，可是，她万万没有想到，海丽娜为了讨好自己苦苦追求的狄米特律斯，竟向他透露了这一行动计划。

赫米娅与拉山德约定见面的森林，是仙王奥布朗、仙后提泰妮娅和那些小精灵们时常出没的地方。这天夜晚，皎月当空，仙王和仙后又闹翻了。为了报复骄傲的仙后，仙王命令小精灵迫克去采集一种相思花的汁液，以便趁仙后睡着的时候把这种"爱汁"滴在她的眼皮上，她醒来后第一眼看见什么，就会疯狂地爱上什么。不一会儿，海丽娜跟随狄米特律斯来到了森林，她苦苦地乞求爱情，却遭到了小伙子的粗暴拒绝。仙王深深同情海丽娜的遭遇，便吩咐小精灵迫克把"爱汁"滴在狄米特律斯的眼睛里，促使他爱上这个可怜的姑娘。

真是无巧不成书，赫米娅和拉山德也很快来到了森林里。可是，他们没走多远，赫米娅就累极了，他们便在草地上躺下，很快进入了梦乡。粗心的迫克把拉山德当作了狄米特律斯，往他眼睛里滴了一些小紫花的汁液。恰好海丽娜从这儿走过，拉山德醒来第一眼看见的就是她，于是便撇下原来的情人，反而拼命去追求海丽娜。迫克发现自己的错误后，又急忙在狄米特律斯的眼皮上涂了一些"爱汁"。狄米特律斯第一眼看见的也是海丽娜，也开始对她说起痴情话来。吃惊的海丽娜以为自己受到了嘲弄，跟同样吃惊的赫米娅争吵起来。而狄米特律斯与拉山德则为了争夺海丽娜的爱，准备在树林里决斗。

与此同时，仙王奥布朗也在睡着的仙后提泰妮娅的眼睛里滴了些"爱汁"，并把驴头套在了一个名叫波顿的织工头上。由于花汁的神奇作用，仙后醒来之后第一眼就爱上了这个长着驴头的怪物，让他躺在自己的怀里睡起觉来。仙王见此情景，就嘲笑仙后把爱情滥用在一头毛驴身上。最后，仙王把驴头从织工波顿的头上取了下来，又往仙后的眼睛里涂了些解除魔力的花汁，终于言归于好。

淘气的迫克为了补救过失，让两对情侣都沉入睡梦之中，然后用解药涂在拉山德的眼皮里。这样，等到拉山德醒来后，又重新爱上了赫米娅。而狄米特律斯则依然真心地爱着海丽娜。他们惊奇地发现赫米娅的父亲伊吉斯也来到了森林。当伊吉斯得知这一切后，便不再反对女儿嫁给拉山德，答应他们四天以后可以举行婚礼。看到这两对年轻人的恋爱都得到了

美满的结局，仙王与仙后也感到非常高兴。至于这两对情侣呢，谈起夜里的奇遇，谁也弄不清事情是真正发生过，还是他们都做了一场美妙的仲夏夜之梦。

如果以为莎士比亚创作《威尼斯商人》仅仅是为了迎合当时的排犹情绪，或者认为夏洛克仅仅是一个凶狠的犹太高利贷者，那就大错特错了。莎士比亚戏剧从来都以情节生动、内容丰富而著称，他所塑造的人物性格，即使像夏洛克这样的反面人物，也从来不是单一的、脸谱化的性格。事实上，究竟应当如何看待夏洛克的性格？这始终是莎士比亚评论史上一个争论不休的问题。

的确，作为一个高利贷者，夏洛克既贪婪吝啬，又凶狠残忍。对他来说，聚敛财富是人生的唯一目的和最大乐趣，而放高利贷就成了他发财致富的主要手段。由于安东尼奥借钱给人不取利息，等于砸了他的买卖，夏洛克早就对此怀恨在心。当安东尼奥为了帮助朋友巴萨尼奥成婚，向他借三千块钱时，他表面上慷慨允诺，但却约定如果到期不还，就要从安东尼奥身上割下一磅肉。不料安东尼奥的商船未能如期归来，无法还债，夏洛克立即告上法庭，露出了狰狞凶狠的面目。在法庭上，他随身带来了割肉的刀子，称肉的天平，非要践约割被告身上的一磅肉不可。他还唯恐刀子不快，使劲地在鞋口上磨砺刀锋。这哪里是什么"讨回公道"，分明是要杀人害命！

然而，从另一角度看，夏洛克又是一个受尽侮辱和欺凌的犹太人。基督徒可以在大庭广众面前往他身上吐唾沫，用脚踢他，辱骂他是犹太狗，而屈辱低贱的社会地位使他既不敢反抗，也不敢争辩，只能忍气吞声，至多耸耸肩膀罢了。只有在安东尼奥向他借钱的时候，夏洛克才找到一个发泄怨气、伺机报复的机会。

50. 妙趣无穷的《无事生非》
miào qù wú qióng de wú shì shēng fēi

　　莎士比亚的《无事生非》、《皆大欢喜》和《第十二夜》，曾被人称作
"明媚娇艳的三联喜剧"。而《无事生非》则位于这三部喜剧之首，大约创
作于 1598 年。其中克劳狄奥和希罗的故事，来源于意大利作家马提奥·班
戴洛（1480 — 1562）的短篇小说，但莎士比亚也可能是通过阿里奥斯托
（1474 — 1553）的《疯狂的罗兰》和斯宾塞（1552 — 1599）的《仙后》
而熟悉这一题材的。该剧的其他情节，可能出自莎士比亚本人的创造，然
而正是这些别出心裁的创造，给喜剧增添了无穷的妙趣。

　　且让我们先从《无事生非》的主要情节说起：阿拉贡亲王唐·彼德罗
和他手下的青年将领克劳狄奥、培尼狄克从战场上归来，受到梅西那总督
里奥那托的欢迎。总督的女儿希罗温柔美丽，使克劳狄奥对她一见钟情。
他请亲王出面求婚，总督一口答应，并约定一周后举行婚礼。亲王还突发
奇想，要使贝特丽丝和培尼狄克这一对争强好胜的冤家对头产生爱情。不
料，这时候却发生了一件意想不到的祸事。亲王同父异母的弟弟唐·约翰
是一个阴险毒辣的小人，他出于嫉恨，千方百计地破坏克劳狄奥和希罗的
美满婚姻。他指使自己的仆人波拉契奥与假扮成希罗的女仆玛格莱特在深
夜幽会，又故意让克劳狄奥亲眼看到。克劳狄奥果然误信谗言，在第二天
婚礼上当众羞辱希罗。希罗有口难辩，当场昏倒在地。法兰西斯神父出了
个将计就计的主意，谎称希罗已死，并为她举行了隆重的葬礼。这时候，
唐·约翰的仆人被警官道格培里抓获，事情终于真相大白。面对悔恨不已
的克劳狄奥，总督声称要把自己的侄女嫁给他。可是，当新娘摘下面罩
时，克劳狄奥不禁惊喜万分，原来她就是美丽的希罗。

　　如果《无事生非》的情节仅限于此，那么，尽管它是以"大团圆"结
局的，但仍然缺乏鲜明的喜剧色彩。希罗所蒙受的羞辱虽然对剧情的发展
是必要的，但却破坏了完整的喜剧效果。事实上，《无事生非》之所以具

有艺术生命力，并不在于它的主要情节和主要人物，而在于它所塑造的那些次要人物深深地吸引了我们。正如英国著名批评家柯勒律治（1772 — 1834）在《关于莎士比亚的演讲》中所说的那样，假如该剧"取消了培尼狄克、贝特丽丝、道格培里以及他们对希罗遭遇的关注，还剩下什么呢？"

千真万确，《无事生非》的喜剧性是通过它的次要情节和次要人物表现出来的，尤其是培尼狄克和贝特丽丝的爱情故事给观众留下了最愉快、最深刻的印象。培尼狄克是阿拉贡亲王手下的青年将领，贝特丽丝是梅西那总督的侄女。他们的共同特点是两个人都伶牙俐齿，能言善辩，同时又都生就了争强好胜，不肯让人的脾气。因此，他们仿佛是一对天生的冤家对头，只要一见面就挥舞起唇枪舌剑，非把对方讽刺挖苦一通不可。贝特丽丝更是技高一筹，连培尼狄克也自叹不如："她用一连串恶毒的讥讽，像乱箭似的向我射了过来，我简直变成了一个箭垛啦。"

当然，培尼狄克和贝特丽丝还有一个共同的特点，就是他们都对爱情采取了断然否定的态度，都自以为超然于爱情之上。培尼狄克说，对于女人，"说句老实话，我实在一个也不爱她们。"贝特丽丝也声称："与其叫我听一个男人发誓说他爱我，我宁愿听我的狗向一只乌鸦叫。"尽管他们对爱情的拒绝并不是出于宗教上的禁欲主义，但一个决心终身不娶，一个发誓终身不嫁，态度同样坚定不移。由此想来，要让这一对怨男怨女彼此相爱，结成连理，简直比登天还难！

可是，这部喜剧的无穷妙趣就在于，由于他人善意的愚弄，培尼狄克和贝特丽丝这一对冤家对头居然一往情深地相爱了。培尼狄克本来不相信世间会有忠贞的爱情，但是他偏偏在花园里"偷听"到亲王等人的谈话，得知贝特丽丝深深地爱着他，要是得不到他的爱，贝特丽丝就一定会伤心而死。培尼狄克不禁大为感动，心想："要是我不可怜她，我就是个混蛋。"不管别人如何冷嘲热讽，他都要改变初衷了。贝特丽丝原本确信"哪一个夏天不绿树成荫？哪一个男人不负心？"可是她偏偏也在花园里"偷听"到希罗等人的谈话，得知培尼狄克对她一片痴心，已经到了害相思病的程度。因此，贝特丽丝也不禁脸红耳热，激动地说："再会吧，处女的骄傲！……我要把这颗狂野的心收束起来，呈献在你温情的手里。"

像许多喜剧一样，在《无事生非》中，某些无关紧要的偶然情况和异想天开的恶作剧，对人物的命运起了决定性的作用。这是西方喜剧惯用的手法，但莎士比亚却赋予它以全新的功能。培尼狄克和贝特丽丝虽然是上了别人的当才改变态度的，但细细想来，这不过是剧作家采用喜剧手法表现出来的真实生活。与其说他们是受了别人的愚弄，不如说是生活本身的逻辑跟他们开了个玩笑。爱情本来是美好幸福的，也是任何年轻人所无法回避和抗拒的。即使像培尼狄克和贝特丽丝那样一对自以为超越爱情之上的冤家，到头来还是被爱情的力量所降伏。莎士比亚浪漫喜剧的基本主题就这样再度被点化出来。

当然，与培尼狄克相比，贝特丽丝是这部喜剧中更令人难忘的形象。尽管莎士比亚在喜剧中塑造了为数众多的女性形象，但贝特丽丝依然能够从中突现出来。这是因为她不仅具有与其他女性相同的美丽、善良、机智、正直，而且还具有她们所缺乏的泼辣、风趣、勇敢、刚强。她不乏女性的温柔妩媚，但却格外开朗，只要她在场，戏剧就马上充满了欢声笑语。她能言善辩，简直可以称得上是一位语言天才。比如，当里奥那托说上帝连一个矮脚郎也不会送给她时，贝特丽丝随口应道："谢天谢地！我每天早晚都在跪求上帝，我说主啊！叫我嫁给一个脸上出胡子的丈夫，我是怎么也受不了的，还是让我睡在毛毯里吧！"她就是这样把"胡子"和"毛毯"风趣地联系在了一起。

51. 《皆大欢喜》：亚登森林里的故事
jiē dà huān xǐ: yà dēng sēn lín lǐ de gù shì

从童年时代起，莎士比亚就对森林怀有一种特殊的感情。在他的故乡斯特拉福镇附近，有一片叫作亚登的原始森林，他的父母就出生在那里，这给莎士比亚肯定留下了深刻的印象。所以，在他一生的创作中，曾不止一次地以森林作为戏剧的背景。比如，在《维洛那二绅士》、《仲夏夜之

梦》、《温莎的风流娘儿们》、《雅典的泰门》和《辛白林》里，都出现过森林的场景。不过，没有任何一部戏剧像《皆大欢喜》（1599）那样，赋予森林以如此重要的功能和意义。在这部喜剧中，广袤的亚登森林不仅容纳了几乎所有的情节，为人物提供了活动的天地，而且它本身就象征着一个美好、和谐的理想社会。

在《皆大欢喜》开场不久，莎士比亚就借查尔斯之口向我们介绍了这座传奇般的亚登森林。法兰西某公国的老公爵被他的弟弟弗莱德里克篡夺了爵位，带着他的随从流亡在亚登森林里，"他们在那边度着昔日英国罗宾汉那样的生活。据说每天有许多年轻贵人投奔到他那儿去，逍遥地把时间消磨过去，像是置身在古昔的黄金时代里一样。"这里没有宫廷中的尔虞我诈，也没有尘世间的纷扰喧嚣，有的是自得其乐的淳朴生活和以诚相见的社会关系。老公爵倾听着树木的谈话和溪水的低语，参悟着宇宙的奥秘和人生的真谛，确信"一石之微，也暗寓着教训；每一件事物中间，都可以找到些益处来"。

宁静的亚登森林不仅是老公爵隐遁的场所，也把众多人物吸引到它的怀抱里来。老公爵的独生女罗瑟琳原来被留在宫廷里，但弗莱德里克唯恐她的好名声掩盖了自己女儿西莉娅的贤德，便下令将她驱逐，而西莉娅也自愿与她一起流放。罗瑟琳女扮男装，改名为"盖尼米德"，西莉娅打扮成乡村女孩，改名为"爱莲娜"，一同来到亚登森林，过着牧人的生活。与此同时，一个名叫奥兰多的青年也投奔到了亚登森林。原来，奥兰多的哥哥奥列佛想独占家产，多次阴谋暗害他，迫使他带着老仆人逃进森林。这样，剧中的主要人物都汇聚到了亚登森林，它简直成了一切流亡者无限神往的世外桃源。

如果说在亚登森林里还存在什么矛盾冲突的话，那就只有爱情的纠葛了。美丽、欢快的亚登森林仿佛具有一种不可抗拒的魔力，所有的青年男女只要一投进它的怀抱，立刻就会沉浸在爱河之中，把现实世界中的一切烦恼抛到九霄云外。奥兰多早就对罗瑟琳一见钟情，他来到亚登森林后更是日夜思念着她，把自己所写的爱情诗挂在树上，可是他却不知道罗瑟琳

也在这里，就是那个英俊少年盖尼米德。罗瑟琳也深深地爱着奥兰多，但却偏偏不对他说明真实身份，而是要他把自己当作罗瑟琳，每天到茅屋里来表白心曲，以便治好他的相思病。于是，这一真真假假的谈情说爱，大大增强了爱情的浪漫情趣和传奇色彩。

不仅如此，那位多情的牧女菲必也把罗瑟琳当成了可爱的少年，不顾一切地爱上了她。由此也衬托出牧人西尔维斯对菲必的痴心与忠诚，他仍然一如既往地以"全然的热情，全然的愿望，全然的崇拜、恭顺和尊敬"爱着她。甚至连跟随罗瑟琳和西莉娅来到亚登森林的小丑试金石也一改嘲讽的态度，爱上了傻乎乎的村姑奥德蕾。所有这些插曲的点缀，更给亚登森林平添了欢快的喜庆气氛。

为了进一步突出爱在亚登森林里所具有的强大威力，莎士比亚还给剧中的两个恶人安排了为善所动，为爱所化的转变。出于对仇敌的憎恨，弗莱德里克命令奥列佛必须把奥兰多找回来。奥列佛被迫来到亚登森林，就在他疲惫不堪、睡倒在地的时候，毒蛇猛狮逼近了他。在这紧急关头，奥兰多用高贵的仁爱战胜了仇恨，奋不顾身地冲上去与猛狮搏斗，救出了曾经百般虐待他的哥哥，自己却受了伤。于是，奥列佛良心发现，愿意把父亲留下的遗产全都让给弟弟，自己则打算留在亚登森林里做个牧人，与他所爱的姑娘西莉娅相亲相爱地度过余生。

因此，在临近全剧终了时，有四对年轻恋人一起结成良缘：奥兰多和罗瑟琳、奥列佛和西莉娅、菲必和西尔维斯、试金石和奥德蕾同时举行了婚礼。在喜庆的音乐声中，亚登森林里的所有人都欢天喜地跳起舞来。尤其令人惊喜的是，罗瑟琳脱下男装，重新穿上女人的衣裳，仿佛借助了魔法的力量，转眼之间从一个牧羊少年变成了一位美丽的少女，终于与她的父亲——那位被废黜的老公爵团圆。

这时候，又传来一个可喜的消息：篡权的弗莱德里克自愿退位，把公爵的领土又归还给他。原来，弗莱德里克对于女儿西莉娅的出走十分生气，又听说每天都有许多人到亚登森林去投奔被放逐的公爵，便带兵前来追杀他的哥哥。可是，他刚刚来到亚登森林的边界，就遇见一个年老的隐

士，一番谈话之后就使他幡然悔悟，立地成佛，决定把权位归还给公爵，自己隐退到一个修道院里去安度晚年。于是，在全剧皆大欢喜的尾声中，大家准备跟随公爵回到宫廷里去，同享太平无事、丰衣足食的日子。

显然，与以往创作的喜剧不同，莎士比亚的《皆大欢喜》是以尖锐的冲突开场的。弗莱德里克和奥列佛都奉行极端利己主义的生活准则，横行不法，凶狠无情，竟然在自己家中演出了一幕幕骨肉相残的惨剧。面对这个充满了禽兽般暴行的现实世界，一个年老的仆人亚当悲愤地叹道："唉，这算是一个什么世界，怀德的人会因为他们的德性反遭毒手！"公爵也忧虑地说："可以看到不幸的不只是我们；这个广大的宇宙的舞台上，还有比我们所演出的更悲惨的场面呢。"甚至连天真无邪的罗瑟琳也感叹道："这日常生活的世界充满了多少荆棘！"

或许正是由于有了这个凶恶的现实世界作对比，美丽、宁静的亚登森林才显得格外令人神往。为了抒发人文主义的生活理想，莎士比亚把这座亚登森林描绘成一个自由自在的世外桃源。这里全然没有勾心斗角，尔虞我诈，也没有生活的艰辛和阴影，有的却是自然时序的交替变换、人与人之间的仁爱、友善、坦诚与和谐。因此，亚登森林是莎士比亚心中的理想王国，形象地展现了他对社会与人生的美好向往。

正因为莎士比亚要着重表现他的人文主义理想，因而在《皆大欢喜》中注入了大量理想化的成分，使该剧的真实性有所减弱。应该看到，剧中弗莱德里克和奥列佛的转变显然是缺乏现实基础和违背生活逻辑的，也是难以令人信服的。但莎士比亚出于表现理想的需要，在这部浪漫喜剧中完全按照自己的心愿来安排了故事，突出了仁爱与忠诚的主题。从这个意义上说，尽管以仁爱化解仇恨的思想仅仅是诗人的美好愿望，尽管亚登森林仅仅是一个"乌托邦"式的社会，但这部喜剧却巩固了我们的信念：生活是美好的，让我们每一个人都珍惜它！

52. 无限浪漫的《第十二夜》
wú xiàn làng màn de dì shí èr yè

《第十二夜》大约写作于 1600 年，历来被认为是莎士比亚最优秀的喜剧作品之一。在 19 世纪浪漫主义批评家威廉·赫士列特看来，它是"莎士比亚喜剧中最令人快乐的一部"。20 世纪著名莎评家约翰·曼斯菲尔德也称赞它是"莎士比亚所有喜剧中最欢快、最愉快的一部，也是最优秀的英国喜剧"。

像莎士比亚的许多浪漫喜剧一样，《第十二夜》的情节发生在一个富有传奇色彩的地点，即坐落在亚德里亚海滨的伊利里亚。西巴斯辛和薇奥拉是一对孪生兄妹，在一次航海中遇险，彼此生死不知，却又都各自脱险，先后流落到伊利里亚。薇奥拉女扮男装，改名为西萨里奥，当了公爵奥西诺的侍童。奥西诺当时正热恋着奥丽维娅伯爵小姐，但多次求婚都遭到了拒绝。薇奥拉虽然暗自爱上了奥西诺，但仍然作为他的使者，往来于公爵与小姐之间，替奥西诺向奥丽维娅求婚。出人意料的是，原来发誓不嫁的奥丽维娅却爱上了女扮男装的薇奥拉，于是引起了一系列有趣的误会和风波。

可以想象，无论奥丽维娅怎样表白自己的爱情，都是徒劳的。薇奥拉对奥丽维娅那种热烈的求爱，唯一的答复就是："我永远也不会爱哪一个女人。"可是，有一个向奥丽维娅求婚却遭到拒绝的安德鲁·艾古契克爵士，听说她对公爵的送信人表示了好感，就来向薇奥拉挑战决斗。恰好这时候，有一位名叫安东尼奥的船长路经此地，拔剑相助，替薇奥拉解了围。原来安东尼奥就是在海上救起薇奥拉的哥哥西巴斯辛的恩人，他跟西巴斯辛刚刚到达伊利里亚，西巴斯辛游逛这座城市去了，安东尼奥出来寻找他。由于西巴斯辛与薇奥拉是一对相貌酷似的孪生兄妹，安东尼奥便错把女扮男装的薇奥拉当作了西巴斯辛。然而，安东尼奥曾经在海战中与公爵的舰队交过锋，因此他刚一上场就被警吏认了出来，并把他逮捕了。

安东尼奥刚刚被带走，西巴斯辛就赶到了。那个寻衅挑战的爵士又错把西巴斯辛当成了薇奥拉，于是两个人就拔出剑打了起来。奥丽维娅闻讯赶到，不仅及时阻止了这场决斗，而且还把西巴斯辛请到自己家里盛情款待。显然，奥丽维娅也把西巴斯辛当成了她所热恋的薇奥拉，并且再次向他求婚。西巴斯辛也对奥丽维娅一见钟情，欣然同意了这一婚姻。奥丽维娅生怕他待会儿又变卦，就马上请来神父举行了婚礼。婚礼一结束，西巴斯辛就迫不及待地告辞了奥丽维娅，外出寻找他的朋友安东尼奥去了。

不一会儿，奥西诺就带着薇奥拉前来拜访奥丽维娅。奥丽维娅当众宣布薇奥拉是她的丈夫，这使奥西诺非常愤怒，表示一定要狠狠地惩治他的这个侍童。薇奥拉怎么否认她没有跟奥丽维娅结过婚也不成，因为奥丽维娅已经请出神父来作证了。正在这时候，外出的西巴斯辛回来了，而且把奥丽维娅称作自己的妻子。由于这一对孪生兄妹的重逢，所有的误会也就全部澄清了。奥丽维娅原本固然爱的是薇奥拉，可是如今与她的哥哥西巴斯辛结了婚，也算是纠正了错误。奥西诺固然失去了奥丽维娅，可是薇奥拉既然是一个美丽动人的姑娘，他也就决定娶她为妻。这样，这一对孪生兄妹就在同一天里结成了幸福、美满的婚姻。

《第十二夜》历来被人们公认为是莎士比亚最富有浪漫情调和抒情色彩的一部喜剧。通过薇奥拉、奥西诺、奥丽维娅、西巴斯辛这两对年轻人的爱情纠葛，莎士比亚再次以轻松的喜剧笔调，热烈赞颂了生活之美、爱情之美和人性之美。的确，这些年轻人之间所发生的颠颠倒倒的恋爱，这些错上加错的误会和风波，妙趣横生，引人入胜，不时激起我们纵声大笑。然而，这又是多么纯洁、美好的笑声啊！

喜剧一开场，我们遇见的奥西诺就陷入在单恋中而无法自拔。他如此痴情于美丽的奥丽维娅，然而他的一片深情却得不到应有的回报。往日的郊游、打猎这些男子汉的消遣，如今再也提不起他的兴趣来，一味听着忧伤的情歌消磨时光。对奥西诺来说，除了爱情，其他任何东西都已在他心中变得无足轻重。正如他所说：

爱情的精灵呀！你是多么敏感而活泼；虽然你有海一样的容量，可是无论怎样宝贵的超越的事物，一进入你的范围，便会在顷刻之间失去了它的价值。爱情是这样充满了意象，在一切事物中是最富于幻想的。

在这里，我们看到的是奥西诺对爱情的富有诗意的理解，以及他对这种爱情的真诚向往。因此，他的全部生活都是在热切的期待中度过的。

而我们一开始见到的奥丽维娅，却由于沉浸在失去哥哥的巨大哀伤中，对爱情采取了拒斥的态度。可是，一旦女扮男装的薇奥拉出现在她面前，心灰意冷的奥丽维娅就立刻被爱情所激活了。她不顾社会地位的悬殊和少女的羞涩，大胆表白了自己的爱慕。这样一来，奥丽维娅对薇奥拉的执著追求，就跟薇奥拉代表奥西诺向她求婚的热情不相上下了。虽然奥丽维娅犯了天大的错误，身为女性的薇奥拉不可能接受她的爱，但她所表现出来的一往情深和忠贞不渝，却足以打动每一个人。

薇奥拉显然是这部喜剧的中心人物，因为所有这一切颠三倒四的恋爱都是由她的女扮男装引起的，而且只有她心里才明白错在哪里。问题在于薇奥拉也陷入了情网之中，从内心深处爱上了她的主人奥西诺。但她的爱情具有无私的自我牺牲精神，当奥西诺派她去向奥丽维娅求婚时，虽然这对她是一件痛苦的事，可是她仍然忠实地去执行这一使命。当奥西诺误以为她从中捣乱，破坏了他与奥丽维娅的爱情时，薇奥拉既不申诉，也不辩白，而是甘心情愿地一任自己心爱的人发落："我甘心愿受一千次死罪，只要您心里得到安慰。"薇奥拉无法言明自己的身份，因而也就无法表白自己对奥西诺的爱情。正如她所暗示的那样：

她从来不向别人诉说她的爱情，让隐藏在内心中的阴郁像蓓蕾中的蛀虫一样，侵蚀着她的绯红的脸颊；她因相思而憔悴，疾病和忧愁折磨着她，像是墓碑上刻着"忍耐"的化身，默坐着悲哀微笑。

正是通过对薇奥拉感情世界的揭示，莎士比亚为我们塑造了又一个文艺复兴时期的美丽、聪慧、善良、温柔的女性形象。而薇奥拉的幸福结局，则再一次奏响了生活与人性的热情颂歌。

在《第十二夜》中，诗歌和音乐的成分比以往任何喜剧都明显地增多了，从而使它的抒情气氛得到了前所未有的强化。每当奥西诺、薇奥拉或奥丽维娅要表达某种情感，或是叙述某件事情时，常常运用优美的诗句来抒发心中的感触。与此同时，在悠扬的乐曲伴奏下，不时有人唱起动听的歌谣，赞美着"淳朴的古代的那种爱情的纯洁"。于是，诗歌、音乐等抒情手段便与轻松欢快的喜剧气氛交相辉映，有力地烘托了"各遂所愿"的主题。这不禁使人想到，或许莎士比亚正是运用这种方式在与欢乐告别吧。

53. 爱情的颂歌：《罗密欧与朱丽叶》
ài qíng de sòng gē: luó mì ōu yǔ zhū lì yè

在牛津大学图书馆里，至今仍保存着1623年出版的"第一对开本"的《罗密欧与朱丽叶》。当年，牛津大学的彼德雷恩图书馆将它放在书架最显眼的位置上，以便学生借阅。岂料不久之后，这本书就被人们翻烂了，而其中最破损不堪的部分就是男女主人公相逢和惜别的两场戏。由此可见，莎士比亚的这部早期悲剧（大约写于1595年）在当时受欢迎的程度，也说明了究竟是什么场景深深打动了当年的莘莘学子。当然，它的上演也与阅读有着同样盛况，这可以从1597年、1599年和1609年先后出版的三种"四开本"的卷首说明中得到证实。

《罗密欧与朱丽叶》的情节并不复杂：在意大利维洛那城，蒙太古家族与凯普莱奥家族之间有着世代冤仇。然而，蒙太古之子罗密欧却在一次舞会上遇见凯普莱奥之女朱丽叶，两人一见钟情，互相倾慕。第二天，他们便在劳伦斯神父那里秘密举行了婚礼。可是，罗密欧为替朋友报仇，刺死了朱丽叶的表哥提伯尔特，因此被亲王驱逐出境。而朱丽叶为了反抗父亲强迫她嫁给别人，服用了劳伦斯神父给她的一种迷药，可以假死四十个小时。罗密欧误信传闻，以为朱丽叶已经死去，便匆匆赶回维洛那，在她的墓前服毒自尽。朱丽叶醒来后见此情景，也悲愤地殉情自杀。劳伦斯神父向亲王和两家家长讲述了事情的经过，鉴于封建世仇铸成的这一悲剧，两大家族终于和解。

罗密欧与朱丽叶的故事是以 1303 年发生在维洛那的真人真事为基础的。意大利作家马提奥·班戴洛（1480 — 1562）创作的同名短篇小说（1554），使这个悲惨的爱情故事名闻欧洲。莎士比亚这部悲剧的素材，则主要来源于英国诗人亚瑟·布鲁克（生卒年不详）的长诗《罗密欧与朱丽叶哀史》（1562），以及威廉·佩茵特（1540 — 1594）从法文转译而来的同名故事（1567）。不过，莎士比亚对这些素材做了很大改造，把原来男女主人公历经九个月的恋爱，压缩成五天之内发生的故事，使该剧主题更加突出、鲜明。

正如人们通常所赞誉的那样，《罗密欧与朱丽叶》是一曲青春与爱情的颂歌。著名批评家柯勒律治认为，"莎士比亚有意使《罗密欧与朱丽叶》接近于一首诗"；而另一位莎评家海德尔则称它是一出"甜蜜的爱情剧"，"在一切时间和地点关系上又是传奇、梦和诗"。的确，尽管《罗密欧与朱丽叶》是一部悲剧，但却充满着青春的气息、纯洁的爱情和对生活的美好理想。这与莎士比亚的另外两部爱情悲剧恰好形成鲜明的对比。《奥瑟罗》中的爱情已经蒙上阴影，苔丝狄蒙娜最后竟死在嫉妒的奥瑟罗手中。《安东尼与克莉奥佩特拉》表现的是"黄昏的爱"，而且还掺杂着政治的利害关系。唯独在这部悲剧中，罗密欧与朱丽叶的爱情是纯洁无瑕、美妙和谐的，它不仅超越了生死，战胜了邪恶，而且显示了神奇的感召力量，使封建世仇在顷刻间涣然冰释。

蒙太古家族与凯普莱奥家族之间的血海深仇，虽然在情节中占有重要地位，但却并不是悲剧表现的重心所在。构成悲剧冲突的不是两大家族之间的对抗，而是男女主人公的爱情与两大家族的封建世仇之间的矛盾，是和谐的人文主义精神与冷酷的封建道德之间的冲突，也是新世界与旧世界

之间的较量。莎士比亚正是通过罗密欧与朱丽叶至死不渝的爱情，讴歌了新世界、新人物、新道德，鞭挞了旧世界、旧制度、旧道德。

罗密欧与朱丽叶的爱情之所以可歌可泣，当然不在于它产生于一见钟情，快速升温，而在于它的坚贞不二，情深似海。正如朱丽叶所说的：

> 我的爱像大海一样无边无际，我的爱如此之深，我给你越多，我就越加富有，因为二者都是无穷无尽的。

这并非夸大其词，而是这一对年轻恋人内心感情的真实表达。更重要的是，这坚贞的爱情还给了他们无穷的勇气和力量，足以用来与封建道德礼俗和封建包办婚姻相抗衡，为追求个人尊严和婚姻自主而斗争。

在这方面，或许是出于莎士比亚对女性的偏爱，朱丽叶表现得比罗密欧更勇敢，更坚强，更痴情，也更加义无反顾。在莎士比亚笔下，朱丽叶无疑是文艺复兴时期新型女性的典范，因而在她身上也就汇聚了优秀女性所具有的一切美德——聪慧、忠诚、温柔、坚贞，以及在艰难困苦和生死关头所体现出来的大智大勇与自我牺牲精神。所有这些美好的品质，既表现在她与罗密欧的私下幽会和秘密结婚上，也表现在她巧妙地违抗父母逼婚的行动中，更表现在她无怨无悔地殉情自尽的抉择上。一曲青春与爱情的颂歌，在朱丽叶的果敢行动中达到了最高潮。

莎士比亚的深刻之处在于，他是把人最隐秘的思想感情放在特定的历史背景和社会关系中加以表现的。在罗密欧与朱丽叶的爱情道路上，命运设置了多少障碍，多少难关啊！首先，蒙太古家族与凯普莱奥家族之间的封建世仇，是这一对年轻恋人面对的最大障碍。尽管两大家族当初结怨的原因已经没人能够说清了，但这一封建残余观念却从根本上取消了他们结合的可能性。随后发生的提伯尔特的死亡，更是仇上加仇，直接导致罗密欧被驱逐出境。其次，封建包办婚姻作为一种难以抗拒的旧道德旧习俗，也威胁着这一对恋人的幸福。朱丽叶无法向父母公开她已经与罗密欧秘密结婚，却又承受着父母逼婚的巨大压力。为了逃过这一关，她不得不服药假死，躺到黑暗可怕的祖坟里。正是封建世仇和封建习俗，加上种种阴错

阳差，酿成了罗密欧与朱丽叶的爱情悲剧。

可以说，爱情引导罗密欧与朱丽叶所走的就是这样一条充满坎坷和荆棘的路。从他们接触伊始，欢乐就只是转瞬即逝的插曲，而笼罩在他们心头的始终是越来越重的阴影。即使当他们沉浸在短暂的欢愉之中，也无法驱散忧伤和悲怆的心情。他们在一起共同度过的那个夜晚，既充满真挚的、销魂的欢乐，也笼罩着凄切、哀伤的气氛。何况良宵苦短，东方的曙光接替了朦胧的月色，云雀的晨歌也替换了夜莺的晚唱，幸福的团聚转眼间竟成了令人断肠的离别！

罗密欧与朱丽叶的双双殉情身亡，既体现了他们对生死之恋的坚贞不渝，也是对罪恶的封建世仇和陈腐的封建礼教的血泪控诉。然而，在这一力量悬殊的斗争中，这对年轻恋人却取得了双重的胜利。从现实结果来看，他们的惨死擦亮了两大家族老一代人的眼睛，无谓的世代冤仇得以化解，两家父母终于在付出了沉痛的代价之后，握手言欢，永结和约。从社会道义上看，罗密欧与朱丽叶的牺牲也并非徒劳，他们以年轻的生命捍卫了新的生活准则。这是青春、爱情、和平和博爱原则的胜利，也是人文主义生活理想的胜利。

几百年过去了，《罗密欧与朱丽叶》作为一曲青春与爱情的颂歌，始终受到世界各国人民的深深喜爱。它不仅是世界各国戏剧舞台上久演不衰的精彩剧目，而且也被数十次地搬上银幕。据不完全统计，自从 1916 年《罗密欧与朱丽叶》被拍成无声电影以来，至今已被世界各国拍成二十多部风格各异的影片，是莎士比亚戏剧被制成电影最多的一部。这一题材也极大地吸引了其他门类的艺术家，把它改编成歌剧、交响乐和芭蕾舞剧。这其中包括意大利作曲家贝利尼（1801—1835）和法国作曲家古诺（1818—1893）创作的歌剧、法国作曲家柏辽兹（1803—1869）创作的戏剧交响乐、俄国作曲家柴可夫斯基（1840—1893）创作的幻想序曲，也包括以俄国舞蹈家普罗科菲耶夫（1891—1953）和美国舞蹈家纽梅尔（1942— ）为代表创作的一系列芭蕾舞剧。根据这一悲剧创作而成的美术作品更是不计其数。

54. 说不尽看不够的《哈姆莱特》

shuō bù jìn kàn bù gòu de hā mǔ lái tè

  岁月匆匆，莎士比亚的著名悲剧《哈姆莱特》（1601）已经问世整整四百年了。几个世纪以来，围绕这个剧本所展开的争论从来没有停止过，各种评论和研究论著也可谓汗牛充栋，以致西方有一句谚语："有一千个观众，就有一千个哈姆莱特。"由此可见，一部艺术作品的丰富意蕴，是一个不断积累的过程，是历代读者理解和批评的结果。正是通过读者的不断接受，才赋予《哈姆莱特》以不朽的生命力。

《哈姆莱特》剧照

  《哈姆莱特》这部悲剧写的是：丹麦王子哈姆莱特原在德国维登堡大学求学，因父王暴卒而回国奔丧，不料母亲乔特鲁德又匆匆嫁给了篡夺王位的叔父克劳狄斯。这一连串的打击使哈姆莱特深陷于忧郁和绝望之中。一个深夜，哈姆莱特在城堡守望台上遇见父王的鬼魂，得知了克劳狄斯毒死先王的真相。他当即发誓要替父复仇，同时又不禁感叹："这是一个颠倒混乱的时代，唉，倒霉的我却要负起重整乾坤的责任！"为了掩饰自己

的行动，哈姆莱特开始装疯卖傻，不仅斩断了与奥菲莉娅的恋情，也对克劳狄斯派来的罗森格兰兹和吉尔登斯吞大加嘲讽。

不久，利用剧团进宫演出的机会，哈姆莱特把谋杀情节编成戏剧，请克劳狄斯前来观看。果然，克劳狄斯仓皇退席，证实他就是杀害先王的凶手。然而，当哈姆莱特遇见克劳狄斯独自在忏悔时，却放过了这个复仇的机会。他随后来到母后的寝宫，谴责她做了"情欲的奴隶"。谈话中，哈姆莱特以为克劳狄斯在帷幕后偷听，拔剑猛然刺去，不料却误杀了大臣波洛涅斯。克劳狄斯借此打发哈姆莱特前往英国，同时修密书一封，嘱咐英王杀掉他。哈姆莱特发现了这一阴谋，修改了密书，让护送他的两个人前去送死，自己则跳上海盗船返回丹麦。

哈姆莱特途经墓地，正巧赶上奥菲莉娅的葬礼。原来，这位柔弱的姑娘由于失恋和丧父的双重刺激，精神失常，落水而死。其兄雷欧提斯在克劳狄斯的挑唆下，向哈姆莱特提出比剑决斗，暗中却准备用毒剑、毒酒谋害他的性命。在头两个回合中，哈姆莱特战胜了雷欧提斯，母后一时高兴，饮下了克劳狄斯原本给哈姆莱特预备的毒酒。最后，雷欧提斯用毒剑刺中哈姆莱特，哈姆莱特也用夺来的毒剑刺伤了对方。母后因中毒而死，雷欧提斯也在临终前揭穿了克劳狄斯的罪恶。哈姆莱特拼着最后一点力气刺死了克劳狄斯，自己也中毒身亡。

像莎士比亚通常所做的那样，《哈姆莱特》的故事也是根据前人作品改编的。回顾几百年来有关《哈姆莱特》的评论，探讨哈姆莱特的性格始终是人们关注的焦点。著名德国诗人歌德（1749—1832）把哈姆莱特的行动延宕归咎于他性格上的软弱无能、多愁善感。在歌德看来，作为王室的花朵，哈姆莱特原本就娇嫩柔弱，一旦遭逢父王的意外死亡和母后的匆忙改嫁，就不堪重负而陷入不可救药的绝望之中。

与歌德的看法不同，英国批评家柯勒律治（1772—1834）在《关于莎士比亚的演讲》（1812）中断言："哈姆莱特是勇敢的，也是不怕死的；但是他由于敏感而犹豫不定，由于思考而拖延，精力全花费在作决定上，反而失却了行动的力量。"哈姆莱特并非贪生怕死，但莎士比亚把他置于

一个不得不当机立断的环境里，他却沉溺在思考之中而失去了行动的力量。

歌德当年曾经写过一篇题为《说不尽的莎士比亚》的论文，其实，说不尽的岂止是莎士比亚，说不尽的也是《哈姆莱特》及其评论！据英国学者哈里·列文在《哈姆莱特问题》（1959）一书中的统计，自从1877年以来，几乎每十二天就有一部论《哈姆莱特》的专著出版。然而，鉴往知来，我们可以确信，在未来的岁月里，《哈姆莱特》仍将是一个常说常新的批评话题。

55. "嫉妒的悲剧"：《奥瑟罗》
jí dù de bēi jù：ào sè luó

作为莎士比亚"四大悲剧"之一的《奥瑟罗》，是一部脍炙人口的爱情悲剧。悲剧主人公奥瑟罗是一个历经磨难的摩尔人，全凭着英勇善战而成为威尼斯的军事将领。威尼斯元老勃拉班修的女儿苔丝狄蒙娜倾慕奥瑟罗的勇敢正直，为他所经历的患难而爱他，奥瑟罗也被苔丝狄蒙娜的真情所打动，于是两人私下秘密结婚。气急败坏的勃拉班修告到威尼斯公爵那里，指控奥瑟罗用"妖术"蛊惑了他的女儿，但奥瑟罗和苔丝狄蒙娜都为自己纯洁的爱情而辩护。当时土耳其人正要攻打塞浦路斯，威尼斯公爵便不予追究，派奥瑟罗率军队前去作战，苔丝狄蒙娜也跟随丈夫来到了塞浦路斯。

由于奥瑟罗提拔了年轻的凯西奥为副将，这就引起了另一个军官伊阿古的嫉恨，决意对他们两人进行报复。伊阿古先是设计将凯西奥灌醉并卷入械斗纠纷，使奥瑟罗撤消了他的副将职务。随后，伊阿古一方面怂恿凯西奥去求苔丝狄蒙娜说情，另一方面又向奥瑟罗大进谗言，暗示苔丝狄蒙娜与凯西奥之间有私情。伊阿古还指使他的妻子爱米莉娅从苔丝狄蒙娜那里偷来一块手帕，故意把它落在凯西奥手中。不明真相的奥瑟罗果然听信谗言，把苔丝狄蒙娜杀害。爱米莉娅目睹这一惨剧，揭穿了伊阿古的阴

谋。奥瑟罗痛悔莫及，拔剑自刎，倒在苔丝狄蒙娜身边死去。罪大恶极的伊阿古也遭到了应有的惩罚。

历代批评家一致认为，《奥瑟罗》是莎士比亚戏剧中结构最完美的一部作品。如果说第一幕表现了奥瑟罗与苔丝狄蒙娜为爱情所作的斗争的话，那么，从第二幕开始，全剧就紧紧围绕着伊阿古如何破坏男女主人公的爱情而展开，自始至终保持着高度紧张的气氛，一步步把剧情推向高潮。此外，对莎士比亚时代来说，《奥瑟罗》也是一部不折不扣的当代题材作品，它的题材既不是取自古希腊罗马的历史，也与中世纪无关，而是直接来自文艺复兴时期的意大利。在创作方法上，它既没有描写鬼魂、女巫等超自然因素，也没有表现疯狂、梦游和幻觉等异常的精神状态，而是完全采取了写实的手法。

不过，在奥瑟罗与苔丝狄蒙娜这两个主人公身上，莎士比亚却倾注了他的人文主义生活理想。在他的笔下，奥瑟罗充满着那个时代的冒险精神，冲锋陷阵，英勇善战，同时又有着豪爽、正直、热情、坦率的品质。正是他的冒险经历和英雄气概，深深地打动了苔丝狄蒙娜的芳心，使这位威尼斯元老的女儿敢于冲破封建等级观念和种族歧视观念，大胆违抗父亲的意愿而与他秘密结婚。

正如奥瑟罗在威尼斯公爵面前为自己的爱情申辩时所说："她为了我所经历的种种患难而爱我，我为了她对我所抱的同情而爱她：这就是我的唯一的妖术。"而苔丝狄蒙娜也这样坦诚地表白：

> 我不顾一切跟命运对抗的行动可以代我向世人宣告，我因为爱这摩尔人，所以愿意和他过共同的生活；我的心灵完全为他的高贵的德性所征服；我先认识他那颗心，然后认识他那奇伟的仪表；我已经把我的灵魂和命运一起呈献给他了。

从这个意义上说，奥瑟罗与苔丝狄蒙娜的爱情，完美地体现了人文主义的恋爱观，是建立在心心相印的思想基础上的幸福婚姻，也是人与人之间真诚相待的一个典范。

　　然而，在冷峻严酷的现实生活中，这一纯洁的爱情和真诚的关系却遭到了无情的毁灭。伊阿古是文艺复兴时期一个马基雅弗里式的个人野心家，一个极端利己主义者的典型。用伊阿古自己的话来说，他唯一追求的就是"发展自己的势力"，要"捞足了油水"，一切"只是为了自己的利益"，这就是他的人生哲学。他对奥瑟罗与苔丝狄蒙娜的陷害，主要有两个动机：一是出于对奥瑟罗的种族歧视，以至用"魔鬼"、"老黑羊"、"黑马"、"走江湖的蛮子"等恶毒的语言，发泄他的蔑视和仇恨。二是由于奥瑟罗提拔了凯西奥为自己的副将，使他的野心未能得逞，因而对奥瑟罗和凯西奥怀恨在心，伺机报复。对于伊阿古来说，一旦未能达到自己的目的，就会肆无忌惮地践踏别人的幸福。

　　理解《奥瑟罗》的核心问题在于：尽管伊阿古是制造这场悲剧的罪魁祸首，但他毕竟是假手奥瑟罗来谋杀苔丝狄蒙娜的。那么，究竟是什么促使奥瑟罗偏信伊阿古的挑唆，怀疑苔丝狄蒙娜的忠诚，以致扼杀了她年轻而美丽的生命呢？奥瑟罗究竟是由于嫉妒而杀妻，还是由于轻信而杀妻呢？这是几百年来莎士比亚评论中一个争论不已的问题。

　　大多数批评家认为，奥瑟罗杀死苔丝狄蒙娜的主要原因是出于强烈的嫉妒，因此有的批评家干脆把《奥瑟罗》称为"嫉妒的悲剧"。

56. 《李尔王》与舞台上的暴风雨
lǐ ěr wáng yǔ wǔ tái shàng de bào fēng yǔ

　　对于《李尔王》（1606）的读者或观众来说，再也没有任何场景比剧中的暴风雨场面更加惊心动魄的了。在该剧第三幕中，被两个忤逆不孝的女儿逼疯的李尔王冲向荒野，冲进了狂风暴雨、雷电交加的大自然的怀抱。请听，暴怒的李尔王对着暴怒的苍天这样呼喊：

> 　　吹吧，风啊！胀破了你的脸颊，猛烈地吹吧！你，瀑布一样
> 的倾盆大雨，尽管倒泻下来，浸没了我们的尖塔，淹没了屋顶上

的风标吧！你，思想一样迅速的硫磺的电火，劈碎橡树的巨雷的先驱，烧焦了我的白发的头颅吧！你，震撼一切的霹雳啊，把这生殖繁密的、饱满的地球击平了吧！打碎造物的模型，不要让一颗忘恩负义的人类的种子遗留在世上！

　　显然，这是莎士比亚在舞台上制造的大自然的暴风雨，更是他以巨大的艺术魄力所展示的李尔王内心的暴风雨。仿佛只有凭借如此猛烈的狂风暴雨和雷鸣闪电，才足以扫荡人世间的不平，才足以宣泄李尔王胸中的悲愤之情。

　　的确，在莎士比亚的"四大悲剧"中，《李尔王》历来是以强烈的感情和深刻的哲理而著称于世的。尤其是第三幕中暴风雨的场景，不仅是全剧重要的转折点，也是剧中最富于气势的部分。李尔王的扮演者在此不仅需要表现人物内心的暴风雨，而且也必须在舞台上呼风唤雨，制造出一个大自然的暴风雨。可是在以往时代，演员既不能借助于音乐，也不能借助于布景，而只能靠自己的表演技巧，这就大大增加了演出的难度。

　　《李尔王》的故事来自于一个古老的不列颠传说：李尔王有三个女儿，这就是奥本尼公爵的妻子高纳里尔、康华尔公爵的妻子里根和尚未出嫁的小女儿考狄利娅。由于年老体弱，李尔王决定把国家让给年轻人去治理，于是便把三个女儿叫到跟前，要听听她们是如何爱他的，以便按照她们爱他的程度来分配国土。高纳里尔和里根都用花言巧语骗取了李尔王的信任，唯独考狄利娅真心实意地说，她将按照女儿的本分去爱父王，而把另一半的爱留给自己未来的丈夫。恼怒的李尔王把国土平分给了高纳里尔和里根，而考狄利娅则被剥夺了继承权。前来求婚的法兰西国王看重考狄利娅的为人，于是一无所有的她便远嫁到了法国。

　　退位后的李尔王按原先的约定到高纳里尔和里根家里轮流居住，但是他很快就遭到了嫌弃，两个女儿先是削减他的侍从，又用恶言恶语伤害他，终于把他逼疯。于是，我们就看到了刚才提到的那一幕场景，在那个暴风雨之夜，李尔王冲出女儿的宫廷，奔向了苍茫的荒野。大自然的无情

使李尔王愈加感到人间的不平，他对着苍天大声呼喊，祈求苍天惩罚那两个无情无义的女儿。不久，考狄利娅从法国带兵前来讨伐不义，父女团聚，尽释前嫌。最后，军事上的失利使李尔王和考狄利娅双双被俘，考狄利娅被处死，李尔王抱着她的遗体也悲痛地死去。

与此平行的另一情节是李尔王的大臣葛罗斯特伯爵听信了他的私生子爱德蒙的谗言，放逐了长子爱德伽。后来由于葛罗斯特伯爵同情李尔王的遭遇，被里根和她的丈夫挖去双眼。他在野外流浪时，遇到了早已沦为乞丐的爱德伽，受到他的照顾。奸诈的爱德蒙继承伯爵爵位后，同时与高纳里尔、里根勾搭，两个坏女人又争风吃醋，互相残杀。最后，爱德伽在决斗中杀死了卑鄙的爱德蒙。由于高纳里尔的丈夫奥本尼公爵始终没有参与迫害李尔王，后来继承了不列颠的王位。

《李尔王》的深刻主题在于：它不仅展示了一个动乱社会中的真假善恶，表现了真诚、仁爱的生活准则与冷酷无情的利己主义的冲突，更通过李尔王的改造过程，批判了封建权威观念，肯定了人的真正价值与尊严。由于长期以来处于国王的至尊地位，使李尔王变得刚愎自用和专横暴虐，习惯于别人的奉承和谄媚。当他准备把国土分给女儿的时候，他抱着一种幻想，自以为他即使不当国王，仍然会作为一个老人而受到尊敬和爱戴。但事实并非如此，当他作为一国之君的权势远远大于他的实际价值的时候，他实际上所要求的是别人对他意志的绝对顺从。正是这一封建权威观念导致李尔王不辨真假善恶，在冷酷无情的现实生活中受到了惩罚。地位的一落千丈，女儿的忘恩负义，把李尔王逼得发了疯，只好跑到荒野上与野兽为伍。

由此，让我们重新回到该剧第三幕的暴风雨场景上来。面对荒野上的暴雨雷电，李尔王诅咒两个女儿的忘恩负义，也呵斥大自然的助纣为虐：

尽管轰着吧！尽管吐你的火舌，尽管喷你的雨水吧！雨、风、雷、电，都不是我的女儿，我不责怪你们的无情……所以，随你们的高兴，降下你们可怕的威力来吧，我站在这儿，只是你

们的奴隶，一个可怜的、衰弱的、无力的、遭人贱视的老头子。
可是我仍然要骂你们是卑劣的帮凶，因为你们滥用上天的威力，
帮同两个万恶的女儿来跟我这个白发的老翁作对。

对于李尔王来说，这场铺天盖地的暴风雨不啻是一剂医治重病的猛
药。这使他重新开始认识自己、认识世界，也使他重新辨别了生活中的真
假善恶。不仅如此，饱受风雨袭击之苦的李尔王平生第一次想到了贫苦百
姓的命运。

从这个意义上说，荒野上的暴风雨仿佛是替李尔王举行的一场洗礼，
是他的新生所必须经历的一场痛苦。在这里，大自然的暴风雨与李尔王内
心的暴风雨彼此呼应，以震撼人心的力量揭示了这位封建君主的痛苦的改
造过程。

因此，李尔王的改造过程是这样的：他失去了王位，但却恢复了人
性。他被逼得发了疯，但却换回了对真假善恶的认识。他付出了生命的代
价，但却最终懂得了人世间最可宝贵的是真挚的爱与同情。正如俄国批评
家杜勃罗留波夫在《黑暗的王国》一文中所指出的："开头我们会对这毫
无约束的专制暴君觉得痛恨；可是，随着戏剧的发展，我们却越来越会把
他当作一个人而加以谅解，而到了最后，我们就已经不是对他，而是为了
他，为了整个世界——对那种甚至能够把李尔王这样的人也引到无法无天
的野蛮而无人性的环境，充满着不满和炽烈的憎恶了。"的确，正是通过
李尔王和他女儿的故事，莎士比亚再次伸张了人文主义者的生活理想，鞭
挞了冷酷无情的利己主义。

57. 《麦克白》：莎翁最后一部悲剧

mài kè bái：shā wēng zuì hòu yī bù bēi jù

《麦克白》是莎士比亚"四大悲剧"中的最后一部，也是莎士比亚篇
幅最短的剧本之一。它的主要情节来自于拉斐尔·霍林舍德（？—1580）

的《英格兰与苏格兰编年史》，但莎士比亚却对这段历史作了很大改动，因为他毕竟不是写作历史剧，而是创作一部悲剧。此外，剧本第二幕第二场中的敲门声，可能取自中世纪的一出神秘剧。而剧中女巫的情节，则无疑是参考了当时英国国王詹姆斯一世（1603 — 1625 年在位）所著的《魔鬼学》一书。

《麦克白》一开场，就把观众带入了一种不祥的氛围中。苏格兰大将麦克白和班柯平息叛乱班师回朝，路经荒原时遇见三个女巫。她们预言麦克白将成为考特爵士和苏格兰国王，也预言班柯的子孙将成为苏格兰国王。不久，国王邓肯为了嘉奖麦克白的赫赫战功，果然加封他为考特爵士。女巫的预言应验了一半，这就激起了麦克白更大的野心，野心勃勃的麦克白夫人也极力怂恿他尽快采取行动。于是，趁邓肯前来城堡做客之机，麦克白杀死了国王，并布置假象，嫁祸于人。国王的儿子马尔康和道纳本在震惊之余，一个逃往英格兰，一个逃往爱尔兰。麦克白篡夺王位之后，又派刺客暗杀了班柯，但班柯的儿子却得以逃脱。

阴谋篡权的麦克白仍然深感不安，担心统治难以长久，便再次找到女巫询问。女巫放出的幽灵告诫他要留心贵族麦克德夫，也宽慰他："没有一个妇人所生下的人可以伤害麦克白"，"麦克白永远不会被人打败，除非有一天勃南的树林冲着他向邓西嫩高山移动"。麦克白从此更加肆无忌惮地铲除异己，麦克德夫闻讯后逃往英格兰去投奔马尔康王子。麦克白夫人因恐惧而患了梦游症，最后精神失常而死去。马尔康王子率领英格兰军队前来讨伐，路过勃南森林时让士兵砍下树枝举在前面，以掩盖军队的人数，远远望去就像森林在移动。最后，麦克德夫在交战中声称自己是没有足月剖腹生下来的，麦克白听后顿失勇气，被麦克德夫所杀死。

莎士比亚创作《麦克白》，还与 1606 年英国发生的两件事有关。在剧本第二幕第三场中，喝醉酒的看门人被半夜的敲门声吵醒，一上台就满腹牢骚，抱怨不迭，而他的那些牢骚并非毫无由来，都是针对现实有感而发。那个看门人一开始认定，敲门的死鬼"一定是个囤积粮食的富农，眼看碰上了丰收的年头，就此上了吊"。这显然是指 1606 年小麦丰收后价格

太低，使存有小麦的农民叫苦连天的事实。对于当年的英国观众来说，自然会立即想到当时那些粮食投机商的倒霉情况。

更有意思的是，那个看门人紧接着又骂道："凭着还有一个魔鬼的名字，是谁在那儿？哼，一定是什么讲起话来暧昧含糊的家伙，他会同时站在两方面，一会儿帮着这个骂那个，一会儿帮着那个骂这个；他曾经为了上帝的缘故，干过不少亏心事，可是他那条暧昧含糊的舌头却不能把他送上天堂去。"对于当时的观众来说，这段台词显然是在影射当年发生的火药事件。格奈特神父因为参与了这一事件而受到审判，在审判中，他承认自己对控告者说了谎，并企图借助一语多义的教条来为自己的欺骗辩护。这一事件引起了人们的普遍关注，莎士比亚便信手拈来，写入了他的剧本。

当然，《麦克白》与当时社会现实的联系还不止于此。不少学者指出，在莎士比亚创作的这一悲剧中，不乏恭维和取悦剧团保护人詹姆斯一世的因素。詹姆斯一世出生于 1566 年，原系苏格兰的詹姆斯六世，1603 年继承英格兰王位后，改称为詹姆斯一世。为了标榜自己的神圣家族，詹姆斯一世把他的家族徽号追溯到班柯，一个想象中的 11 世纪苏格兰贵族。当时有一个苏格兰历史学家还写了这一古老的传说，以便给斯图亚特王朝提供一个高贵的祖先。对于莎士比亚来说，新登基的詹姆斯一世既然是剧团的保护人，而他的《麦克白》又是为了宫廷演出而创作的，自然也就不能免俗，便在剧中通过女巫之口，预言班柯的子孙将成为伟大的国王。

更有甚者，《麦克白》一剧中对女巫的描写，也与当时詹姆斯一世所热衷的迷信有关。詹姆斯一世在 1589 年与丹麦的安公主结婚，可是在此之前，他派往丹麦迎亲的船只曾一次又一次遇到海上风暴，被赶回挪威的港口。迷信的詹姆斯一世确信这是女巫在作祟，曾经下令在苏格兰搜捕有巫术的女人，把她们投进监狱并亲自审讯。

然而，描写女巫并不意味着莎士比亚本人痴迷于这一荒唐的迷信，更不意味着《麦克白》是一部古希腊式的命运悲剧，主人公的篡权及其毁灭，仿佛是受了女巫的作弄。事实上，《麦克白》并不是什么命运悲剧，

而是一部典型的莎士比亚的性格悲剧。剧本虽然描写了女巫、鬼魂等超自然因素，也描写了梦游、幻觉等异常的精神状态，但这些因素始终是与人物性格紧密联系在一起的。正如莎评家安·塞·布拉德雷（1851 — 1935）在其《莎士比亚悲剧》中所指出的，麦克白不是在女巫预言的诱惑下才采取行动的，通过谋杀去实现女巫的预言，完全是麦克白自己的欲望。对麦克白来说，女巫的话之所以如此致命，仅仅是因为潜伏在他心中的野心立刻与它发生了共鸣而已。

的确，麦克白曾经是一个功勋卓著的英雄。然而，一旦野心占了上风，走上犯罪道路之后，他就从此失去了内心的宁静。莎士比亚的悲剧集中揭示了麦克白内心善恶的搏斗，刻画了他良心的自我谴责和精神折磨。他不仅杀害了别人的睡眠，也杀害自己的睡眠。从此，他内心的恐怖远胜于实际的恐怖，以至眼前不断出现狂乱的可怕幻象。但是，他既然已经两足深陷于血泊之中，就只能继续涉血前行，以新的血腥手段巩固业已取得的罪恶成果。因此，麦克白的结局不在于被外部力量所打败，而在于野心所导致的犯罪行为使他陷于愈来愈深的绝望和痛苦之中，只能以死亡来解脱精神的自我折磨。正是通过麦克白的悲剧，莎士比亚深刻揭示了个人野心的反人性的实质。

从这个意义上说，虽然《麦克白》一剧的创作与1606年詹姆斯一世统治下的英国社会有着千丝万缕的联系，但它的主题又具有超越时代的深远意义。正像他的其他悲剧和历史剧一样，《麦克白》也鲜明地抒发了莎士比亚的人文主义生活理想，鞭挞了个人主义的野心和利己主义的罪恶。

58. "诗的遗嘱"：传奇剧《暴风雨》
shī de yí zhǔ: chuán qí jù bào fēng yǔ

《暴风雨》是莎士比亚于1610年或1611年创作的一部传奇剧。据当时宫廷《宴乐记事》的记载，它于1611年11月1日（万圣节）首次在詹姆斯一世的王宫里上演。其后，又于1612年12月27日和1613年2月14

日两次在宫廷庆典上演出，并为此而作了修改。这部剧本在莎士比亚生前从未发表过，直到1623年才收入第一对开本印行，并置于卷首。但从此以后，在几乎所有莎士比亚全集的目录表上，都沿袭了这种排序方法，首篇的荣耀位置总是归于不朽的《暴风雨》。

《暴风雨》的故事并不复杂，但却充满着浪漫传奇色彩。普洛斯彼罗原是意大利米兰的公爵，他一心研究魔法，把国事托付给他的弟弟安东尼奥管理。不料安东尼奥野心勃勃，勾结那不勒斯国王阿隆佐篡夺了爵位，并将普洛斯彼罗和他的女儿米兰达放逐在海上。普洛斯彼罗来到一座荒岛，用魔法释放了一群精灵为他服务，又征服了一个名叫凯列班的丑妖怪当他的奴隶。十二年过去了，米兰达已经长成一位美丽的少女。有一天，普洛斯彼罗得知篡权的安东尼奥和阿隆佐乘船经过附近海域，便在精灵爱丽尔的协助下掀起暴风雨，使几个仇人的船只搁浅，并把他们带到了荒岛上。

米兰达见到那不勒斯的腓迪南王子如此英俊，不禁由衷赞叹。而腓迪南王子在荒岛上遇见美貌的米兰达，也以为她是个仙女。于是，一对年轻人就这样一见钟情，倾心相爱了。与此同时，凶狠的安东尼奥则企图煽动西巴斯辛谋害阿隆佐，以篡夺王位，被爱丽尔及时阻止。在荒岛的另一端，凯列班也企图利用船上的膳夫和弄臣谋反，以夺回荒岛，也受到爱丽尔的严厉惩罚。在普洛斯彼罗的指使下，爱丽尔通过可怕的幻景使安东尼奥和阿隆佐幡然悔悟，愿意把篡夺的爵位归还给普洛斯彼罗。最后，全剧在和解的气氛中收场：普洛斯彼罗宽恕了他的仇敌，阿隆佐也同意腓迪南王子娶米兰达为妻。于是，普洛斯彼罗解除魔法，恢复了爱丽尔的自由，与大家一起乘船重返米兰。

莎士比亚的《暴风雨》为我们展示了一个神奇莫测的幻想世界，而它的剧情来源却无从确考。据某些研究者推断，触发莎士比亚创作这部传奇剧的灵感，可能来自当时发生的一件海上冒险事件。1609年，一支满载英国移民的船队驶向弗吉尼亚，在百慕大群岛附近遭遇风暴。船队的旗舰"海上冒险号"在那里触礁，幸好船上的人爬上了附近的荒岛，在岛上忍

饥挨饿坚持了十个月，最后竟奇迹般地得以生还。这一事件在当时引起了巨大轰动，一时广为传播。1610 年，伦敦就陆续出版了有关这一事件报道的五本书，其中最有影响的要数《百慕大发现记，或魔鬼之岛》一书，绘声绘色地描写了这次海上的冒险奇遇。

此外，莎士比亚也可能通过私人交往获悉这一新闻，或是受到其他文学作品的影响。德国作家雅各布·艾勒尔的剧本《美丽的西狄娅》和西班牙作家埃斯拉瓦的小说《冬天的夜晚》，都描写了魔法师和他女儿的故事，至于莎士比亚是否受到它们的启发，则难以确定。更有趣的是，莎士比亚研究专家乔·威·奈特（1897 — 1985）竟然在《暴风雨》与《西游记》之间发现了某种同构现象。比如，孙悟空被五行山压住，后来被唐僧解救出来，而《暴风雨》中的爱丽尔也被妖巫所幽禁，幸亏普洛斯彼罗把他救了出来。孙悟空和爱丽尔都同样神通广大，但却都听命于自己的主人。这当然是一种巧合，因为《西游记》直到 1942 年才被翻译成英文，莎士比亚肯定没有读过这部作品。

长期以来，《暴风雨》被人们誉为莎士比亚的"诗的遗嘱"。一方面，从严格意义上讲，《暴风雨》是莎士比亚创作生涯中的最后一部作品，因为在此之后的历史剧《亨利八世》（1612）并非他独自创作，而是他与约翰·弗莱契（1574 — 1625）合作完成的。另一方面，该剧主人公普洛斯彼罗在剧终时说道：

> 现在我已把我的魔法尽行抛弃，
> 剩余微弱的力量都属于我自己；
> 横在我面前的分明有两条道路，
> 不是终身被符录把我在此幽锢，
> 便是凭借你们的力量重返故廓。

批评家们认为，这是莎士比亚借普洛斯彼罗之口在向他的观众告别。"魔法"指的是他的戏剧，"精灵"指的是他的创作灵感。因此，这段话的意思无非是表示莎士比亚决意从此不再写戏演剧，准备离开伦敦舞台，重返他的故乡斯特拉福。这岂不是"诗的遗嘱"吗？

从思想内容来看，《暴风雨》也是莎士比亚后期创作中最充分、最鲜明地体现了人文主义理想的一部作品。在这部传奇剧中，莎士比亚在青年一代身上寄托了他对未来的美好希望，也具体描绘了他心目中的理想王国。在他看来，如果说老一代人里不乏自私、邪恶之徒的话，那么，青年一代却是纯洁善良、朝气蓬勃的，而米兰达和腓迪南就是他们的优秀代表。

然而，由于缺乏现实的基础，在传奇剧《暴风雨》中，莎士比亚的人文主义理想已化作虚无缥缈的幻想。普洛斯彼罗利用魔法掀起一场暴风雨，让安东尼奥和阿隆佐等人饱受风浪之苦，目的是以此来启发他们的天良。最后，他又指使爱丽尔通过可怕的幻景，来引导他们幡然悔悟，痛改前非。尽管我们已经看到，即使在船只触礁，登上荒岛的短暂时刻，安东尼奥、阿隆佐、西巴斯辛等人也没有放弃勾心斗角、相互谋杀的罪恶企图，但普洛斯彼罗始终抱着仁慈和宽恕的态度。这是因为莎士比亚相信，人终究是善良美好的，科学与道德具有非凡的力量，和善必将战胜邪恶，从而使人类不断走向光明、美好的明天。

从这个意义上说，传奇剧《暴风雨》的确是莎士比亚留给人们的一阕"诗的遗嘱"。

59. 《人性各异》与"气质论"
rén xìng gè yì yǔ qì zhì lùn

琼森与文艺复兴时期许多英国剧作家的一个明显不同，那就是他非常重视戏剧理论的探讨。他接受并创建了一种所谓的"气质"理论。这种气质理论，最早是由希腊著名医生希波克拉底提出来的。他认为，人的食物由"土、水、气、火"四种要素组成，这些食物进入人体，经过胃消化进入肝脏后，就化成四种液体——血液、黏液、黄胆汁、黑胆汁，它们又分别代表了忧郁、冷淡、热情、愤怒四种癖性。在正常的情况下，这四种液

体的比例相应，人的情绪就相对稳定。然而，当其中的某种液体比例偏高的时候，人的情绪就会波动，人就会形成某种特定的气质，如多疑、嫉妒、胆怯、贪婪等等。琼森把自己创作的目标，就放在探讨人的"气质"上面，他的讽刺喜剧所嘲讽挖苦的，正是那些具有特殊气质的人。

1598 年，琼森首次推出了他的剧本《人性互异》。在这个剧本的序言中，他对"Humour"这个词做了说明："当一个人被某种特性所控制，以至于他的情绪、精神和力量都被引向某一特定的方向，那么，这种特性就可以被称为'气质'。"《人性互异》就是在为他的"气质"理论做图解。该剧的情节很简单：一个叫基特莱的商人新婚不久，有一个贤惠的妻子。但他却由于那种"多疑"的气质，总是担心妻子不忠，给他戴绿帽子。他有这样的独白："他们会说我嫉妒，因为我的妻子漂亮，我又刚刚结婚，我的妹妹还借住在此，她还是个处女！——咳，他们肯定会这样说的"。早餐时，他推说头痛而没有和夫人妹妹共同进餐。妻子劝他不要在外面站着，以免他得病。没料到"病"这个词，却引发他一大段的感慨：

> 新的疾病！我不知道是新病还是老病，
> 但对凡人来说这可谓是一大瘟疫。
> 因为就像传染病一样，它侵袭着三大脑室。
> 首先，它开始全力干扰人的想象，
> 使其充满了一股邪恶之气，
> 人很快就丧失了判断的能力。
> 然后，像病毒一样，它又转向记忆，
> 而受到感染的部位又相互影响，
> 就像是一股稀薄的雾气
> 在混乱中延伸到每一个敏感的部位，
> 直到头脑中的每一个念头
> 都无法摆脱这种黑色的毒气——猜疑。

这个被"猜疑"所折磨的基特莱，于是闹出了一个又一个的笑话：因

生意不得不离家两小时的他，事先安排好人监视妻子；当他听说要来的客人中有一个绅士一般的年轻人爱德华先生时，马上认定妻子已经背叛了他，那个年轻人肯定是她的情人。剧中的另外一条线索，就是围绕这个爱德华先生而展开的。爱德华本来文静儒雅，纯洁聪慧，可他的父亲却总是担心社会恶习会污染他，把他变坏。他对儿子总是不放心，事事均要过问一下。有一天，小爱德华的一封来信被父亲私拆了，信中邀小爱德华出去幽会，所以，老爱德华决定要暗中尾随，看个究竟。他家的仆人把这件事告诉了小爱德华，小爱德华决定利用这件事，好好地教训一下父亲。一系列的误会直到法官大人面前，才真相大白。小爱德华并没有学坏，他只是与基特莱的妹妹相爱并订了婚，基特莱的夫人也是清白忠贞的。在这场令人啼笑皆非的闹剧中，琼森贯彻了他的"气质"理论。虽然这种为"气质"所决定的性格不免有些僵化，使剧本减色不少，但在嘲笑恶习方面，《人性互异》还是独具特色的。

《人性互异》之后，琼森很快就写出了它的姊妹篇《人各有其癖》（1600）。但这是一次不很成功的尝试。他以"三一律"来从事喜剧创作，给戏剧中的人物加上了三个角色。作为专事批评的合唱队，猛烈抨击清教徒是"以宗教作外衣，头发剪得比自己眉头还短"，还大肆地嘲弄那些破坏了"三一律"的学者。

本·琼森在戏剧创作中，除了"气质"理论外，还有一些独到的主张，其中最突出的是他对遵循"三一律"的强调。他在评论李利的《恩底弥翁》时说："让一个现在仍在襁褓中的婴儿，在一瞬间变成老态龙钟的老人，跨越六十年的时间，或者凭借三把锈剑和音步不全的诗句来描述约克和兰开斯特王朝的争端"。他还指出，创作讽刺喜剧所要遵循的原则：写普通人的"一言一行一举一动"，"用以展现时代的缩影，鞭挞人的愚昧而不是罪恶。"此外，在一些戏剧的前言中，他还强调了戏剧的寓教于乐的功能。琼森在戏剧理论上的探讨，为英国的古典主义戏剧奠定了基础。

60. 《狐狸》与《安静的女人》

hú lí yǔ ān jìng de nǚ rén

　　本·琼森（1572 — 1637）是英国文艺复兴后期英国剧坛上极有影响的一个剧作家。虽然比莎士比亚晚 8 年出生，但他的剧作似乎在当时较莎士比亚更具影响力，在他的名字后面加上"戏剧家、桂冠诗人、假面具作家，学者"等一串头衔，并不为过。与莎士比亚在斯特拉福小镇寂寞地告别人世相比，琼森的逝世具有轰动效应。他被葬在只有杰出诗人才有资格进入的威斯敏斯特教堂的"诗人角"。他的一群崇拜者把他称为"圣者本"，自称为"本的儿子们"。所不同的是，莎士比亚身后异彩照人，而本·琼森在逝世后却暗淡无光，备受冷淡。

　　本·琼森是一个遗腹子。母亲的第一任丈夫是郡长，但第二任丈夫却是一位泥水匠。琼森幼时家境拮据，日子维艰。在一些善良朋友的帮助下，琼森才到威斯敏斯特学校读书。幸运的是，他在那里遇到了学者卡姆登，对古典文学产生了浓厚的兴趣，后来他又在剑桥大学度过了一段时光。后来，为生计所迫，他离开了校园，和继父一起做上了泥水匠。整整七年时光，他一边搬运砖头，一边构思他的诗篇，辛勤的汗水和诗的情思掺合在一起。当时，正好赶上征兵，他走上了战场。他在自传中说，他打仗就如同砌墙一样灵活，杀过人，掠过财。

　　1592 年，他回到伦敦，选择了演员的职业，并结了婚，生了很多子女，其中有至少三个夭折了。他与妻子之间并不和睦，甚至还分居五年，破镜重圆后也只是表面和谐。他成了一个生活中和舞台上的真正演员。

　　1597 年，他与人合编了一部剧本《狗岛》。枢密院在审查时，将该剧视为"富有煽动性和污蔑性的事件"，戏被停演，剧场也被关闭，本·琼森因逃跑不及时而第一次身陷囹圄。同年，他出狱后加入了莎士比亚所在的剧团。

　　一年后，本·琼森独立完成了第一部喜剧《人性互异》。他力图在这部剧中用自己所创造的人物，对他所信服的那种"气质论"进行图解。虽然这种"气质论"使人物性格显得僵化，使剧本减色不少，但在嘲笑恶习这一方面，剧本仍是富于特色。

《人性互异》搬上舞台时，演员的名单中就有莎士比亚。剧本很快被观众接受，本·琼森的生活也为之改观。他充满了信心，以诗人自居，与贵族谈话也不再卑躬屈膝。"多血的气质"使他尝到了坦率和粗俗幽默的乐趣，也使他变得风流倜傥。说自己"宁愿有位淫荡的太太，也不愿有个羞答答的主妇"。

成名了的琼森放弃了表演的职业，专事写作。

本·琼森讽刺喜剧创作的成熟期是在 1606 年。《狐狸》的上演就是一个重要的标志。从此，他开始将自己所擅长的讽刺手法发挥到了极致，尤其是喜欢嘲弄当时伦敦猖獗一时的贪财之风。这不仅在《狐狸》中，而且在稍后的《安静的女人》之中，也贯彻了这一主题。

《狐狸》的背景虽然发生在意大利的威尼斯，但所讲述的故事都是琼森编造出来的。其中的人物都采用了动物的名字作为外号，如狐狸指伏尔蓬涅，苍蝇指莫斯卡，渡鸦指沃尔特，秃鹫指科维诺，乌鸦指余巴休，这是中世纪动物寓言诗所惯用的一种手法。

剧中的主人公伏尔蓬涅是一个富有的老人，他唯一感兴趣的就是金钱。他刚出场时，就对着藏在密室中的金钱珠宝高声独白：

> 早晨好，新的一天；早晨好，我的金子。
>
> 打开我的神龛，让我朝见我的圣人。
>
> 欢呼吧，世界的灵魂，同时也是我的。
>
> 万物滋生的大地希望看到盼望已久的太阳
>
> 从白羊星座的方向慢慢升起，
>
> 但我却更乐意看到你的光辉压过太阳的光芒。
>
> ……
>
> 啊，炼金士手中金石的儿子，

你比你的父亲更加光彩夺目，

让我满怀敬意地给你一个吻，

以及这座圣殿中每一件无价的宝藏。

……

亲爱的圣人——财富，

你默默无言，却教人说话，

你一动不动，却指使人干出各种勾当。

你是灵魂的代价，

有了你，地狱也变成了天堂。

这段声情并茂的文字，很容易使人把他和《威尼斯商人》中的夏洛克联系起来。人的欲望总会恶性膨胀，狐狸伏尔蓬涅并不满足于守着这堆财富老去，他还希望通过自己的运作将其更大的增值，他的快乐也只有在他猎取财富时才会到来。因为狐狸没有子女作为直接继承人，所以许多心怀叵测的人都天天围在他的身边，送东送西，希望讨得他的欢心，将来在他立遗嘱的时候成为财产继承人。秃鹫、乌鸦、渡鸦这几个专吃死人的鸟，正是其中最热情的几个。他们都想吃独食，而决不愿意和别人分享这份遗产，这正好为莫斯卡所利用。他们互相使坏，勾心头角，却都把莫斯卡当成知心朋友。

渡鸦沃尔特是一位律师。他为了继承财产，竟忘记了自己的身份，知法犯法，在法庭里堂而皇之地出示伪证。乌鸦科尔巴休是一位老朽，行将就木，他最大的期望就是狐狸死在他前面。在苍蝇莫斯卡的怂恿下，他竟然取消了自己儿子的继承权，与狐狸作交换。秃鹫科维诺是一个商人，当莫斯卡告诉他狐狸病了，需要一个女人的肉体治病的时候，他毫不犹豫地就把自己的娇妻塞莉亚献给狐狸。而在此之前，他生怕塞莉亚与别人偷情，整天把她关在家里，甚至从窗子向外望一望都会遭到他的斥责。

剧本第三幕第七场是一个高潮：苍蝇在大街上遇到了乌鸦的儿子布纳瑞尔，把父亲要剥夺他继承权的事告诉了他，并答应他可以把他偷偷带入

狐狸的卧室，让他亲耳听到乌鸦和狐狸的肮脏交易。布纳瑞尔刚安顿好，秃鹫科维诺就谎称狐狸家有一个宴会，将妻子塞莉亚骗进了狐狸的卧室，并将真相告诉了她。但这一次，对他唯命是从的塞莉亚却表现得异常坚决，死也不愿意进行这次肮脏的交易，出卖自己的肉体。气急败坏的秃鹫将她丢给了狐狸，自己锁上房门扬长而去。这时，躺在床上装病的狐狸来了精神，他一面扑向塞莉亚，一面淫邪地说：

> 我的塞莉亚，过来呀，
> 在我们还有精力的时候
> 一起来体验做爱的欢乐。
> 时光不会为我们而停留，
> 它最终会割断我们的幸福，
> 不要白白浪费爱赋予我们的一切。
> 落下的太阳还会升起，
> 而我们一旦失去生命之光——爱
> 就会永远地埋葬在黑暗之中。
> 为什么要推迟我们的欢乐？
> 名声和流言蜚语只不过是孩子的把戏。

然而，狐狸的规劝对塞莉亚并没有起作用，情急之中他只好动粗。就在这个关键时刻，一直藏在屋里的布纳瑞尔站了出来，从狐狸那里救下了纯真的塞莉亚。

莫斯卡长袖善舞，事情到了法庭之上，渡鸦用他的三寸不烂之舌，居然使大家相信布纳瑞尔是一个不孝之子，而塞莉亚是一个不要脸的娼妓。事后，狐狸并不收敛，为了继续拿别人取笑，他竟然让莫斯卡散布消息，说他已经死了，并写了一份遗嘱，把他的全部财产留给莫斯卡。这正中了莫斯卡下怀，他假戏真演，将主人狐狸告上了法庭。无奈之下，狐狸只好剥下伪装，讲出了事情的真相。善恶有报，剧的最后是苍蝇莫斯卡被当众鞭打后，终生监禁；狐狸伏尔蓬涅全部财产被没收，关入监牢去等死期；

渡鸦沃尔特被取消律师资格，并流放边疆；乌鸦斯尔马休全部财产交给儿子布纳瑞尔；秃鹫科维诺奉命把妻子送回娘家，并赔上三倍的陪嫁。

结局虽然天遂人愿，恶人受到了惩罚，正义也得以伸张。然而，观众却似乎并不感到满足。人们还在思考那些无辜的人如塞莉亚、布纳瑞尔的结局。现实的世界里，好人好报的例子并不是常见的。所以，琼森也并没有过分夸饰他们结局的美好，这应该是成熟的一种表现。

如果说《狐狸》这个喜剧给人以压抑的话，那么，琼森在1609年完成的《安静的女人》则是一个轻松愉快的剧目。该剧的主题尽管仍然是财产继承权的纠葛，但已不似《狐狸》那样让人感到抑郁。老光棍莫罗斯攒了一辈子钱，可惜却没攒到一儿半女，只有一个侄子多尔菲在身边。可是，他总是疑心人家捉弄他，所以下定决心要娶妻生子，断了多尔菲继承财产的非分之想。莫罗斯有一个怪病，特别怕声，在托一个剃头匠卡特比德尔为他做媒时，他提出的唯一条件就是对方要是一个安静的女人。过了半年多，剃头匠终于找来了一个合适的"女子"。相亲时，莫罗斯看见这个叫埃泼辛的女子，并没有什么特别的反应。等到女人在他耳边嘀咕了几句之后，莫罗斯才高兴地点头表示满意。没想到婚礼之后，埃泼辛却变了一个人似的，伶牙俐齿能说会道，专门拿莫罗斯撒气。还结交了一伙风流女子，整日将家里闹得乱哄哄。莫罗斯最后无奈，只好求侄儿多尔菲帮忙要将埃泼辛赶走，什么条件都行，只是越快越好。最后叔侄两人商定，在莫罗斯有生之年每年供给多尔菲五百英镑，死后财产都给多尔菲。莫罗斯在合约上签了字，多尔菲突然掀去了埃泼辛的假发，原来他是多尔菲专门训练过的一个男孩。

这个剧本也可以说是一部风俗喜剧。剧中的冲突并不是不能解决的矛盾，而在矛盾解决的过程中，人的不良性格又得到了校正，没有丝毫的悲剧色彩。所以，后来的文学评论家将它称为"情节最完美的剧本"。

从《狐狸》到《安静的女人》，琼森在喜剧的创作道路上日趋走向了成熟，为他后来创作《炼金术士》打下了很好的基础。

61. 《炼金术士》的"诓骗"主题

liàn jīn shù shì de kuāng piàn zhǔ tí

有血有肉的人谁都难免对生活有所期望，一个欲望满足之后就会有几个欲望跳出来。从积极的意义上说，欲望的确是一种不错的东西，它使人类如西西弗斯一样不知疲倦地为之拼搏，于是文明得以演进；可是从另一方面看，欲望就是一个魔鬼，被欲望控制的人就像中了魔一样不能自抑，这正是世界上为什么总是有骗人的人和被骗的人的一个根本原因。作为喜剧作家的本·琼森在研究人的本性时绝不会放过这样一个主题，1610年，他以"诓骗"为主题的讽刺喜剧《炼金术士》上演之后获得了前所未有的成功，人们一致公认是他最好的剧本。

要解读这个剧本，首先必须了解一下所谓的"炼金术"。前面我们曾提到，琼森还是一个学者，也许从这个很专业的"炼金术"领域里，我们能找到这样评价他的原委。

16世纪初，哥白尼发表了地动学说之后，人们对自然对宇宙的观念开始逐渐改变，通过实验认识自然发家致富的理想也被很多人接受。"炼金术"在欧洲大陆达到了发展的全盛时期就是一个标志。在琼森生活的时代，炼金术在英国流传很广，甚至一度得到了宫廷的重视和支持。在当时人的眼中，炼金术士决不仅仅是一个炼金专家，一个化学家，而且是一个哲学家，一个神秘主义者。炼金术的核心是寻找点金石，对于相信炼金术的人来说，点金石的功能不仅仅是点石成金。他们认为，所有的金属如果不是有杂质的话，都可以成为金子——世界之最纯洁的东西。点金石本身是一种极纯的物质，因它可以除去杂质，转化世上一切不纯正的东西。因此，在这些人的眼里，点金石是万能的，它甚至可以使人长生不老。当然，在寻找点金石的人群中，也有很多人是骗子。他们有两种命运，要么骗术高强成为富豪，要么就是藏不住尾巴的狐狸，被关进大牢或被受害者活活烧死。尽管如此，在欲望的驱使下，还总是有人愿意铤而走险。琼森

就给我们塑造了这样几个"炼金术士"——骗子。

故事发生在伦敦住宅区的一座普通的院落里。当时伦敦发生了瘟疫，房东拉夫威特为逃避灾难离城去了乡村，把房子交给了他的管家杰瑞米照料。而大胆的杰瑞米却把房子租给了一个叫萨托尔的炼金术士，再加上一个名叫多尔的妓女，三个人在这座房子里导演了一出出骗局。萨托尔是个老练的江湖骗子，对自己从事的行当很精通。从炼金术的历史到它的理论与实践也无所不知，讲起话来满口都是关于炼金术的专业术语。他的专业，他的诚恳，让人很难不为之信服。帮凶杰瑞米虽不懂炼金术，但对人的本性却很有研究。他懂得那些登门求教的人的心理，善于投其所好，利用对方的弱点。他是一个很称职的"托儿"，一会他变成了炼金术士的徒弟，一会又成了"船长"。他通晓"变脸"绝技，面孔可依需要而变来变去。

他们的黑店开张后，自投罗网的人络绎不绝。他们为客人们提供各种千奇百怪的服务，但其实际业务只有一个，就是诓骗。剧中重点写了八个光顾黑店的常客。他们各具性格，栩栩如生：小职员达珀先想从炼金术士里得到神明的指点，以便在赌场和赛马中获胜，后来他又企图和仙女国的女王见上一面。紧跟着他的是个小烟草店的主人，请炼金术士给他看看他的小店的风水，后来他又带来了他正追求的那个年轻寡妇，想要为她算个命。与这两个愚蠢贪婪的人相比，第三个光顾的玛门爵士就显得很专业、很聪明了。他早就委托炼金术士为他提炼点金石，为此他已经花了不少钱，现在又送钱上门来了。对钱他似乎并不在乎，因为他坚信"点金石"的存在，坚信他已经掌握炼金术的秘密。他独白道：

> 今晚，我将
> 把我房内所有金属都变为黄金，
> 明晨，我将它送
> 给所有的铅匠和锡匠，
> 买入他们所有的锅与铜，到 Lothbury

使他们成为完全的印度群岛……我意指

列举一份妻妾名单

与所罗门不相上下，他拥有

与我有相似之宝石；我将使自己成为一个大桶

放满长生不老之药，使我强壮

有如海克力斯一晚迎战敌人五十回合

……拍我马屁者

将是那些纯洁与严肃之牧师

我将获得金钱……

我所食用将全来自印度之贝壳

玛瑙碟上放着金子，饰以

翡翠，蓝宝石，红锆英石，及红宝石；

鲤鱼之舌并骆驼之蹄……

老蘑菇，及刚割下的

一只怀孕肥母猪隆起且滑腻的乳头……

我将对厨子说："这是黄金；

去吧，去帮一名骑士。"

玛门是剧中最重要的一个角色，琼森也着墨颇多。他不仅虔信炼金术，也迷恋美色。见到了妓女多尔，他马上尾随而去，硬要与人家"叙谈"一番，简直是一个色鬼。紧接着上场的是教士阿纳尼亚斯和特表雷森，这是两个狂热的清教徒，虽然也是老客户，早已投入相当多的资金，目标也是点金石；但比起那些世俗的拜金主义者，他们多了一层虚伪的宗教外衣，他们追求的则是更大权力，一种用教徒们奉献给上帝的钱买到手的控制教徒们的力量。另外几个"上当者"来自社会的各个角落，但这些人也都是无一例外地重复一种活动——上当受骗。这恰恰证明了这一活动的普遍性：受骗上当是每个人都可能犯的错误。故事的最后，骗子的把戏被戳穿，受骗的人找上门来，杰瑞米被弄得焦头烂额。刚刚回城的房主拉

夫威特帮助了他，使他免遭牢狱之苦，但交换的条件是杰瑞米所得的不义之财全部归他，拉夫威特还娶了一个富有的寡妇为妻。

其实，喜剧的题目"炼金术士"不仅仅代表了剧中的人物以及剧中的炼金术情节，更是一个有着象征意义的题目。就像铁转变成金子一样，剧中的每一个人在逃避现实中的自我，向幻想中的另一个人转化。等到黑店垮台时，他们又都像梦游人一样回到了原来的出发点，找回了真正的自我。也许琼森在告诉人们这样一个道理，没有欲望的人，不做梦的人是不会上当的，但这样的人在世上很难找寻到。

顺便提一下，在《炼金术士》的对白中，琼森使用了一些污秽的猥亵语言，对于琼森这样的学者，实在是令人遗憾，或许是大俗即雅吧！

62. 语言大师的弗朗西斯·培根
yǔ yán dà shī de fú lǎng xī sī · péi gēn

埃弗·埃文斯在《英国文学简史》形象地描绘道："培根是文艺复兴最全面的代表者，他有学问，老于世故，雄心勃勃，好玩弄权谋，醉心于当时财力所能提供的一切奢侈生活，而且虽然获得很多东西，却几乎全无自知之明。我们可以设想他呆在书房里在似明若暗的光线下，邻室奏响着柔和的音乐，手指插进一堆宝石里，而他的心里则一直反复考虑真理的性质。当然，除非心里又在转政治阴谋的念头"。这段话，大致包括了三个方面的内容，即作为政客的培根，作为哲学家的培根和作为语言大师的培根，尽管这里要谈只是作为语言大师的培根，但另外两个方面也是不能轻易忽视的。

作为政客的培根出身于伦敦的官宦世家，父亲官至掌玺大臣。他在剑桥大学三一学院深造之后，又作为外交官随员到法国旅居两年。1579年父亲去世，使他生活陷入贫困；但他很有骨气，没有几年就取得了律师资格，当上了国会议员，1587年，他又做了法院书记官。此后二十年，他竟没有开庭。1607年，他娶了一位富有的参议员的女儿，给他的政治生涯带

来了变化。1613 年，连连擢升的他被委任为首席检察官，此后又先后做过枢密院顾问、掌玺大臣、大法官，爵位升到了子爵，可谓权倾一时，官位显赫。然而，高处不胜寒。1621 年，培根被人指控贪污、受贿，受到法院审讯，被判罚款六千镑。囚禁在伦敦塔四天之后，国王赦免了他，但此时他已身败名裂。

就在失意的时候，培根走近了哲学与科学，那是他的避难所。在隐居乡里的五年中，他作出了一个庞大的计划，以《伟大的复兴》为总题，想在一个全新的基础上，将全部科学技术和人类的一切知识全面重建。但他只实现了前面部分，第一部分是《学术的推进》，主要是全部科学的分类和回顾，第二部分《新工具》是介绍一种新的研究方法——归纳法。在这两部书中，培根首先致力于总结过去，扫清错误的思想方法和研究方法，比如《学术的推进》中就谈到了治学的三种弊病——虚妄、诡辩、华而不实，并对此一一进行了讨论。在《新工具》里，他也砸碎了错误的思想习惯，即人类共有的自私、狭窄的"部落假相"，个人特有的"洞穴假象"，语焉不详的"市场假象"，旧哲学体系中的"剧声假象"。在此基础上，培根指出了一种新的研究方法，即归纳法。此外，两部书的另一个共同特点就是都关注到语言，提出了事应重于言的主张。培根的务实作风在这里显现出来，不仅在作文上，做事也是一样。1626 年 3 月底的一个寒风料峭的日子，培根驱车郊游。当时，他正潜心研究冷势理论及其实际应用问题。当路过一片雪地时，培根突然心血来潮决定做一次实验。他把从一位农妇那里买来的一只鸡杀掉，亲自动手将雪塞进鸡肚。不幸的是，他本就羸弱的身体感染了风寒，旧病复发，没有几天，离开了人世。他是那个时代最有能力最富影响力的智者，他认为知识是到达权力的途径，所以他的名言是"知识就是力量"。

培根将自己对政治的思考，对哲学的理解，都用一种平易近人的散文形式表述了出来。这其中最著名的就是他的《随笔》。随笔最早始于蒙田，到了培根这里，内容形式都大为不同。1597 年第一次印行时，它仅有十篇极短的摘记短文，后来两次增补后，成了五十八篇短文。内容主要是对世

家子弟讲的处世之道，比如："人怕死犹如儿童怕黑路"；"伪装是一种微弱的权术与智慧"；"读书使人充实，讨论使人机智，写作使人准确，因此，不常写作者须记忆特强，不常讨论者须天性聪颖，不常读书者须欺世有术，始能无知而显有知"；"没有友情的社会则是一片繁华的沙漠"；"若不能因地要事，而顽固恪守旧俗，这本身就是致乱之源"；"狡狯者轻鄙学问，愚昧者羡慕学问，惟聪明者运用学问"。这些随笔不论是讲做人道理的《忌》、《爱》、《死亡》，还是讲宦海浮沉的《高位》、《党争》或者事务性指导的《论读书》、《娱乐》等等，都不是空发议论，而是经验之谈，是对于当时社会和人情世故的深刻体会。而且，培根的随笔在形式上布局严谨，议论的脉络清楚可寻，引经据典形象生动，既闪耀着做人的机智，也不乏诗情画意，节奏上富于变化，甚至富有音乐性。

教皇乌尔班八世称培根是"人类中最聪明、最精明、最中庸的人"，这种评价并不为过。他的散文中浸透的理性，远远地超过了他的前辈蒙田，这也许更应感谢他曾经历的宦海沉浮，以及他对揭示规律的痴迷。

63. 纽伦堡的修鞋匠汉斯·萨克斯
niǔ lún bǎo de xiū xié jiàng hàn sī · sà kè sī

在世界文学史上，修鞋匠成为知名诗人的例子并不多见，而成名后依然按照"下里巴人"的方式生活的诗人就更少见了。文艺复兴时期德国诗人汉斯·萨克斯却是这样一个人，虽然他的创作成就不能与那些巨人们比肩而立，但他在安贫乐道方面是值得人们钦佩的。

汉斯·萨克斯（1492 — 1576）出生在南德的纽伦堡。在当时工商业并不发达的德国，纽伦堡是一个例外，它几乎集中了当时的各种新兴行业。经济环境的变化，使城市里的气氛也和德国死气沉沉的氛围不太一样。汉斯十五岁就进入了该城的一个拉丁文学校，但毕业后却到鞋匠铺做了学徒；出徒后开始辗转于德国各地，成了一个"下里巴人"、一个流动鞋匠。在慕尼黑期间，他开始创作"工匠诗歌"。在法兰克福他第一次演

唱了自己创作的诗歌。此后作为一个工匠歌手、游吟诗人，他先后去过亚琛、吕贝克等地，1516 年，途径莱比锡回到故乡纽伦堡，又做起了鞋匠。此间他创办了一所工匠诗歌学校，自己也开始尝试创作戏剧、歌曲。他一生创作颇丰，共有大小作品六千多篇。其中四千二百七十五首是工匠诗歌，一千八百首是双韵诗歌，二百多个剧本；七十三首世俗和宗教诗歌以及七篇散文，他创作的诗歌并不比他修的鞋少多少。

虽然不是一个大诗人，但汉斯却是一个头脑清醒，心情愉快的歌唱家。他的基本兴趣在于淳朴的人民，他的剧本几乎均与这些人有关；在这些剧本中，即使是上帝，也是仁慈的普通人，上帝就像邻居的牧师般跟人交谈。汉斯的作品描绘并赞扬爱情、责任、虔信、军事上的忠贞、父母之情、子女孝顺之爱等等美德。他的第一部诗（1516 年）计划"提高上帝的赞颂和光荣"，并"助其同胞过忏悔的生活"；这种宗教精神贯穿了他终生的作品。他把半部《圣经》译成韵文，用马丁·路德的翻译作为范本。他称路德为"维藤贝格的夜莺"，他将会净化宗教，并恢复道德：

> 醒来！醒来！白天已近，我听到一曲唱于森林。那是愉快的
> 夜莺；其歌声在山谷间传鸣。夜已落入西方，白天从东方耀上，
> 黎明终于到来，忧郁夜之云彩已离开。

1543 年 8 月，汉斯根据意大利文艺复兴作家薄伽丘的《十日谈》第五天第九个故事改编成一首诗《纯种猎鹰》。如同所有的工匠诗歌一样，这首诗的创作也是用于吟唱朗诵的。由于诗人出色的改编，使本诗成为对旧有素材进行新创作的典范，在当时受欢迎的程度甚至于超过了薄伽丘的原作。

诗中写道：

> 从前的佛罗伦萨有一位
> 年轻的贵族远近闻名，
> 弗里德里希·阿尔贝里戈

忍受着真挚恋爱的煎熬。

一位高贵的夫人名叫

焦瓦娜，非常的富裕，

名声一直受到赞誉。

贵族千方百计

向心爱的夫人献殷勤。

她却漠视他的爱心，

依旧忠于她的丈夫。

弗里德里希花费大量钱财，

终于耗费了家产，

彻底放弃了希望，

迁居别地，陷入贫困，

除了一头猎鹰外一贫如洗。

他整日打猎为生，

还自照看花园，

自食其力，

以此为生。

她的丈夫去世了，而

儿子，一个年轻的小伙儿

也身患重病，濒临死亡，

他说："妈妈，以上帝的名义求您，

为我弄到弗里德里希的猎鹰，

这样能了结我所有的痛苦。"

母亲安慰他，定让他如愿，

立即去找弗里德里希，

她的到来使他快乐无比，

非常理智地招待她，

她第一次不请自来，

莫大的恩宠使弗里德里希快乐；

可他既无野味又无鱼类

来布满餐桌。

贫穷和不幸迫使着他

掐死了心爱的纯种鹰，

煎成美味端上桌来。

客气而又聪敏地把它切开，

和高贵的妇人一起吃掉，

而她却不知道。

餐后夫人端庄地把话讲：

"承蒙厚爱，我想向您

要您的纯种猎鹰。

我儿子已为此盼望已久，

病入膏肓，您满足了他的希望，

就挽救了他年轻的生命"

弗里德里希大惊失色：

"纯种鹰"，他说："已被我们吃掉，

被我最最亲爱的人儿吃掉。"

妇人十分惊讶，

他指给她看鹰的羽毛，

两人悲伤地告别，

三天后夫人的儿子死去。

弗里德里希向妇人求婚，

她接受了他的爱和忠诚，

并不厌恶他的贫困，

因为他品行规矩而又虔诚。

现在她又做了妻子，

因此，并不是所有的爱都逝去，

爱常常通过爱又产生出爱。

全诗共六十行，二十行为一节，情节发展变化富有跳跃性，但并不让人感到突兀。第一节，诗人极其简明扼要地引入两位主人公，并提到弗里德里希的爱；第二节，叙述焦瓦娜的富足与端庄，不为贵族的求爱所动。这两部分之间形成对比，使人关心两人的命运。第三节中，萨克斯使用戏剧对话的手法，贵妇的要求和弗里德里希的回答构成本诗的情节发展高潮。那头鹰，"已被我们吃掉"，这是一段坦率诚实的回答，而"被我最亲爱的人儿吃掉"，这是爱的誓言，不仅刻画了他和鹰关系，更表达了他对焦瓦娜的一片真情，以及爱情的诚意和不折不挠。诗的末尾与原作故事结局不同。"爱常通过爱又产生出爱"，是诗人顿悟出的爱情的至高境界。

对市民思想和生活方式的崇尚，使汉斯找到了生存的最佳方式。1562年，也就是他的第一位太太去世后两年，他又与一个二十七岁的漂亮女人结了婚。他安于平民身份，快乐而和谐地生活着。他是坦直、粗鲁而又亲切的德国人的典型，是一个具有高尚情操的"鞋匠"。

64. 作为诗人的马丁·路德
zuò wèi shī rén de mǎ dīng · lù dé

在人们的心目中，马丁·路德（1483—1546）是一个对欧洲乃至世界宗教文明史产生了重大影响的宗教改革家。但他能成为宗教改革家的前提，往往被人们忽略了。其实，路德首先是个杰出的人文主义者，甚至可以称得上是一位诗人或作家。

作为作家的路德，1505年，在爱尔福特大学主修的是拉丁古典文学课程，毕业获得了文学硕士学位。在文学创作方面，他最大的成就是将《圣经》翻译成了德文。这件工作不仅在宗教上是一件划时代的事情，在德国文学史上也是功德无量的。整整十三年的时间，路德为了寻找能够被大家理解并接受的德语词汇，他常与各个阶层人士接触，以他惯用的生动笔法，解释了他的翻译方法："我们不需要像蠢驴一样，问拉丁字母——我们该怎么说德文？应该要问屋里的母亲们、街上的孩子们及集市里的一般民众……由他们引导我们翻译。然后，他们才能了解我们，知道我们是在对他们说德文。"路德通过翻译《圣经》给不少德语词汇以新的释义，使不少惯用语和成语为全国所接受。他的译文，因为使用通俗用语，所以严格来讲，是非文学的。但是，它和16世纪以后詹姆士王在英格兰所作的翻译产生了同样的效果和威望，对民族语言有无尽的影响。他成了统一书面德语的开拓者和奠基人。如果没有路德奠定这样一种统一的书面语，德国文学此后的发展几乎是不可想象的，这就是路德在文学史上的不朽功绩。

对民族文学而言，路德所译的《圣经》也是一件最伟大的散文作品。他以此为皈依，作为自己心灵最后的寄托。他认为，《圣经》不只是人类智慧的产品，同时也是神圣的礼物与慰藉。《圣经》教我们如何去看、感觉、了解和领悟信义、声望、仁爱等等一些远非人类理性所能揭示的秘密。而当灾难压迫我们时，《圣经》会教我们如何凭着这些美德，用光明照射黑暗。当我们结束在世上穷困潦倒的一生时，还有另外一个永恒的生命。若问《圣经》神圣的灵感根源是什么？马丁·路德的回答很简单："根源在于《圣经》本身的教言——只有上帝赋予灵感的人，才能写就如此深奥、如此慰藉人心的信仰。"

路德以德语写作，使用德国民间的口语化表达，语言清新，感情真挚，影响深远。他的作品包括提倡宗教改革的檄文，宗教赞美诗和散文等。他的四十首教堂歌曲以其坚定的信念、简短的民歌形式和广大人民群众熟悉的形象，而深受德国人的喜爱。

此外，马丁·路德所写的宗教赞美诗在当时也十分有名。如被恩格斯称誉为"16世纪《马赛曲》"的《上帝是一座坚固的城堡》：

　　　上帝是我们的信心与力量，

上帝是一座坚实的城堡，

稳固的防御，有力的武器。

我们的一切苦疾，

那凶恶的宿敌，

如今认真严肃、

力量强劲、奸诈虚伪、

是其恐怖的装备，

世上无人能与此相比。

我们的力量无力无能，

注定就要完蛋，

上帝亲自选定圣人，

为我们而征战。

你询问他的名字，

耶稣、克里斯特是他的姓氏，

全能上帝的儿子，

而不是别的上帝，

他必定获得胜利。

即使世界充满了恶魔，

想把我们统统吞噬。

我们并不惊慌失措，

胜利一定属于我们。

世上的诸侯，

哪怕是疯狂怒吼，

也无损我们的毫毛，

他们受到审判，

耶稣的话将使他们破灭。

上帝说他们应当存在，

不必违背他们的愿望，

耶稣的天赋、天才，

与我们并肩战斗在沙场。

带着你们，

财产、

名誉、

妻儿老小、

投身进去。

你们从中得不到私利，

这个王国却永远属于你。

这是马丁·路德 1529 年写成的一首宗教赞美诗，早在十六世纪就广为流传，被译成低地德语和拉丁语，成为路德教派的信念之歌。德国著名古典音乐大师马赫曾于 1739 年在这首诗的基础上创作了三首合唱曲。在后来的历史长河中，它被广为吟唱，成了民族团结统一的战歌。

本诗的主题思想是上帝与魔鬼之间的斗争，确切地说，是以人的眼光观察主宰世界的两大力量为争夺人类而进行的斗争。作为一名神父，马丁·路德认为，灾难以至疾病都是恶魔所为，进一步说，世上一切违抗上帝之处都是恶魔在作祟。在这首诗中，路德尽管并没有详细阐述，但我们仍可从字里行间感到路德的观点：人不是事物的客体，而是主体。他在恶魔的攻击下显得麻木不仁，无能为力，但是由于受到上帝的庇护，他坚信，恶魔最终将被上帝战胜。即使魔鬼一时强大，也不能改变这一命运。由此可见，路德所关心的是人的处境，人的命运。他在赞颂上帝的同时，也表达了他对人类命运的关心和忧虑。

65. 智者伊拉斯谟的《愚人颂》
zhì zhě yī lā sī mó de yú rén sòng

最早在德国出现的人文主义者并非是一个"纯粹的"德国人，但他却

和德国的人文主义运动、宗教改革和农民战争有着千丝万缕的联系。他叫伊拉斯谟，是 16 世纪上半期欧洲人文主义的代表人物，思想界的泰斗，甚至被德国人称为"第一欧洲人"。

德西德贝斯·伊拉斯谟（1466 — 1536）出生在鹿特丹，父亲是一位精通希腊语的教士。他四岁就入学读书，在拉丁语言和文学上都很有天赋。约在 1484 年，他的双亲去世后，监护人侵吞了遗产，并迫使他放弃了读大学的机会，到修道院里做教士。幸亏仁慈的院长很同情这位天才的青年，1492 年，让他去做康布雷主教的秘书。在这位主教身边效力几年之后，伊拉斯谟终于说服他送自己去巴黎大学读书。他的学习生活轻松而富于乐趣。他讨厌听教授们的迂腐讲座，但为获得学位，又不得不收敛自己的锋芒。他把自己强烈的热情倾注于文学，尤其是那些优雅的拉丁文著作。为了贴补学费，他收了几个青年学生。教他们拉丁文，还为他们编写了拉丁文读本。经过艰苦的努力，他终于在巴黎大学获得了硕士学位。

1499 年，应一位富有的学生蒙特乔伊的邀请，伊拉斯谟首次抵达英国。在豪华的贵族宅邸里，这位困苦的学者仿佛第一次发现如此快乐的境地。在给巴黎的一位友人的信中，他精彩地描述了他当时的感受："我们正在向前迈进。如果你聪明的话，你也要飞过……但愿你知道英国有多幸福！……兹举其精彩点之一：这儿有富有神采的美貌女郎，非常温柔良善……尤其这儿有种风俗无论如何赞扬也不为过。无论你去何处，你会受到双手拥吻；你离开时，亦被吻别；若你回去，你的敬礼亦受到还礼……啊，浮士德！如果你曾一度尝到如此温软的香唇，你会愿作一个旅行者，不像梭伦十年，而是终生长在英国。"

在英国的另外一个收获，就是他结识了年仅二十二岁的托马斯·莫尔，以及当时英国的几个重要的人文主义者约翰、科雷特、托马斯、林克等人。他对他们的印象是："当我听科雷特讲话，我感觉就像听到柏拉图本人一样。在格罗辛谁不惊佩这么完美丰富的学问世界？有谁比林克的判断更敏感、更深刻及更精微呢？除了托马斯·莫尔的天才外，大自然还造过什么更文雅、更温馨及更幸福的人？"他与莫尔两人成了莫逆之交，后

来伊拉斯谟被他们介绍给了亨利八世。在这些人的影响下，伊拉斯谟由一个自负而轻浮的青年，变成了热忱而努力的学者。1502 年，伊拉斯谟回到巴黎数日之后，出版了他第一部作品《格言选集》，这是一部拉丁文法范本，收录了希腊古典文学中的三千条格言，伊拉斯谟为每条格言都加上了短评。由于格言集趣味性和知识性很强，寓意深奥而又浅显易懂，对那些从事创作和演讲的人大有用途，所以销路很好，甚至后来被翻译成了英、法、意、德、荷等各种语言，在欧洲广为流传。然而，它并没有改变伊拉斯谟的贫穷。

大瘟疫结束后，伊拉斯谟移居巴黎，继续以写作为生。他翻译了西塞罗、欧里庇得斯、琉善等人的许多作品，也深受其中思想的影响。1505年，伊拉斯谟二度访英，与莫尔合作翻译和出版古代思想家和讽刺作家卢亚齐努斯的著作，意在向人们介绍卢亚齐努斯的主张，反对暴政，提倡民主政治的思想，以及基督教的种种美德。1506 年，伊拉斯谟的好运来了，他陪伴亨利七世的两个儿子赴意大利读书。由于他在拉丁文上的成就和渊博的学识，那年 9 月在都灵，他获得了博士学位。

1509 年，亨利八世继位，伊拉斯谟再次来到英国。昔日的学生成了如今的皇帝，但他似乎并不太喜欢老师。伊拉斯谟还在剑桥大学教希腊文，目的只是为了维持生活。在此期间，他的代表作《愚人颂》问世了。正是这部著作在文学史上奠定了他在文艺复兴时期的历史地位。

《愚人颂》又译为《愚行的礼赞》，这部书是献给托马斯·莫尔的。书的前言以《致亲爱的托马斯·莫尔》的书信形式而写成，书中人格化的"愚蠢"自我夸耀地说，中世纪的不少经院哲学家、天主教神学家、学者、主教、教士等都是他的崇拜者和忠实信徒。这里的"愚蠢"不仅有愚行、荒谬、无知等意义，也含有冲动、直觉、情绪及未受教育的淳朴等意义，与智慧、理智、慎思和领悟相对立。伊拉斯谟力图揭示"愚蠢"的必要性，他说："如果理智主宰一切，勇气还会有吗？如果人能预知未来，谁还会快乐呢？增加知识就等于忧患；智慧越多忧伤越多。"《愚人颂》的突出特色在于它的讽喻性。它嘲弄天文学家对天体大小的毫厘之差的争论、

哲学家把混乱的弄得更混乱、医学家在制造"蒙骗和诡计的合成物"，尤其是那些神学家，"这些荒谬事物是一种好的交易，是为此类传教士及修道士借此种诡计而获得他们丰富收入及利益……诸如'赦罪状'及'免罪券'的欺骗行为的赞扬及维护，又叫我如何来说明？他们利用此法来计算每人灵魂在炼狱的时间，按照他们购买这些无价值的'赦罪状'及可出售的'免罪券'多少来决定他们在炼狱中的久暂？或者有关其他的人利用魔术符咒的力量或用摸索念珠重复恳求方式（这种方式是某种宗教骗子发明的，我想是为了怕分心或更似乎是为了图利），这种行为之坏，叫我如何来解说？这样他们就可获得财富、荣誉、快乐、长生、健壮的老年，不止于此，而且死后他们还能坐在救世主的右边吗？"

这讽刺已波及僧侣、修道士、宗教审讯官、红衣主教及教皇。僧侣因行乞使人们烦扰，他们想用催眠的赞美诗获取天堂。世俗的传教士渴望金钱，他们最善于利用诡计获得什一税、奉献、赏钱等等，各阶层及不同的传教士都同意把巫婆处死。教皇在"财富、荣誉、辖区、职位、特免、特许、赦罪……礼仪及什一税，逐出教权及停止教权"上，已失去了十二使徒的信念，他们贪求遗产、世俗的外交及流血的战争。如此的教会除了借人类的愚行——易受骗的率真外，如何能生存？

《愚人颂》自然激起了神学家和伪学者们的愤怒，诽谤和恶语中伤是免不了的。但书的影响却说明了它的价值。伊拉斯谟在世时，书就发行了四十多种版本，到 1632 年，剑桥大学的师生们几乎人手一册。

从此之后，伊拉斯谟开始积极地投身到人文主义者的社会活动中，协助科雷特办文法学校，为学生们编写拉丁文教科书。宗教改革之后，他开始重新校正和出版希腊文新约全书，这部书的出版显示了人文知识对早期基督教的应用及《圣经》评论的开始。伊拉斯谟的评注还出版了单行本，用清晰和通俗的拉丁语写成，受到过基础教育的人都能读懂，因而受到普遍的欢迎。

1516 年，伊拉斯谟回到德国，在法国和德国即将交战时候，他为和平奔走呼号。同年秋天，在他的积极帮助下，莫尔的《乌托邦》一书出版，

他撰文为它大造舆论："当你阅读《乌托邦》的时候，你就会觉得自己进入了另一个世界，那里一切都很新鲜。"他本人也发表了大量作品，如《吃闭门羹的尤丽乌斯》、《基督教的君主教育》等。

1525 年，伊拉斯谟与马丁·路德之间展开了激烈的论战。他发表了《论自由意志》一书，反对路德的宗教狂热和对理性、世俗知识的藐视，但他此时也看到路德的合理性。从此，新、旧教势力都开始拉拢他。他最后还是倒向了天主教的营垒，将自己一生追求的人文情怀，遗失在功利的行为中。为了回避宗教改革，他隐居弗莱堡，1536 年在穷困落魄的境遇中离开了人世。

作为一个人文主义者，伊拉斯谟重新注解《圣经》，为马丁·路德的宗教改革作了思想的准备。后人常在评论他的功绩时作这样的比喻："伊拉斯谟生了蛋，马丁·路德生出了鸡。"

66. 胡腾反抗暴政的一曲新歌
hú téng fǎn kàng bào zhèng de yī qū xīn gē

伊拉斯谟对于教会的嘲讽，由于他晚年的退缩犹豫而大打折扣。1523 年，当一个曾奉他为精神导师的青年朋友，因参加反教会的暴动失败，来到他的居住地马塞尔寻求避难时，他却冷漠地拒绝了，任由这个重病缠身的青年飘零在凄风苦雨之中。当年 9 月，这个青年惨死在苏黎世湖的乌弗瑙小岛上。这个人就是德国人文主义运动中的又一个杰出人物——乌尔利希·冯·胡腾（1488 — 1523）。

胡腾出身于一个骑士家庭，十一岁时被父亲送进富尔达修道院学习。十六岁从修道院逃出来，有家不归过着流浪学生的生活，作诗乞讨，住无定所，其父视其为大逆不道，与之断绝父子关系。颠沛流离的生活，使他的身体备受摧残，左腿因浮肿溃疡而成了残疾。后来，一位慈善的主教将他带到了维也纳，那里的人文主义者接纳了他。

1517 年，在奥林茨堡，他被马克西米利安一世封为桂冠诗人。1519

年，胡腾得了一场重病，病中父亲去世的噩耗传来，作为长子，他拒绝了母亲要他继承父业的哀求。此间，他与马丁·路德、伊拉斯谟等许多学者、思想家、诗人来往甚密。在路德向天主教频频发难之时，胡腾旗帜鲜明地站在了他的一边。在给马丁·路德的信中，他表明了自己的态度："你勇往直前地推进这些事业，我也要尽自己的一切力量，要果断和勇敢，不断增强力量，切莫动摇，不管发生什么事情，我都会竭尽全力，大胆而忠实地帮助你……我们要依靠上帝来保卫和获得我们大家的自由，勇敢地把我们的祖国从它迄今所受的一切压迫和重担下拯救出来。"

1520 年，胡腾发表了一系列著作《罗马的三位一体》、《观察家》、《狂热症》、《至萨克森选侯书》，以配合路德的改革，呼唤人民的觉醒，这使罗马教皇和诸侯们惶惶不安。正当宗教改革的形势迅猛发展的时候，路德却迫于教皇和皇帝的恐吓，失去了勇气和信心。于是，胡腾前往意大利，在那里沐浴着人文主义的甘霖，感受着意大利太阳的耀眼光芒，但同时他也看到了阳光下的罪恶，即罗马教廷的腐败、堕落，他甚至直言不讳地斥责了教皇。为了生活，他加入了日耳曼军队，回到德国。在美因茨，他结识了伊拉斯谟，而且对这位大学者的学问和机智着了迷，两个人也成了朋友。

《蒙昧者书简》是胡腾与另外一个人文主义学者鲁比安在这期间合著的一部讽刺性著作。作者假托一些经院哲学家、僧侣写信给当时的一位神学教授，向这位神学家报告他们在各地所见的事物。如人们如何不敬重上帝和神学家，宗教裁判所如何仗势压人，人文主义者如何受学生尊重，等等。写信者对这些现象很为不满。可是，作者把这些写信人称为蒙昧主义者，说明他们不满的正是作者赞成的。书分上下两部分，下部的主要作者是胡腾。书简有意用蹩脚的拉丁文写作，以讽刺蒙昧者是不学无术的人。

胡腾依然激进，在与路德多次拟定暴动计划均未能成功的情况下，胡腾和退却的路德分道扬镳了。他将希望寄托在德国的著名骑士弗朗茨·冯·济金根身上。1522 年，以济金根为首，法兰克福、斯瓦本和莱茵河的一部分低级贵族组成了为期六年的联盟，准备发动骑士暴动。胡腾亲自为这

次暴动起草了一个宣言，历数了诸侯的罪状，号召自由城市与贵族联合起来，打倒诸侯政权。为此，他还创作了一首以传单形式发行的诗歌《一曲新歌》：

> 我深思熟虑，敢作敢为，
> 不会为此而悔恨。
> 即使所谋不遂，
> 依旧显现忠诚。
> 我竭尽全力，
> 并非为我自己。
> 如果大家能辨认，
> 是为了整个德国，
> 即使把我称作
> 神甫的敌人。
> ……

　　这首诗歌的内容包括两个方面：一是使斗争合法化，把这场争取理性主义、自由主义、民族主义的斗争描写成一场游戏，一场竞赛；二是为这场斗争的合法性寻找论据。"一曲新歌"实际上是一曲号召新战的歌。这里的"新"不是指战斗目的，而是指这场战争的方式，即拿起武器，以武力和道德的共同力量来战斗，从而使德国获得自由。

　　1523年，暴动最终还是失败了，胡腾又开始了漂泊生涯。直到最后，他把遗憾留在了苏黎世湖的那个小岛上。